상실

상실

나탈리아 쇼스타크 지음 · 정보라 옮김

스프링

차례

일러두기 본문의 각주는 옮긴이가 작성한 것입니다.

마리안나는 목소리를 잃었다.—어쩌면 여기서 모든 일이 시작된 걸까? 어느 날은 입을 다물지 않고 학교에 대해서, 친구들한테 들은 일에 대해서, 강아지가 얼마나 웃기는 짓을 저질렀는지에 대해서 즐겁게 떠들다가, 다음 날은 한 마디도 하지 않고 가끔 긴 한숨만 내놓았다.

한 마디도 하지 않는다.

그래, 아마 여기서 시작되었을 것이다. 말을 하려고 하면 목구멍이 건조해지면서 까끌해졌다. 혀가 입천장에서 제자리 돌기를 해 도무지 시동을 걸 수가 없었다. 손톱이 손바닥을 후벼 파도록 주먹을 꽉 쥐고, 손가락 끝의 거스러미를 피가 날 때까지 뜯어내도 목소리는 여전히 돌아오지 않았다. 단어가 눈 닿는 곳에서 어른거렸지만 손을 뻗기에는 너무 멀었다.

이것 때문에 수선을 피운 사람은 아무도 없었다. 사실은 마리안나 자신도 처음에는 별일 아니라고 여겼다. 어쨌든 매일

같이 뭔가가 변했으니, 오히려 안정된 상태가 불안한 마음을
일으켰다.

마리안나의 뼈는 계속해서 길어졌다. 팔다리는 허수아비를
꽂는 막대기를 닮아가기 시작했는데, 마리안나로서는 도저히
통제할 수가 없었다. 서둘러 움직일 때면 가구에 걸리거나 문
틀에 부딪히거나 문고리에 쓸리기 일쑤였다. 마치 몸이, 지금
까지의 강폭에 맞지 않아 강물이 가장자리로 흘러넘치기 시
작한 것과 비슷했다.

마리안나는 그런 상황을 관찰하면서 약간의 존엄이나마 지
키려고 애쓸 뿐이었다. 그래서 또 다른—목소리가 나오지 않
는—이상이 생겼을 때 그냥 성장 과정의 일부라고 퉁쳐 버렸
다. 이 설명은 거의 모든 것에 해당했다. 얼굴 피부가 더 이상
매끈하지 않다? 몸에서 뜻밖의 부위에 땀이 난다? 이제까지
아주 좋아했던 것이 싫어지기 시작한다?

아, 그게 바로 성장이야. 부모님은 이렇게 속삭이며 말꼬리
를 돌렸다. 마치 마리안나가 꾀병이라도 상상해낸 것처럼 말
했다. 우리 딸이 성장하고 있어. 뭐, 썩 유쾌한 일은 아니지만.

하지만 목소리는 상황이 달랐다. 어째서 이렇게 갑자기 사라
졌지? 언젠가 돌아오긴 하는 걸까? 마리안나는 머릿속으로 이
런 질문을 던지곤 했는데, 아마도 자기 혼자만 이런 골칫거리

상실

를 껴안고 있다고 느꼈기 때문일지도 모른다. 마리안나처럼 말을 할 수 없어서 괴로워하는 사람은 주변에 하나도 없었으니까. 친구 중에서 기운을 내게 해줄 것 같은 사람도 없었다.

마치 세상이 거꾸로 뒤집힌 것 같았다. 빗방울이 땅에서 하늘로 떨어지고, 강이 하류에서 상류로 흐르고, 마리안나는 말을 할 수 없게 되었다.

+++

클릭, 스마트폰 녹음 버튼. 이제 말해도 된다.

유스티나 피지크(담임선생님, 42세) : 뭐라고? 아, 마리안나……. 항상 종치기 조금 전에 교실로 들어왔어. 언제나 옷을 깔끔하게 입고, 머리도 단정하게 빗고, 체육복 셔츠도 깨끗하게 다림질해서 오고. 공책에 필기도 꼼꼼하게 했는데, 뒷장에만 무슨 그림을 그려놨던데. 숙제도 잘해 와. 학교에 샌드위치를 싸오라고 했더니, 매일 챙겨와서는 친구들하고도 나눠 먹더라니까. 착한 아이야.

아그녜슈카 코췌뇨프스카(동급생, 14세) : 걔, 괜찮아. 약간 겉돌지만 그래도 나쁘지 않아. 숙제도 베끼게 해 주고. 이거, 어디 올릴 거야? 틱톡?

폴라 위쥬바(친구, 15세) : 내 생각에 이건 분명히 납치야. 걔가 만약 도망친 거라면 내가 분명히 봤을 거라고. 왜냐하면 내가 베프거든. 메리, 그러니까 마리안나하고. 하지만 내가 모른다고 하잖아. 싸웠냐고? 아니야, 금방 돌아올 거야. 맨날 그러니까.

마르타 고츠(14세) : 나, 7월에 만 열다섯 살이 돼. 생일에 방학인 건, 그러니까 방학 중에 생일인 건 정말 마음에 안 들어. 마리안나도 보통 어디 안 가고 시내에 있어, 우리처럼. 그래서 동네를 돌아다니면서 그냥 놀았어. 어떤 남자애네 집 앞에 같이 갔는데, 이름이 '바쯔'라고 하더라.

마테우슈 바츠와프스키(17세) : 그게 사실, 가끔 집 앞에서 여자애들을 만났는데, 나는 여기 사는 애들인 줄 알았어. 스웝네츠니에서 왔다고? 그런 애들 몰라. 마르타라는 애도 모르고 그 다른애, 집 나간 애도 몰라.

카타쥐나 스타니셰프스카(교장 선생님, 56세) : ……적절한 절차를 ……교정 프로그램이 ……최선의 노력을 기울일 예정으

상실

로……. 이런 상황은 일어나지 말았어야 하는데……, 우리가 평가하기에 근본적인 원인은 가족 상황에서 비롯되었다고 봐야겠지……. 관계의 단절, 고립……, 최선의 노력을 기울여……. 그래, 이미 말한 거 나도 알아.

한나 사도프스카(엄마, 36세) : 마지막으로 딸애하고 얘기한 게……. 잠깐, 잠시만, 화요일. 아니, 그게 아니라 월요일? 맞아, 확실해. 쉬는 날이지만 내가 보통때보다 늦게 전화했으니까. 기억해? 뭔가 해결해야 할 일이 계속 생겨서 그렇게 됐어. 매일 전화하지. 쉬는 날이나 저녁 근무 날이나. 메신저도 하고. 짤방, 동영상, 동물 나오는 틱톡 같은 거. 세상이 어떻게 돌아가는지 알아야지. 애들끼리 잘 지내는지, 지금도 거미를 무서워하는지, 역사시간에 쪽지시험은 잘 봤는지. 누나가 배구 얘기, 대회 얘기, 친구 얘기를 했어. 거리가 멀어도 우린 잘 지냈어. 난 우리 애들하고 친한 편이라고 자랑스럽게 말할 수 있어.

이가 슐리크(짝꿍, 15세) : 아니, 아무 말도 안 했어. 그런데 할머니 댁에 보낸 건 좀 안 좋은 생각이었어. 그건 확실해.

알리치아 사도프스카(할머니, 61세) : 학교에서 돌아와서 그림자처럼 사라졌어. 샌드위치를 가져가더니 그길로 없어졌지. "괜찮아요.", "다 좋아요." 애들이 처음 왔을 때는 큰 소리로 음악을 틀거나 전화기에 대고 바보 같은 소리를 떠들거나 시시때때로 친구들이 놀러오거나 문을 쾅쾅 여닫을 줄 알았는데, 전혀 그렇지 않았어. "네, 좋아요." 가끔은 옆방에 있는 걸 잊어버릴 정도라니까. 이제 그 휴대폰 좀 치우렴.

카메라 돌림. 셀카 모드, 클릭.

야쿱 사도프스키(동생, 11세) : 학교에 같이 다녔지. 엄마가 그러라고 했거든. 길에 차가 많이 다니니까. 학교에서 돌아올 때도 같이 왔어, 수요일하고 목요일만 빼고. 그때는 수업이 빨리 끝나는 날이라 누나를 기다려야 되니까 그냥 나만 혼자 왔고, 누나는 수업하고 배구까지 끝낸 뒤에 집에 왔고. 그런데 바로 수요일에 일이 터진 거야. 서로 돌봐줘야 한다던 엄마 말이 옳았어.

전체 공개, 클릭.

상실

+++

이 모든 일이 시작되기 전에 알리치아는 사람이었다.

누군가였다.

직장이 있었고, 지인이 있었다. 그녀의 낭랑한 목소리가 방 안에 울리고, 벽에 부딪히고, 창문에서 방향을 돌려 메아리가 되어 돌아오곤 했다. 그리고 사람들은—원하든 원하지 않든—귀를 기울였다. 가끔은 한참 동안 가만히 바라보는 것만으로도 상대가 끙끙거리기 시작했다. 그녀는 그런 기운을 가지고 있었다. 독일어 선생님 조금, 경찰관 조금, 그리고 심리학자 조금. 왜냐하면 잘 들어줄 줄도 알았기 때문이다.

매니시 스타일로 매끈하게 잘 다듬은 머리 모양은 미용실에서 방금 나온 것 같았고, 입을 전혀 열지 않았는데도 그녀의 기척이 들렸다. 높은 장화가 포석을 때리는 소리, 뒷굽이 만들어내는 일정한 리듬. 지나치게 빠르지 않으면서 어딘가 위엄이 있는 박자였다. 왜냐하면 아주 급할 때도 뛰는 법이 없었기 때문이다. 사람들이 기다려줄 것이다, 언제나 기다리니까.

서두르느라 숨을 헐떡거리고, 머리카락이 흐트러지고—이 모든 것이 어떤 의미에서든 약함을 드러내는, 즉 경우에 맞지 않는 옷, 지워진 매니큐어, 구두와 색깔이 똑같은 가방, 피부

색에 맞지 않는 립스틱 같은 것이다. 그녀는 약함을 허용할 수 없었다.—아니, 허용하고 싶지 않았다.

고르지 않은 길을 걷는 발소리가 시장 광장을 가득 채우면 그제야 윤곽이 눈에 보였다. 단골들은 그 광경을 기억하고 있었다. 가방 색깔로 그녀의 기분이 어떤지, 모자에 동전 몇 푼을 던져줄지 짐작했다. 그녀는 자주 적선을 했다. 돈이 한 푼도 없다는 게 어떤 것인지 여전히 기억하기 때문이다.

"잠깐만요, 선생님."

등 뒤에서 어떤 남자가 그녀를 불렀다. 알리치아는 시계를 흘깃 보고는 초콜릿 색깔 외투로 몸을 감싼 채 걸음을 더욱 재촉했다. 오늘은 안 된다. 오늘은 바쁘다.

"알리치아 선생님, 알리치아 선생님, 잠시만요."

알리치아는 자기도 모르게 남자 쪽으로 돌아서서 눈을 가늘게 뜨는 실수를 저지른다. 그녀의 얼굴 표정에서 변화가 일어나는가 싶더니, 남자를 알아보고는 가볍게 웃음을 띤다. 아주 가벼운 웃음이다, 남자가 딴생각을 하지 않도록.

남자는 다리를 절며 힘겹게 알리치아에게로 다가온다.

"그 앵무새가 올까요?"

남자가 묻는다.

"재판이 언제지요?"

상실

알리치아도 시간을 낭비하지 않는다.

"12일이에요. 서류 받았습니다."

"그 서류 가지고 사무실로 오세요. 해결해야지요."

알리치아는 이렇게 대답하고 가려다가 뭔가를 떠올린다.

"누님은 좀 어떠세요?"

"병원에 있어요."

남자가 고개를 젓는다.

"볼스키 병원인가요?"

"라타비에츠 병원이에요."

알리치아는 고개를 끄덕이고는 이렇게 대꾸한다.

"좋아요."

"해결될까요?"

남자가 묻는다. 그는 갑자기 완전히 무방비상태로 보인다.

이번에는 알리치아의 미소가 더 솔직해진다.

"네, 유레크 씨. 누님께 안부 전해 주세요."

그녀는 이렇게 말하고 간다. 라타비에츠 병원이라면 스워비크 의사선생에게 전화해야 한다. 알리치아의 머릿속에 지인과 전화번호와 전문분야가 가득 적힌 조그만 수첩이 펼쳐진다. 유레크 누나 이름이 뭐였지? 아멜카? 아마 그럴 거야. 아니면 아니엘카. 아까 물어봤어야 했는데.

뒷굽이 다시 땅에 부딪히기 시작한다. 알리치아는 옛 성벽 앞에 있는 카페로 간다. 삼십 년 전부터 중세의 성벽에 붙어 있는 조그만 사각형 공간이다. 안으로 들어서면 서늘하고 습기찬 냄새가 나지만, 알리치아는 여기에 점심을 먹으러 오거나, 아니면 오늘처럼 일 때문에 오는 것을 좋아한다.

그녀의 시선이 반쯤 마신 커피 위로 고개를 숙인 중년 여성의 눈길과 마주친다. 중년 여성이 고개를 끄덕이는 순간, 알리치아는 그 앞으로 가서 앉는다. 종업원이 주문을 받으러 오자 중년 여성은 커피를 한 잔 더 시키고, 알리치아는 에스프레소와 물 한 병을 주문한다. 중년 여성은 의자 앞으로 몸을 내밀어 테이블 위로 바짝 고개를 숙인다.

"선생님."

중년 여성이 목소리를 낮추어 말한다.

"돈 문제예요. 남편이 친척에게 받은 상속을 포기했어요."

"빚인가요?"

여성은 말없이 고개를 끄덕인다.

"유산은 우리 애들한테 넘어갔어요. 세금을 덜 내려면 어떻게 해야 하죠?"

"애들?"

"이젠 성인이에요."

상실

“흠.”

종업원이 주문한 음료를 가져다준다. 여성이 커피를 너무 빨리 받으려다가 잔받침에 쏟는다. 알리치아는 에스프레소에 설탕을 넣고, 상대방이 황급히 냅킨을 찾아 잔받침을 닦는 절박한 몸짓에는 전혀 신경쓰지 않는다. 에스프레소에 넣은 설탕을 조금씩 젓는다.

두 사람은 서로 잘 알지 못한다. 그래서 이야기할 거리도, 공통의 기억도 없다. 어느 쪽도 분위기를 가볍게 하기 위한 농담을 던지지 않는다. 카페는 조용하고, 찻숟가락이 커피잔 가장자리에 부딪혀 소리를 낸다. 상대 여성이 조용한 한숨을 내쉰다. 알리치아는 그 한숨을 눈치챘다. 직업상 그런 것을 눈치채야만 한다. 그녀는 찻숟가락을 내려놓는다.

“서류가 필요한데요. 남편분하고 고인이 어떤 관계인지 증명하는 서류가 있어야 해요.”

알리치아가 설명한다.

“네, 준비할게요.”

“유감스럽지만 이런 일은 돈이 좀 듭니다. 신청할 것도 많고 전화할 데도 많고요. 쉬운 일이 아니라서 좀 돌아다녀야 해요.”

“당연히 비용을 드려야지요. 제가 얼마나 감사한지 선생님은 모르실 거예요. 저는 이런 일 쪽으로는 하나도 몰라서……”

상대 여성은 자신이 얼마나 모르는지 강조하기 위해 한 손을 흔든다. 그러고는 커피잔으로 손을 뻗으며 의자에 좀더 편하게 앉는다.

"커피 한잔 더 드시겠어요? 커피값은 제가 낼게요."

알리치아는 고개를 젓는다.

"죄송하지만 오늘은 시간이 없어요. 아들이 오거든요."

"아, 아드님이요?"

여성이 놀란다.

"아, 저는 그런 줄도 모르고, 선생님이……."

"예."

알리치아는 짧게 대답한다.

"뭔가 알게 되면 전화드릴게요. 유산 문제 말이에요."

확실히 하기 위해 말을 덧붙이고는 여성과 작별인사를 한 뒤 계산대로 향한다.

"에스프레소 한 잔하고 물 한 병이요."

그녀는 이렇게 말하며 지갑을 찾는다.

"알리치아 선생님, 괜찮아요."

여사장이 대답한다.

"선생님은 전부 무료예요."

알리치아는 고개를 끄덕인 뒤 미소를 지으며 감사의 마음

상실

을 표한다. 카페를 나서며 시계를 본다. 늦었다. 집까지 거리가 꽤 되는 데다 차를 사무실 앞에 세워뒀고 장도 봐야 한다. 그래도 절대로 뛰지는 않을 생각이다.

+++

빨리빨리, 오후 4시까지 다 끝낼 수 있도록.

한나는 아파트에서 허겁지겁 뛰어나왔다가 그만 열쇠를 잊어버리고 나와 다시 돌아가야만 했다. 오, 부엌 불도 켜둔 채였다. 자, 그럼 다시 한번!―열쇠? 있다. 휴대폰? 있다. 책가방? 역시 있다. 아, 그리고 야쿱.

아파트에 먼지가 내려앉았다. 매일같이 돌아다니고, 화장실 앞에서 순서를 기다리고, 삼각자와 음악시간에 쓸 리코더를 찾으며 쌓이는 먼지. 마리안나가 울먹이는 것 같았지만, 한나는 무슨 일인지 알아볼 기운이 없었다. 엄마 노릇의 첫 번째 규칙은 천장이 머리 위로 무너질 때가 돼서야 개입하는 것이다.

얼마 전까지도 이런 것이 가장 큰 문제였다. 아이들이 서로 다투고, 야쿱이 선생님한테 말대꾸를 하고, 전기요금이 너무 많이 나오는 것. 그렇게 그냥 계속 살아갈 수도 있지 않을까. 한나는 그 외 다른 버전의 현실을 알게 된 지금은 예전처럼 살아가는 데 전혀 반대하지 않을 것 같았다. 일주일 전에 그 망할 전화를 받기 전으로 돌아가는 것만큼 간절히 바라는 일은 없었다.

한나는 남편이 집에 없으니, 어떻게든 이 상황을 통제하려 애써 보았다. 그녀의 마음속에는 분노가 없었다. 그런 건 스위치를 꺼 버렸고, 이제 드디어 전투 준비가 되었다.

"이젠 멈춰야 해."

진실이 드러났을 때, 그녀는 남편에게 이렇게 말했다.

한나는 다시 한번 주머니를 모두 점검했다. 앗, 지갑을 빠뜨렸다.

"엄마."

그때 야쿱이 동급생들 앞에서는 절대로 내지 않을 듯한, 어린아이 같은 목소리로 말했다.

"나, 오늘 발표 있어."

"무슨 발표?"

한나는 아무렇지 않게 물었지만, 야쿱은 엄마가 걸려들었다는 걸 눈치챘다.

"숲속 동물들. 일주일 전에 엄마한테 얘기했잖아! 난 학이야. 근데 옷이 없어!"

야쿱은 거의 울 태세였다.

상실

한나는 다시 아파트로 돌아간 뒤, 곧바로 현관에 있는 커다란 옷장으로 향했다. 하얀색 티셔츠와 오래전에 너무 작아진 마리안나의 빨간색 무릎양말.

방안의 책상 서랍에서 아이들이 빨간색 색종이를 끄집어낸 다음 돌돌 말아서 원통 모양으로 만들었다. 그러면서도 한순간도 멈추지 않고 계속 뛰었다. 부엌에서 칼로 색종이 원통에 구멍을 낸 뒤 수프 끓이려고 사온 채소 묶음에서 고무줄을 벗겨냈다. 이제 준비가 끝났다.

한나는 뭔가 활동을 하면 진정이 되었다. 오늘도 엄마가 해냈다. 야쿱을 학교에 데려다주고 집으로 돌아와서 잠깐 눈을 붙였다. 눈을 떴을 때는 이미 늦었다. 눈 깜짝할 사이에 빨래를 두 번 돌리고, '학 만들기 작전'의 뒷정리를 하고, 먼지를 털고, 쇠고기와 쌀을 채운 양배추말이를 오븐에 넣고, 개를 두 번 산책시키고, 병원에 전화했다. 그런데도 아무것도 하지 않았다고 느껴졌다.

철학자 욜란타 브라흐-차이나는 인생이 자질구레한 일들 속에서 흘러간다는 사실을 깨달았을 때 우리가 느끼는 놀라움에 대한 글을 썼다. 한나는 대학교 때 브라흐-차이나의 『존재의 틈바구니』를 읽었지만 그때는 제대로 이해하지 못했다. 그러나 언젠가부터 그 책을 떠올리곤 했다. 어쩌면 한 번 더 읽는 게 좋을지도 모르겠다. 자질구레한 일들, 바지런 떨기.

실제로 오늘 그녀의 정신을 붙잡아주는 것은 자질구레한 일들이었다. 마치 수프를 끓이지 않으면 무너질 것처럼, 복도를 청소하지 않으면 산산이 부서질 것처럼.

한나는 장을 보러 갔다.

마트는 한창 붐비는 시간이어서 사람이 무척 많았다. 신경이 곤두섰다. 여기에 모두가 와 있었다. 방금 직장에서 퇴근해 가정이라는 두 번째 직장으로 뛰어들어야 하는 하얀 블라우스를 입은 여자들, 우유나 여분의 식빵을 사지 않았다는 사실을 떠올린 은퇴한 여자들. 아이들은 진열대 사이를 뛰어다니다가 과자 봉지를 한아름 들고 나타났다. 아내나 어머니가 보내서 온 신사들은 고기 코너 앞에서 어쩔 줄 모르거나 밀가루 진열대에서 설탕을 찾다가, 결국은 맥주 진열대 쪽으로 방향을 꺾고 만다. 그중에서 한나는 어린아이를 품에 안은 엄마들에게 가장 깊이 공감했다.

사람들은 마치 부풀어오른 롤빵과 코카콜라와 과자와 화학물질 가득한 햄이 모자라 살 수 없게 될 것처럼 서로 밀치고 부딪치고 방향을 바꾸고 싸웠다.

한나는 마트 안에서 자신있게 계획에 따라 움직였다. 몇 년이나 다녔기 때문에 마트 구조가 머릿속에 훤히 그려졌다. 가족 구성원을 차례차례 떠올리자 바구니 속으로 물건이 차곡차곡 들어갔다. 수채화 물감과 스케치북, 물에 녹는 알약 형태의 마그네슘, 시금치, 토마토, 셀러리, 당근, 검은 빵, 그리고 구미 두 봉지. 하나는 신맛, 다른 하나는 마시멜로.

계산대로 가는 길에 걸음을 늦추다가 완전히 멈추어서는 순간, 뒤에 오던 빨간 머리의 나이 든 여성이 거의 부딪힐 뻔하자 입속말로 욕을 뱉었다. 그러나 한나는 그 말을 듣지 못했다. 바구니를 들여다보며 돈을 얼마 내야 할지 계산해 보았다. 집에 분명히 마리안나가 쓰던 물감이 얼마쯤 남아 있을 텐데. 야쿱에게 새걸 사줄 필요가 없을 듯했다. 그리고 이 양말도 꼭 사야 할 필요는 없었다.

바구니 내용물이 줄어들었다. 그러나 음식만은 포기하지 않았다. 요리를 할 식재료가 있어야 하니까.

남편이 부엌에 다가오는 모습을 보면, 그녀는 기운이 쭉 빠져서 하던 일을 전부 내던졌다. 그를 위해 뭐가 됐든, 아니 뭐든지 하고 싶어졌다. 어쨌든 이 상황도 그녀가 해결해야 할 것이다.

그녀는 역할 분담을 지지했지만 아이들이 태어나면서 모든 일이 복잡해졌다. 그녀가 집에서 일을 하니까 식사를 준비하고 장을 보고 야쿱을 학교에 데려다주는 편이 더 쉬웠다. 이제는 더 이상 말다툼도 하지 않았다. 각자 자기가 맡은 일을 하는 편이 좋았다.

그녀는 한숨을 내쉬었다. 잠시 망설인 뒤 구미 봉지도 내려놓았다.

"그냥 둬! 내가 뭐라고 했어?"

등 뒤에서 남자 목소리가 들렸다. 그녀는 반사적으로 돌아섰다. 어느 아이 아빠가 분노의 부모 노릇 규범을 실천하고 있었다. 여섯 살쯤 돼 보이는 아들을 사인펜과 크레용 진열대에서 잡아끌었다. 한나는 아이에게 공감의 눈길을 보냈다. 어른들이 전부 저런 건 아니야, 정말로.

갑자기 주머니에서 휴대폰이 진동했다. 그녀는 재빨리 휴대폰을 꺼냈다. 메시지를 읽고는 혼잣말로 욕을 했다. 문득 시선을 들어 보니, 아까 그 아이가 흥미로운 눈길로 바라보고 있었다. 하긴, 그렇다. 욕설은 모든 아이들이 좋아하는 오락이다. 한나는 휴대폰을 주머니에 집어넣고 계단대 쪽으로 돌아섰다. 줄을 선 다음 휴대폰을 꺼낸 뒤 버튼을 한 번만 눌러서 전화를 걸었다.

"응. 나, 아직 학교에도 가야 돼. 알았지? 레인지 위에 수프 올려놨어. 끊을게."

마치 전보를 치듯이 빠르게 말했다.

상실

막상 계산을 해보니 생각보다 많은 금액이 나왔다.

한나는 지름길을 택해 경기장을 가로질러 걸어갔다. 그곳에서는 이미 오래전부터 아무도 운동을 하지 않았다. 진흙 속에서 쓰레기, 썩은 채소, 비닐 주머니가 뒹굴었다.

"여보세요, 여보세요? 한나! 모임에 갈 거야?"

한나는 눈을 가늘게 떠보지만 어둠 속에서는 누가 자신을 부르는지 알아보기가 힘들었다. 그러다 잠시 후 웃음을 띠었다. 익숙한 형체가 어둠 속에서 나타났다. 유스티나, 마리안나와 같은 반인 안트카의 엄마였다.

한나는 고개를 끄덕이고 한숨을 쉬었다. 간다. 모임에 간다. 대화하고 싶은 생각은 없었지만 달리 도망칠 곳도 없었다.

"고학년 애들은 어떤지 직접 가서 확인해 봐야지. 그래도 자기는 별로 걱정할 거 없겠다."

유스티나가 말했다.

"마리안나는 참 착하잖아."

한나는 다시 고개를 끄덕였다. 마리안나가 학교에서도 집에서와 똑같이 구는지 궁금했다. 야쿱이 마리안나를 발로 밟고 뛰어다녀도 마리안나는 그저 부모를 쳐다보며 어떻게 반응하는지 기다렸다. 딸에게 가끔은 참지 않아도 된다고, 맞받아치며 소리질러도 된다고 말해 줘야 할 것 같다.

두 사람은 담임선생님에 대해 이야기했다. 카르파치에 있다는 여름학교를 신청하면 자리가 날지 모르겠다는 이야기도 나누었다. 한나는 그저 고개를 끄덕이면서도 속으로는 십대 소녀인 딸에게 이제 여름학교 따위는 없다는 걸 어떻게 설명해야 할지 고민했다. 마음 편한 이야깃거리로 방향을 돌려 날씨에 대해 말했다.

이 지저분한 진흙이라니, 끔찍한 가을이다.

"아파트가 어떤 꼴이 될지 벌써 알 만해. 애들하고 개가 신발에 전부 묻……."

갑자기 한나는 입을 닫았다. 유스티나가 놀라서 바라보다가 그녀의 시선을 따라 눈길을 돌렸다.

브로츠와프스카 거리 아파트 건물 아래에서 비싸 보이는 초콜릿색 외투를 입은 나이 든 여성이 식료품 꾸러미를 풀고 있었다. 한나는 한순간 다른 길로 갈까 고민하며 망설였다. 그러나 이미 늦었다. 상대 여성이 눈치채지 않게 방향을 틀 방법은 없었다. 한나는 계속 걸으면서도 충돌의 순간을 미루려는 듯 걸음을 늦추었다.

"안녕하세요."

한나가 인사를 건넸다.

'갑자기 창백해지네. 학교 화장실에서 담배 피우다 걸린 학

생 같아.'

유스티나는 한나를 보며 이렇게 생각했다. 나이 든 여성이 한나와 유스티나를 길게 훑어보았다.

"아, 그래."

나이 든 여성이 대답했다. 그쪽도 별로 기분 좋아 보이지는 않았지만 애써 친절하게 미소를 지었다. 그 미소는 은행 창구의 직원이 새 고객을 보고 얼마나 열심히 설득해야 할지 잘 모를 때 짓는 표정과 같았다.

"우리 집에 왔니? 난 방금 돌아와서 아직 위층에 못 올라가 봤다."

"아뇨, 아뇨. 학교에 가요. 모임이 있어서요. 여기 유스티나하고 같이 가요. 안트카 엄마예요. 기억하세요?"

상대 여성이 유스티나의 얼굴을 분석하려는 듯 들여다보았다. 그러다 마침내 반갑게 고개를 끄덕였다.

"야츠코프스키 씨 따님? 안녕하세요."

알리치아가 말했다. 그리고 한나에게로 시선을 돌렸다.

"그제고시가 전화했길래 너도 같이 온 줄 알았다."

한나는 뭔가 말하려는 듯 입으로 공기를 빨아들였다. 숨을 들이쉬다 말고 생각을 바꾸고는 입을 다물었다. 그저 건성으로 고개를 끄덕일 뿐이었다. 그러다 마침내 입을 열어 원래 생각과는 다른 말을 뱉었다.

"아뇨, 아뇨. 저한테는 그냥 얘기 좀 하자고만 했어요. 하지만 저는 지금 모임이 있어서……."

다른 어조로 덧붙였다.

"그런데 언제나 참 멋지세요. 어디서 봬도 항상……."

한나는 망설이다가 결국 처음 머릿속에 떠오른 것을 말했다.

"할리우드 스타 같아요."

"칭찬인지 잘 모르겠다만……."

알리치아가 입을 열다가 의미심장하게 유스티나를 바라보더니 다 이해한다는 듯한 미소를 지었다. 마치 한나가 조그만 개이고, 방금 자기 발목을 물었지만 너그럽게 용서해줄 생각이라는 듯한 표정이었다.

"멋진 배우들이요. 일급 말예요."

한나가 황급히 덧붙였다.

"그렇구나. 고맙다."

알리치아가 대답했다. 아파트로 들어가려다 한나의 진흙투성이 신발에 잠시 눈길을 멈추었다. 그리고 마침내 말했다.

"모임 잘하렴."

아파트 현관문이 알리치아의 등 뒤로 닫히자 유스티나가 코를 쿵쿵거렸다.

상실

"아유, 세상에! 진빠진다. 누구야?"

유스티나가 물었다.

"그게 말이지."

한나가 고개를 저으며 대답했다.

"우리 시어머니, 우리 시어머니였어. 그러니까 지금도 시어머니야. 가자, 늦겠다."

유스티나는 질문하듯 쳐다보았지만 더 이상 아무것도 알아내지 못했다. 한나는 입술을 깨물고 걸음을 재촉했다.

두 사람은 학교에 오후 4시 5분에 도착했다. 복도에서는 한나가 여기 학생이었을 때와 똑같은 냄새가 났다.—바닥 세제 냄새, 오래된 유성 페인트, 실망의 냄새. 유스티나와 함께 모임이 열리는 교실로 들어가서 의자 아래 깊숙이 신발 신은 발을 숨겼다.

+++

폴라의 웃음소리가 공기를 갈랐다. 마리안나는 아무것도 두려울 게 없는 여자애들이 저렇게 웃는다고 생각하며 부러움에 잠겼다. 마리안나는 걸을 때마다 팔다리가 자연스럽게 움직이게 하는 데 집중했다.

그럴 때 주머니가 제법 도움이 되었다. 주먹 쥔 양손을 주머니에 집어넣고 걸으면 팔을 느슨하게 내리고 있어야 하는지, 스키를 타는 듯 보이지 않는 스키폴로 땅을 미는 것처럼 앞뒤로 조금씩 흔들어야 하는지 고민하지 않아도 되니까.

폴라와 마르타와 야드비가와 함께 있는 동안은 그나마 숨을 수 있었다. 마리안나는 녹아서 눈에 띄지 않은 채 남의 시선을 끌지도 않고 아무도 알아채지 못하게 다닐 수 있었다. 최소한 그렇기를 바랐다. 혼자 다닐 때가 가장 나쁜데, 그럴 때는 발걸음 하나하나가 악몽이었다. 혹시나 자신을 쳐다보면서 피노키오처럼 뻣뻣하게 걷는다고 생각할까 봐, 마리안나는 낯선 사람들의 시선을 피해 작은 골목으로 숨어다녔다.

폴라, 그 애의 환한 빛 속에서는 얼어붙은 심장마저 쉽게 녹일 수 있었다. 심지어 폴라의 필통마저 반에서 제일 예뻤다.— 꽃무늬가 있는 금속제 필통이었다. 몇 주에 걸쳐서 끈질기게 조른 끝에야 폴라는 마리안나에게 어디서 샀는지 말해 주었다. 바로 그날 오후에 마리안나는 엄마와 함께 서점에 가서 거의 똑같지만 색깔만 다른 물건을 찾는 데 성공했다.

그러나 실제로는 필통이 중요한 게 아니었다. 폴라는 마치 주변을 둘러싼 물건들에 알 수 없는 마법을 거는 것 같았다. 폴라의 물건들은 모두 좋아 보이고 매력적이고 갖고 싶어졌다.

상실

마리안나에게는 그런 능력이 없었다.

마리안나가 폴라를 사랑하는 것을 넘어 거의 숭배하는 것도 이상한 일은 아니다. 엄밀히 말하자면 폴라와 사귀고 싶은 것은 아니고, 정확히는 폴라가 되고 싶은 것이다. 그 이상적인 피부 속에 녹아들어 숱 많은 머리카락의 폭포 속에 몸을 담그고 절대로 나오고 싶지 않은 것이다.

그러나 현실적으로 그렇게 할 수 없으니, 폴라가 발을 딛는 곳 어디에나 나타나는 그 아름다움의 아우라가 조금이라도 자신에게 물들기를 바라는 것이다. 지금으로서는 마리안나는 그저 빛나는 소녀의 이상한 친구일 뿐이다.

그러므로 폴라가 웃을 때면 마리안나는 세이렌의 노랫소리를 듣기라도 한 듯 본능적으로 폴라를 향해 고개를 돌렸다.

"마르타네 집에 동생들이 있을 거야."

야드비가가 고개를 저었다.

"하지만 프로젝터가 있잖아."

폴라가 끼어들었다.

"그리고 동생들은 오늘 축구시합인지 뭔지가 있어. 저녁 6시까진 집에 안 와."

마르타가 덧붙였다.

"조용할 거야."

마리안나는 아무 말도 하지 않았다. 주머니에서 휴대폰이 진동했기 때문이다. 엄마였다.

사이드 버튼을 눌러서 진동을 끄고 휴대폰을 다시 주머니에 깊이 넣었다. 친구들을 따라잡으려고 걸음을 재촉했다. 친구들은 여전히 말다툼을 하고 있었다.

"마르타네 집에서 보는 게 좋아. 소파가 엄청 커서 누울 수도 있잖아."

마리안나가 빠르게 말했다. 폴라가 동의하며 고개를 끄덕이자 마르타는 고마워하는 눈빛으로 바라보았다. 야드비가는 살짝 얼굴을 찡그렸다. 하지만 별수 없었다. 손해와 이득을 따져 본 결과, 이득이 더 많다는 결론이었다.

휴대폰이 다시 짧게 진동했다. 이번에는 메시지였다. 마리안나는 이로 볼 안쪽 살을 씹기 시작했다.

"왜 그래?"

"아냐, 아무것도. 가자."

"아니, 말해 보니까 볼 안쪽을 씹고 있네."

마리안나는 쓸쓸하게 웃었다. 기분이 별로인 걸 사람들이 알아차리는 건 이상하지만, 또다시 생각해 보면 그걸 알아차리기 위해서는 상당히 주의깊게 바라보아야 했다. 누군가 자신을 보아주니까 자신이 존재하고 정말로 있는 것이다. 게다가 그 누군가가 폴라다.

마리안나는 볼 안쪽을 씹던 것을 멈추었지만 당황한 마음은 가시지 않았다.

"어리광쟁이를 학교에서 데려와야 해. 저녁도 먹여야 하고."

마리안나는 내키지 않다는 듯이 말했다.

마르타와 야드비가는 멈추어서는 듯하더니, 서로의 얼굴과 마르타가 사는 아파트 건물을 번갈아 바라보았다. 두 사람은 눈을 동그랗게 뜬 채 잠자코 기다렸다. 폴라는 어깨를 으쓱하고는 마치 침을 뱉듯이 입술 끝만 움직여 말했다.

"진짜 짜증이다. 마리안나, 결정을 해. 무슨 우연인지, 넌 항상 볼 때마다 결정을 못하더라."

"그런 거 아냐."

마리안나의 목소리가 목구멍 속에서 뭉쳤다.

"네 동생, 그렇게 어리지도 않잖아."

"그러니까. 어리광쟁이 야큽! 왜, 자기 손으로 수프도 못 데운대?"

야드비가가 폴라를 거들었다. 마리안나가 아까 자기편을 들어주지 않아서 복수하는 게 틀림없었다.

"그만해."

마리안나는 조용히 말하고는 눈길을 돌렸다.

"그냥, 나, 가야 돼."

폴라는 외동이라 어떤 일은 전혀 이해하지 못했다.

"나중에 봐!"

마리안나는 친구들의 등에 대고 외쳤다. 분명히 저 애들은 자기 얘기를 하며 씹고 떠들 것이다. 이제까지 쌓은 점수를 전부 잃었다.

+++

야쿱은 오늘 완전히 굼벵이다. 점퍼를 입는 데 이십 분이 걸렸다. 동급생 한 명 한 명과 작별인사를 하면서 하나하나 뭔가 꼭 말해야만 했다. 마리안나는 머리가 터질 것 같았다. 친구들이 모인 곳에 가서 어쩌면 드라마 한 편을 충분히 볼 수 있었을 시간인데, 야쿱은 그동안에 신발도 신지 못할 것이다.

야쿱은 항상 이렇다. 벽의 얼룩을 한없이 들여다보고, 떨어지는 나뭇잎을 보며 생각에 잠기고, 학교에 가야 하는데 휴대폰으로 게임을 시작한다. 그래서 마리안나가 동생을 기다리며 서 있을 때면 삶은 어딘가 옆으로, 그녀 없이 흘러가 버린다.

상실

나이 차이가 절대적으로는 그리 크지 않을지 몰라도, 마리안나가 동생의 모든 불운에 대해 책임감을 느낄 정도로는 컸다.

마리안나가 보기에 야쿱은 자기가 태어난 날을 기억하는 것 같았지만, 다들 그건 불가능한 일이라고 했다. 마리안나는 그때 세 살이 조금 넘었다. 다들 불안하게 뛰어다니며 아무도 자신에게 관심을 주지 않았던 것, 갑작스러운 그 고독을 기억한다. 그때 누가 마리안나를 돌봐주었더라? 기억이 나지 않는다.

대신 마리안나가 기억하는 것은 잠들지 않으려 애쓰던 자신의 모습이다. 엄마가 집에 돌아오는 순간을 놓치지 않으려고. 엄마가 동생을 데리고 집에 오는 순간, 좋아하던 체크무늬 담요와 캥거루 인형을 꼭 움켜쥐고 있었던 것. 동생이 가장 먼저 만나는 사람이 반드시 자신이 되기를, 최고의 친구이자 누나가 되기를 원했던 것. 그랬다고 기억하고 있지만, 어쩌면 같은 얘기를 너무 여러 번 들어서 자기 기억으로 받아들였는지도 모른다.

그 전에 엄마가 배 속에 남동생이 자라고 있다고 이야기해주었다. 동생이 마리안나와 함께 놀 것이고, 마리안나는 동생에게 세상을 보여줄 것이고, 중요하고 필요한 사람이 될 것이라고.

　부모님이 집으로 돌아왔을 때 약속했던 남동생 대신 애벌레를 데리고 왔다. 같이 놀긴 무슨? 세상을 보여주긴 뭘? 애벌레는 말도 못하고 걷지도 못하고 놀지도 못하고 계속 소리만 질렀다. 마리안나는 동생 침대로 가서 젖꼭지를 뺏었고, 엄마가 자신을 안아주기를 바랐다.

　결국 마리안나는 이렇게 물었다.

"애, 돌려주면 안 돼요?"

　다들 웃었다. 부모님은 이 질문을 기억해 두었다가 가족 모임 때마다 기회만 있으면 되풀이했다. 얼마나 귀여운지, 얼마나 어린애다운지. 마리안나는 매번 삼촌과 숙모들의 시선 아래 몸을 웅크리곤 했다. 그들의 웃음소리를 들을 때면 자신이 더 작고 가늘고, 아무런 특성도 없이 거의 투명해지는 듯이 느껴졌다.

　그러다 나중에 부모님에게 이런 말을 들었다. 야쿱은 알레르기가 있다. 야쿱은 몸이 약하다. 야쿱을 돌봐주어야 한다. 왜 야쿱 이마에 상처가 났니? 네가 잘 봐줬어? 야쿱이 나무 블록으로 때렸을 땐……. 네가 누나니까 더 현명하게 굴어야지. 양보해.

　그래서 양보한다. 야쿱이 샤프심을 백신 주삿바늘처럼 깊이

상실

찔러도 마리안나가 아무 말도 하지 않으면 부모님은 그녀를 칭찬했다.

시간이 지나면서 마리안나는 심지어 야쿱과 듀엣으로 기능하는 법까지 배웠다. 언제나 둘이서, 마리안나와 야쿱, 야쿱과 마리안나였다. 그것은 또 다른, 자기 존재의 반대 측면이었다. 가끔은 둘의 차이점이 너무 두드러져서 깜짝 놀랄 때도 있었다.—누나가 왜, 야쿱이 어디서 저런 걸 배웠지? 갑자기 왜 스케이트보드나 「마인크래프트」나 피규어 수집이나 자동차 종류를 구분하는 데 관심을 갖지?

상대방의 눈에 자기 자신의 삶이 점점 반영되었다. 가끔은 거울의 방처럼, 그 일그러진 반영이 자신이라는 걸 알아보기 힘들었다.

+++

집에서는 저녁식사가 준비되고, 곧 가족이 함께 모여 식사를 했다. 개가 식탁 아래 다리 사이를 돌면서 먹을 것을 달라고 졸랐다. 공기 속에 털뭉치와 먼지가 떠다녔다.

식탁 위에는 빈자리를 찾기 힘들었다. 모든 것이 마치 지층처럼 쌓여 있었다. 가장 아래쪽에 오래된 전기요금 고지서, 은행에서 아빠 이름으로 보낸 봉투들. 폴란드어 공책은 야쿱이 작년에 쓰던 것이다. 그 위에는 태블릿, 엄마 책(『일찍 일어나는 것의 장점에 대하여』), 마리안나가 크리스마스 카드에 쓸 장식을 오려내고 남은 색종이, 그 위에는 한 번도 보내지 않은 카드들, 가위, 핀셋, 트럼프 카드, 그리고 기타 등등.

마리안나는 수프 그릇을 놓을 자리를 만들려고 부모님의 물건들을 밀어냈다. 그때 아빠가 왔다.

"저녁 드실 거예요?"

"일을 좀더 해야 해."

그러고는 마리안나와 야쿱의 방으로 들어가 문을 닫으려 했다. 둘의 방에 조그만 책상과 이 집 전체에서 유일한 문이 있었다. 그러니까 화장실과 욕실 빼고 말이다. 마리안나는 숟가락으로 수프를 뜨다가 일명 거실 쪽을 바라보았다. 펼쳐놓은 소파가 부모님 침대 역할을 하고, 비즈 커튼이 거실과 부엌을 구분했다. 텔레비전이 붕붕 울리고, 냄비가 쨍쨍 부딪치고, 야쿱의 휴대폰이 계속 쩍쩍거리고, 누가 다른 누군가와 이야기를 했다.

"물리학 80점 받았어요."

마리안나가 말했다. 빨리, 빨리! 아빠가 문을 닫기 전에. 아빠와 접촉하는 유일한 방법은 시야에 들어가는 것뿐이었다.

상실

그런데 여기에는 특정한 감각이 요구되었다. 너무 강렬한 존재감은 아빠를 짜증나게 하기 때문이었다. 아빠는 언제나 뭔가 정확하게 말하기 어려운 일을 해결해야 하거나 뭔가 깊이 생각하거나 뭘 읽거나 어딘가에 전화하고 있었다.

"잘했네."

아빠가 대답했다.

"가서 공부해."

그리고 문이 조그맣게 달칵 소리를 내며 닫혔다.

"야, 야쿱, 저녁 먹었어?"

마리안나가 물었다. 동생은 휴대폰에 코를 박고 앉아 있었다. 마리안나는 동생을 혼자 두고 싶지 않았고, 어찌됐든 아빠가 방을 차지했으니 달리 갈 곳도 없었다.

창밖은 벌써 완전히 캄캄해졌고, 남은 수프는 움푹한 접시 안에서 굳어갔다. 프라이다가 마리안나의 무릎에 머리를 묻고 슬프게 바라보았다. 마리안나는 말없이 개에게 수프 접시를 내려주었다.

그때 엄마가 돌아왔다.

"야쿱, 저녁 먹었니? 프라이다하고 잘 놀았어?"

현관으로 들어서자마자 목도리와 모자를 벗으며 엄마가 물었다.

"너, 성적 아주 좋더라. 담임선생님이 입에 침이 마르게 칭찬했어."

마리안나가 웃음을 지었다. 엄마는 둘의 방으로 들어갔다.

"여보, 어머니 댁 갔다왔어?"

"응, 다 괜찮아."

"아니, 여쭤 봤어?"

"여보, 캐묻지 마. 진정해."

마리안나는 아빠가 엄마한테 진정하라고 할 때만큼 엄마의 신경이 곤두설 때가 없다는 걸 알고 있었다. 엄마의 얼굴은 지금 보이지 않지만, 아빠가 잠시 후에 다른 어조로 말하는 걸로 보아 이번에도 그런 모양이었다.

"어머니 댁에 내가 마지막으로 간 게 언제였는지 알아? 여보, 생각해 봐. 찾아뵙자마자 내가 현관에서부터 여쭤 봐야겠어……? 바보 같잖아, 정말로. 그리고 전부 다 좋은 방향으로 가고 있고, 어머니도 기분이 좋으시니까 다음번엔 내가 나설게."

"그래도 여보, 알잖아. 만약에 어머니가……."

엄마는 여기까지 말하고 문을 닫았다. 나머지 대화는 부모님이 물속에 있는 것처럼 뭉개진 채로 부엌에 들려왔다.

야쿱이 휴대폰 위로 고개를 들고 마리안나를 바라보았다. 마리안나는 어깨를 으쓱해 보이고는 수프 접시를 이미 설거짓

상실

거리로 가득 찬 개수대에 넣었다.

✦✦✦

부러진 손톱, 건조한 피부.

가끔 옷을 갈아입거나 타월만 두르고 욕실에서 나올 때면 마리안나의 흥미로운 시선이 느껴졌다. 딸의 시선에서 못마땅함과 실망감이 묻어났다. 바지 허리 위로 접힌 살, 털을 깎지 않은 다리, 염색물 빠진 머리카락, 그리고 이 손.

손은 워낙 못생겨서 반지도 팔찌도 어울리지 않았다. 주방 세제, 욕실 청소 세제, 바닥 청소 세제, 표백제 탓이었다. 그리고 청소할 때 장갑을 끼지 않은 탓이었다. 그냥 잊어버리는 것이다. 아파트의 혼란을 정복해야 할 때는 손 생각을 하지 않는다.

마리안나는 반지 몇 개를 겹쳐 끼는 것과 배꼽이 보이는 색색가지 옷을 좋아했다. 한나는 열네 살이 된 딸만큼 그렇게 스스로에게 자신있었던 적이 없었다. 아니, 거의 열다섯 살이다.

현관에 불이 켜지자 한나가 부엌에서 몸을 내밀었다.

"또 나가게?"

한나는 괜히, 그제고시가 현관에 점퍼를 입고 신발을 신은 채 서 있는 것을 보면서도 물었다.

"어, 여보, 혹시 그거……."

"부엌 식탁 위에."

잠시 후 그제고시는 건성으로 아내의 볼에 입을 맞추고 나갔다. 한나는 다시 부엌으로 돌아왔다. 야쿱이 양손으로 얼굴을 받치고 자신없는 표정으로 수학 숙제를 들여다보고 있었다. 한나는 아들 옆에 앉아 손가락으로 의자를 두드렸다.

그들 바로 옆에서 아파트 건물 전체, 13개 층의 26가구가 한숨을 쉬고 몸을 뒤척이며 편안한 자세를 찾는다. 수도관에서 물이 꿀럭거리고 문이 탕탕 열리고 닫힌다. 누군가는 지금 자러 가고, 다른 누군가는 지금에야 일어난다. 복잡한 아파트 기하학, 분수, 축, 제곱미터.

"13층 건물에 26가구."

한나가 말했다.

"그러면 한 층에 몇 집이지?"

야쿱이 짜증난 표정으로 그녀를 바라보았다.

"엄마, 나 바보 아냐. 그냥 수학이 싫은 거야."

한나는 아랫입술을 깨물고는 한 번 더 시도했다.

"그러면 한 아파트에 4와 2분의 1명씩 산다면? 그러면 몇 명이 사는 거지?"

상실

"4와 2분의 1명 사는 건 우리 집이지."

야쿱이 말했다.

"개까지 합해서. 하지만 1층 아줌마는 혼자 살잖아."

"그래서 2분의 1을 더한 거야. 개를 합하라는 게 아니라 평균을 내라고."

"1층 아줌마가 절반이야?"

한나는 한숨을 쉬고 수프를 저으려 일어났다. 빨간색 폭스바겐 골프는 이미 아파트 건물 아래로 빠져나갔다. 한 시간 전에 당근을 잘게 썰고, 브로콜리를 장미 모양으로 자르고, 감자와 완두콩을 넣었다. 남편이 좋아하는 채소들이었다. 그러나 차를 가지고 나갔으니 빨리 돌아오지 않을 것이다.

그들의 첫 데이트에서—나중에야 두 사람은 그것을 데이트였다고 말했다.—2000년대 초에 유일하게 '레스토랑'이라는 야심찬 간판을 내건 음식점이었던 시장 광장 앞 피자가게에 그 제고시는 약속한 시간보다 한 시간 일찍 왔다. 여기에 대해서 그는 이후에 그녀를 기다리게 하고 싶지 않았다고 인정했다.

그때 한나는 열여섯 살이었고, 이미 몇 번 '남자친구들'을 사귀고 실패한 이력이 있었다. 첫 섹스는 카르파치로 갔던 수학여행에서 동급생과 했다. 방에는 사람이 가득했고, 침대에는 술취한 여자 동급생 하나가 옆에 자고 있었다. 그것도 다

지난 일이었다. 그런데도 한나는 진지한 대우를 알지 못했다. 자기 시간을 신경써 주거나, 부를 때마다 나타나거나, 절대로 실망시키지 않는 사람을 만난 적이 없었다.

그런데 그제고시는 한 시간이나 빨리 왔고, 그런 뒤에 식어 가는 피자를 앞에 두고 두 시간 동안 그녀의 이야기에 귀를 기울였다. 그러고 나서 집까지 데려다주고 키스조차 하려 들지 않았다. 그녀가 그에게 먼저 키스했다. 약간은 고마워서, 약간은 그가 불쌍해서였다.

그 후로 둘은 만나기 시작했고, 그렇게 거의 이십 년간 함께 했다. 자신없어한 사람도 한나였다. 만날 약속을 잊어버리곤 했던 것도 한나였고, 다른 사람과 같은 시간에 약속을 잡곤 했던 것도 그녀였으며, 비밀을 털어놓은 것도 그녀였다. 그는 언제나 그 첫 데이트 때처럼 그녀를 기다렸다.

그런 뒤에 그는 가족 전체를 돌보았다.

아이들이 잠들어 조용해지면 그제고시는 집안을 점검했다. 현관문이 잘 잠겨 있는지, 이를 닦고 나서 수돗물이 새지는 않는지 확인했다. 라디오와 텔레비전을 끄고, 충전기가 꽂혀 있으면 아무것도 충전하지 않아도 전기를 계속 '먹는다'고 어디선가 읽었기 때문에 코드를 뽑았다. 식기세척기도 열어보았다.

한나는 보통 침대에 누워서 남편이 돌아다니는 소리를 들

상실

으며 졸곤 했다. 낮 동안에 집안은 그녀의 책임이었고, 저녁은 그의 것이었다. 그녀는 안전하게 돌봄받으며 잠이 들었다. 그에게 의지할 수 있었다.

지금까지는.

남편이 일하는 도매상 상황이 별로 좋지 않다는 것은 알고 있었고, 전에도 그런 문제를 안 겪어본 건 아니었다. 그제고시의 어머니는 언제나 급할 때 보험이 되어 주었다. 항상 일을 하는 데다 바보 같은 데 낭비하는 일이 없었고, 만약의 경우에는 몇 푼 정도 빌릴 수도 있었다.

그러나 이번에 그제고시는 알리치아를 찾아갔다가 잔뜩 긴장한 채로 돌아왔다.

그제고시가 또다시 무슨 일에 얽혔음을 깨달은 순간을 정확히 짚기는 힘들다. 어느 날 남편은 제시간에 퇴근하지 않았다. 당연히 그럴 때도 있기 마련이지만, 그는 언제나 아이들을 학교에서 데려올 수 없다거나 장을 볼 수 없을 때는 아내에게 미리 알려주었다. 이번에는 전화를 하지 않았을 뿐 아니라 그녀가 전화를 걸었는데도 그냥 끊어버렸다.

마침내 집에 돌아왔을 때는 평소보다 두 시간이나 늦었다. 그녀는 남편 때문에 기분이 상했다는 사실을 짧게 표시했다. 그러나 남편은 책상 앞에 앉더니 저녁 내내 컴퓨터만 들여다보았다. 남편이 침대로 온 것은 그녀가 이미 잠든 뒤였다.

그 뒤로 몇 주를 한나는 창가에서 보냈다. 남편은 매일 조금씩 더 늦게 돌아왔다. 무슨 일인지 묻자 이렇게 말했다.

"여보, 쓸데없는 생각 하지 마."

그래서 생각하지 않았다. 개를 산책시키고 아들을 학교에 데려다주고 빵을 굽고 청소를 했다. 과외를 하고 번역을 하고, 가끔 학교에서 워크숍 진행을 하고 집안일을 했다. 친구들과 약속도 잡았다. 그렇게 계속 움직였다. 그러면서도 그녀는 굳어가는 송진 속에 영원히 갇힌 벌레 같다고 느꼈다.

결국 더 견디지 못하고 남편의 컴퓨터와 휴대폰을 확인했다. 구체적인 것은 없었다. 그녀가 모르는 번호로 전화한 적이 몇 번 있었다.

그녀는 자기 자신에게 말했다. 아무것도 아냐.

그녀는 질투하는 성격이 아니었으며, 그제고시를 통제하려든 적도 없었다. 어쨌든 남편은 자기가 원하는 사람과 이야기할 권리가 있었다. 그러나 어째서인지 그녀는 이것이 무의미한 전화 통화가 아니라고 느꼈다.

지금은 차라리 그것이 내연녀와의 전화 통화였기를 바랄 지경이었다.

야쿱이 주의깊게 그녀를 바라보고 있었다.

상실

“그 수학숙제 다 끝냈니? 몇 문제나 남았어?”

그녀는 당황하며 아들에게 이렇게 묻고는 공책을 끌어당겼다. 야쿱은 이미 제대로 듣고 있지도 않았다. 가서 자야 할 것 같았다. 그녀는 다시 한번 아들 옆에 앉아 문제를 풀어보려 했다. 그녀 또한 둥글둥글한 숫자들이 그저 눈앞에서 뛰어다닐 뿐이었다.

+ + +

“그거야 물론이지요, 변호사님. 이미 저희가 다 준비해 두었습니다. 오후 2시 15분에 서류 가져가시면 됩니다. 진심으로 감사드리고 건강 조심하시기 바랍니다. 물론이지요, 기다리고 있습니다. 감사합니다.”

알리치아는 수화기를 내려놓고 말했다.

“에바, 변호사님한테 보낼 그 서류 내가 끝낼 테니까 커피 좀 타줄래?”

달력을 흘끗 보았다.

“조금 이따가 비슈뇨프스카 씨도 올 테니까, 응?”

에바는 잠시 이마에 주름을 잡고 알리치아를 바라보다가 말없이 일어나 에스프레소 머신 쪽으로 걸어갔다.

베아타 자크제프스카 공증사무소는 첫눈에 보이는 것과 완전히 달랐다. 모든 것이 실제보다 어느 정도 더 확고해 보였다.

무거운 목재 가구는 가까이 가서 보면 합판을 조립해 마호가니 색깔을 칠해 만들었고, 선반에 장식된 은식기는 사실 쇠로 만든 것이었다. 여기서 일하는 여성 세 명은 분위기에 휩쓸린 사람들이 '변호사님'이나 가끔은 '판사님'이라고까지 부르지만 사실은 법률가가 아니었다. 알리치아는 그냥 고등학교를 졸업했을 뿐이므로 이런 호칭을 아주 재미있어했다. 누군가 자신을 '장관님'이라고 부르는 날이 올지도 모른다고 생각하면서.

공증인은 이중 한 명이고, 그녀의 이름이 간판에 걸려 있었다. 그녀는 옆방에 혼자 앉아 있었다. 두껍고 무거운 커튼 때문에 사무실은 꽤 위엄 있어 보였다. (사실 알리치아는 드라큘라의 성 같은 그 어스름이 공증사무소에 어울리지 않는다고 생각하지만, 여기서 오래 일하다 보니 반대 의견을 표현할 가치가 없는 경우를 충분히 알고 있었다.)

베아타는 중견 공증인인데, 알리치아보다 두 살 아래였다. 하지만 이 사실을 종종 잊었다.─직업적인 신중함이 그녀의 얼굴에 세로주름을 깊게 새겨놓았다. 알리치아는 베아타를 안 지 이십 년이 되었고, 그동안 그녀의 변화를 관찰할 수 있었다.

상실

베아타는 젊고 경험 없는 공증인으로 고향에 돌아와 아버지에게 공증사무소를 물려받았다.

알리치아는 종종 베아타에게 조언을 해주곤 했다. 법률 분야는 베아타가 훨씬 더 전문가이므로 나서지 않았지만, 삶과 사람과 사무실 관리에 대한 조언들, 하다못해 사무실에서 어떤 커피를 구매해야 너무 비싸지 않으면서 비서실이 만족하는지……, 그런 종류였다.

시간이 지나면서 베아타는 단단해지고 자기 분야에 확신 있는 전문가로서 성숙하여, 아버지의 길을 따르면서도 자기 방식으로 일하기 시작했다. 그러다 결국은 달콤하면서도 씁쓸한 결과이지만 베아타는 그 어떤 일에도 놀라지 않는, 지친 일상을 되풀이하는 사무직이 되었다. 일의 절반은 비서실, 그러니까 대부분의 경우는 알리치아가 처리했다.

오늘은 한가해서 알리치아는 서류를 정리했다. 두 명의 젊은 비서들은 자기 일을 하고 있었는데, 알리치아는 두 사람에게 굳이 뭔가 일을 시킬 마음이 들지 않았다. 그들이 달려와서 도움을 청하지 않는 한 이 조화로운 분위기를 먼저 깰 필요는 없었다.

"사무실에 뭔가 변화가 일어나려는 모양인데요."

에바가 커피를 가져다주며 속삭였다.

알리치아는 여자애들에게 몇 번이나 속삭이지 말라고 말했다. 여기는 빨래방이 아니다. 탕비실에서 시시덕거리거나 소문을 부풀리거나 십자말풀이를 해서는 안 된다. 아무리 말해도 듣지 않았다.

알리치아는 입을 다문 채 몸을 기울여 목을 길게 빼고는 에바의 책상을 바라보았다.

"도장 좀 제대로 찍어. 베아타 소장님이 나중에 뭐라 하시는 거 너도 알잖니?"

알리치아가 말했다. 사무실 소문에 신경쓰기에 알리치아는 너무 경험이 많았다.

에바는 다시 자리로 돌아가 일을 했다. 일리치아의 암시를 이해했다. 공증인 도장을 볼 때마다 그녀가 직장에서 거의 쫓겨날 뻔했던 사건을 떠올렸다.

어딘가로 서둘러 가면서 양손에 서류 더미를 산처럼 쌓아 들고는 그 위에 공증인 도장을 얹어놓았다. 무언가에 발이 걸리면서 도장이 큰 소리를 내며 바닥에 떨어졌다. 도장에는 금이 가 있었고, 에바의 눈에는 눈물이 고였다.

알리치아는 공증 도장이 훼손된 것 자체를 기록해서 절차로 만들어야겠다고 생각했다. 그 덕에 한눈에 자크제프스카 공증사무소에서 공증한 서류라는 것을 알아차렸다. 폴란드 국

상실

가 상징인 독수리 도장에 발톱이 없으면 전부 잘 처리되었다는 뜻이었다. 공증인은 이것이 훌륭한 발상이라고 여겼다. 다만 에바가 도장을 소중히 다루는 법을 배우지 못했으니 이 우화는 교훈을 주지 못했다. 소 귀에 경 읽기였다.

에바는 혼잣말로 씩씩거렸지만, 씩씩거리는 것마저도 금지였다.

"알리치아 선생님."

에바가 다시 한번, 이번에는 목소리를 낮추어 말했다. 목소리를 낮추는 쪽이 속삭이는 것보다 나았다. 소문이나 수다가 아니라 신중함을 암시하기 때문이었다. 베아타와 알리치아는 서로 편하게 말하고, 나머지 비서들은 알리치아에게, 고용주인 소장에게 당연히 존댓말을 했다.

"베아타 소장님이 관리인과 이야기하는 걸 들었어요. 책상을 하나 더 들여놓고 뭔가 이리저리 바꿀 생각인가 봐요. 혹시 뭔가 아세요?"

알리치아는 혼자 웃음을 지었다. 어린애 앞에서 속을 다 드러낼 생각은 없었다. 아는 것이 힘이다.

"에바, 에바."

알리치아는 일부러 힘주어 말했다.

"소장님이 그런 결정을 내리셨으면 다 이유가 있는 거야. 그리고 때가 되면 분명히 우리한테도 알려주실 거고. 그런데 5시 약속에서 서명하기로 한 그 서류는 다 준비했어? 전부 출력해 뒀어?"

이제 에바는 일을 해야만 할 것이다. 이 젊은애들은 점점 쓸모가 없어져 일할 사람은 없고, 일하러 오는 사람들은 아무것도 할 줄 모른다. 에바는 이 년 전부터 일하기 시작했는데, 이 년 동안 설명하고 고쳐주고 질문에 대답하고 일일이 보여주어도 여전히 매번 지켜보아야만 했다. 알리치아가 저 나이였을 때는 직장에 다니며 두 살짜리 아기와 부모를 돌보았다.

에바는 고양이인지, 개였나? 한 마리만 돌보고 있었다. 그런데도 일이 너무 많다고 불평했다. 그래, 하긴 여기서 말해 무엇하겠는가. 그때는 시대가 달랐다.

알리치아는 우연히 이 일자리를 얻게 되었다. 휴가 중이었는데, 동료가 자기는 법원 사무원이 될 거라고 자랑했다. 그래서 알리치아도 상업고등학교를 막 졸업한 참이라 덩달아 지원을 했다. 그리고 성공했다. 법정 변론을 처음에는 손으로 받아 썼다가 나중에 타자를 쳐서 옮겼다. 학교에서 속기를 배웠지만 사실상 처음부터 다시 공부해야 했다.

심지어 한번은 공산당에 저항하는 데 참여해서 치마 밑에 종이를 숨겨 다닌 적도 있었다. 정권을 무너뜨릴 생각이었던

상실

건 아니고, 시골에서 누구든 그런 일은 꿈도 못 꾸었겠지만 그 감정적인 소름과 투쟁의 맛을 좋아했다. 정권은 바뀌었지만 알리치아는 똑같은 채로 남았다.

"시골 마을 전체에서 가장 똑똑하지."

그제고시가 가끔 놀렸다. 그건 맞다. 모든 사람에 대해 뭐든지 다 아는 것을 좋아했으므로 그 말은 옳았다.

알리치아의 필체는 약간 기울어지고 우아했다. 소문자 'a'를 쓸 때 장식적으로 물결치게 썼다. 대문자 'S'는 종이 위쪽 가장자리를 향해 높이 솟아올랐다. 그녀는 서류에 적힌 자기 서명을 좋아했다. 그 서명은 몇 년에 걸쳐 완벽하게 다듬었는데, 이제야 만족스러워진 것 같았다.

"알리치아, 얘기 좀 해요. 의논할 게 있어서."

그녀는 소장이 비서실로 들어온 것을 눈치조차 채지 못했다. 베아타가 비싼 시계를 높이 들어올리며 덧붙였다.

"오후 4시 이후에 시간 돼요?"

"아, 오늘은 안 돼요. 약속이 있어요."

알리치아가 대답했다.

"아주 급한 일이에요?"

"아니, 아니에요."

공증인이 손을 흔들었다.

"내일."

고개를 들지 않아도 에바가 의기양양해하는 것을 알 수 있었다. 알리치아는 서류에 아주 세심하게 서명을 그려넣었다.

+ + +

다음 날 마리안나의 생각은 사방으로 뛰어다녔다. 생각들이 마당에 풀어놓은 강아지떼처럼 어수선해서 도저히 쫓아다니며 한곳으로 모을 수가 없었다.

폴라가 자신과 말을 할 것인가? 어쩌면 정말로 토라져서 반 아이들까지도 따돌림에 동참하라고 꼬드기는 건 아닐까? 마리안나는 폴라가 그럴 수도 있다는 걸 잘 알았다. 몇 번이나 폴라가 그렇게 하는 것을 보았고, 그녀 자신도 이 남자애 혹은 저 여자애하고 말하지 말라는 지시를 들은 적이 있었다. 부적절한 방향으로 입 밖에 내놓은 단어 하나하나가 충분히 토라짐의 이유가 될 수도 있었다.

하지만 정말로 자신과 말도 하고 싶지 않을 정도로 폴라에게 상처를 주었을까? 약속을 한번 어긴 것만으로 친구관계를 끊을 수 있나?

물론 그렇다. 폴라는 특별하고, 자기도 그 사실을 알았다.

상실

자기 변덕에 따라서 특권을 나눠주기도 하고 도로 빼앗기도 했다.

개는 하늘에 첫 먹구름이 나타나기도 전에 다가오는 폭풍을 감지한다. 공기중에 습기가 감돌고 기압이 떨어지는 것만으로 귀를 뒤로 젖히고 침을 흘리며 안전한 장소에 숨는다.—샤워 부스 안, 침대 밑, 가끔은 옷장 속에.

사람은 그렇게 민감하지도, 조심스럽지도 않다. 우선 사람의 감각은 그렇게 날카롭지 않다. 그러나 사람은 신호를 무시하고 직관을 믿으려 하지 않는다. 바로 옆에 번개가 떨어져야만 그제야 뭔가 잘못되었다는 걸 깨닫는다.

프라이다는 불안해하며 자꾸 멈추어 양옆을 돌아보았다. 마리안나를 슬프게 쳐다보며 마치 이렇게 말하고 싶어하는 것 같았다.

"언니야, 모르겠어? 뭔가 꼬여가고 있어."

"진정해, 진정해. 괜찮을 거야."

개들은 토라지지 않는다. 깨물 수는 있지만, 잠시 후에 용서의 표시로 얼굴을 핥는다. 마리안나와 폴라 사이에 단어, 시선, 하지 못한 말들로 인해 장벽이 생겨나지 않았다면 얼마나 쉬웠을까.

마리안나는 개를 재촉했다. 경기에 늦어선 안 되었다. 프라

이다는 마치 일부러 그러는 듯 멈추어서더니 바닥에 주저앉
았다.

프라이다는 이 년 전부터 마리안나 가족과 함께 살기 시작
했다. 마리안나에게는 아주 긴 시간이고, 프라이다에게는 영
원과도 같았다. 둘 다 이전에 어떻게 살았는지 기억도 못 하지
만, 마리안나는 개를 데려와도 좋다고 부모님이 마침내 허락
해 줄 때까지 아주 오래 기다려야만 했던 것만은 똑똑히 기억
한다.

마리안나는 유치원 때부터 졸랐다. 동물은 더럽고 냄새나고
돌봐줘야 하고 휴가 갈 때 맡아줄 곳도 찾아야만 한다. 게다가
개는 땡볕이 쏟아질 때나 모든 사람이 잠들어 있을 때도 아침
저녁으로 산책을 시켜야 하기 때문에 그야말로 최악이다. 개
들은 사람의 핑계를 이해하지 못하기 때문에 젊고 건강한 동
시에 은퇴한 사람들만 키울 수 있다.

마리안나는 이런 주장이 일리 있다고 받아들이기가 어려웠
다. 어쩌면 너무 어렸는지도 모른다.

결국 일곱 살 때 햄스터를 얻었다. '피시오'라고 이름을 붙
였다. 유감스럽게도 햄스터는 아이들에게 죽음의 관념을 설명
하기 위해서만 존재한다. 피시오는 그 역할을 수행했다. 그러
나 개를 대신하지는 못했다.

상실

마리안나는 공원에서, 집 앞에서, 거리에서 누군가 개를 데리고 가는 것을 볼 때마다 물었다.

"엄마, 우리도 저런 개 키우면 안 돼?"

대답은 언제나 같았다.

"아니, 저런 개도 안 돼."

그럴 때면 어른들은 보통 서로 지친 눈길로 바라보았고, 마리안나는 자신이 뭔가 바보 같은 말을 한 것처럼 느꼈다.

사실 개를 키울 수 없는 진짜 이유는 단 한 가지뿐이었다. 야쿱과 야쿱의 병, 알레르기, 항상 또 뭔가. 물론 야쿱이 좋아서 아픈 건 아니라는 사실은 알고 있지만, 어째서 마리안나가 그 때문에 고통받아야 하는가?

그녀는 달랐다. 마치 남동생은 솜사탕을 이어붙여 만들었고, 마리안나는 우유에 적신 빵덩어리로 만들어진 것 같았다. 야쿱은 녹아서 흩어졌지만 마리안나는 연방 빨아들였다. 마리안나는 밤에 잘 잤다. 마리안나는 빨리 배웠다. 마리안나는 잔병치레를 하지 않았고, 심지어 동생에게 병이 옮은 적도 없었다. 마리안나는 유치원에 개근을 했다.

그렇게 몇 년이 지났다. 그들이 사는 아파트 건물은 점점 더 회색으로 변했고, 마리안나는 학교에 다니게 되었다. 뮤지컬 음악을 더 이상 듣지 않았지만 그래도 계속 개를 원했다.

옆자리 친구는 저먼셰퍼드를 키웠는데, 저먼셰퍼드는 통로를 지켰다. 이름은 사우론이었고, 크고 뚱뚱했지만 성격이 부드러웠다. 아주 늙어서 마리안나보다도 나이가 많았다. 이빨이 거의 없었다. 야드비가가 가끔 장난으로 건사료를 부어주고 나서, 개가 입안에서 사료를 우물거리다가 씹지 않고 넘기는 모습을 다 함께 지켜보았다.

마리안나는 계속 사우론 이야기를 했다. 견디다 못한 엄마는 그렇게까지 개를 키우고 싶으면 보호소에서 자원봉사를 해야 한다고 말했다.

마리안나는 갔다. 야드비가와 함께 갔다.

두 사람은 일주일에 두 번 도시 반대편 끝까지 걸어가 개들을 데리고 산책을 나갔다.―바짝 마른 개, 피부병 있는 개도 있었지만 잘 돌보아진 순종 개도 있었다. 스파니엘 '레이디'의 엉킨 털을 빗겨주면서 마리안나는 사람을 완전히 신뢰할 수 없다는 사실을 깨달았다. 순종 혈통에 현명한 눈길이 귀엽지만 '레이디'는 결국 보호소에 오게 되었다. 산책을 나가면 레이디는 자꾸 고집을 부렸다. 사랑받을 자격이 있으려면 꼭 완벽해야만 하는가?

엄마는 마리안나의 열정에 감명을 받았으나, 개를 키우는걸 허락해 주지는 않았다. 조건이 더 늘어났다.

상실

"네가 혼자 학교 갔다 돌아올 수 있게 되면, 성적이 올라가면(이미 성적은 아주 좋았는데도), 더 일찍 일어나면, 주말과 공휴일에도 동생에게 아침을 차려주면."

엄마는 아빠와 함께 마리안나를 시험했다. 마침내 마리안나가 포기하고 차라리 새 자전거를 가지고 싶다고 말할 때까지, 얼마나 많은 것을 해낼 수 있는지 확인하며 모든 것을 시도했다. 그 정점은 마리안나에게 개를 돌보는 일에 대한 프리젠테이션을 준비해서 발표해 보라는 것이었다. 적절한 지식을 가지고 있다는 걸 증명하라는 얘기였다.

마리안나는 모든 일에 동의했다. 심지어 야쿱에게 매일 아침도 차려주었다. 점점 더 짜증이 났지만, 이 모든 일을 눈 하나 깜짝하지 않고 전부 해냈다. 부모님은 마리안나가 야쿱을 돌볼 때는 책임감 있다는 사실을 전혀 의심하지 않았지만, 개를 돌보는 일에 대해서는 그렇게까지 확신하지 않았다. 그래서 열 살짜리 동생을 돌보는 일에 대해서는 프리젠테이션을 요구하지 않았다. 여기에 대해서 아는 게 훨씬 더 적다는 사실을 부모님도 깨달았을 것이라고 마리안나는 확신했다.

하지만 좋다. 요구하고 싶으면 해도 된다. 이제는 명예의 문제였다.

엄마는 마리안나를 달래주려고 동물에 대한 색색가지 잡지들을 사주기 시작했다. 그런 잡지들을 보면 판다가 뭘 먹는지, 혹은 나무늘보가 왜 나무늘보인지 읽을 수 있었다. (나무늘보들은 나무꼭대기에서 살면서 일주일에 한 번만 아래로 내려와 숲 바닥에 용변을 보았다. 손톱이 아주 길어서 나무에 쉽게 매달릴 수 있으며, 하루에 열다섯 시간에서 열여덟 시간씩 잔다!) 마리안나는 잡지를 읽으며 많은 시간을 보냈다. 가끔씩 예쁜 사진이 있어서 콜라주를 만들 때 쓰기도 했지만, 동물 사진을 보는 것만으로는 만족할 수 없었다.

마리안나는 친구가 필요했다. 학교가 끝나고 집에 돌아왔을 때 질문을 퍼붓지 않고 그저 그녀를 보면 기뻐하는 누군가가 필요했다. 그리고―이 점은 스스로 인정하지 않았지만―살아 있는 생물을 돌봐줄 정도로 충분히 다 컸다는 사실을 모두에게 보여주고 싶었다.

그러던 어느 날 보호소에 강아지 여섯 마리가 들어왔다. 둘은 까맣고, 둘은 흰 바탕에 갈색 얼룩이 있었고, 또 둘은 노르스름한 갈색이었다. 수의사는 아마도 아버지가 달라서 그럴 거라고, 개는 한배에 태어난 강아지들이 서로 다른 유전자를 가지는 게 가능하다고 말했다.

누군가 이 강아지들을 면자루에 넣어 정문 앞에 두고 가 버렸다. 강아지들은 아주 작고 눈도 반쯤 못 떴고, 바로 그렇기

상실

때문에 근처로 뿔뿔이 달아나 버릴 수가 없었다. 마리안나는 흥분했다. 강아지들을 먹이고 안아주고 무릎에서 잠이 들면 쓰다듬어주었다.

매일 보호소에 가고 싶었지만 엄마가 진정하라고 말했다. 마리안나는 그 말대로 따랐다. 성적을 망치면 아무것도 안 된다는 사실을 알고 있었다.

보호소 직원들도 마리안나에게 언제나 강아지들만 돌보고 있으면 안 된다고 부드럽게 이야기했다. 그래서 마리안나는 계속해서 나이 든 털북숭이 라모스, 장모종 레이디, 잘 짖는 토시에크, 토시에크와 같은 상자에 들어 있던 크루프카를 데리고 산책을 나갔다. 그리고 다시 돌아와서 강아지들을 돌보았다.

수요일에는 강아지가 여섯 마리였는데, 토요일에는 다섯 마리였다. 마리안나는 겁에 질려 직원에게 달려갔으나, 알고 보니 잘된 일이었다.—누군가 까만 통통이를 입양한 것이다. 그것은 학교 마지막 날과 같은, 콧구멍에는 이미 자유의 냄새가 느껴지지만 친구들과도 작별해야 하고, 그중 몇몇은 방학 내내 두 달 동안 만날 수 없을 때의 그런 달콤쌉쓸한 느낌이었다.

그 뒤에 얼룩이가, 다음에는 바이카, 룸짜이스, 마지막으로 바이카의 쌍둥이 바예크가 사라졌다.

마리안나는 울면서 부모님에게 전화했다.

“애 없이는 안 가요.”

“딸, 무슨 말을 하는 거냐?”

아빠가 물었다.

“우리를 데리러 오세요. 프라이다 없이는 집에 안 가요.”

그래서 아빠가 데리러 왔다. 아빠는 보호소 직원들과 오랫동안 이야기했다. 마리안나는 개를 입양하려면 여러 절차를 거쳐야 한다는 사실을 알고 있었다. 입양 전 방문, 서류 서명……. 잠시 후 아빠가 돌아와서 프라이다와 함께 집에 간다고 말했다. 차안에서 마리안나는 프라이다의 불그스름한 갈색 머리를 쓰다듬으며 갈색 눈을 가만히 들여다보았다. 프라이다는 자동차를 그다지 좋아하지 않았다.

“걱정하지 마. 우린 집에 가는 거야.”

“마리안나, 있잖아.”

아빠가 마리안나에게 고개를 돌리고 말했다.

“내가 이런…… 상황에 준비할 시간을 안 줬구나.”

마리안나는 고개를 끄덕였다. 아빠를 간절한 눈길로 쳐다보았다.

“그러니까 지금은 차안에서 잠깐만 기다려. 엄마한테 얘기 좀 하게. 그러니까 만약에……, 만약의 경우가 일어나면 안 되

상실

잖아. 너도 알지?"

마리안나는 다시 한번 고개를 끄덕였다. 상상 속에서 마리안나는 성난 엄마가 자신과 프라이다를 도로 보호소로 데려가는 광경을 그려 보았다. 좋다, 좋다. 차안에 빽빽거리는 프라이다와 함께 앉아서 필요한 만큼 얼마든지 기다려도 좋지만, 집 쪽을 돌아보기만 하면 소금 기둥으로 변할 것이다. 마리안나는 준비가 되어 있었다.

아빠가 아파트로 들어가고, 마리안나는 집 앞 차안에 앉아 있었다. 시간이 너무 오래 걸렸고, 정말 너무 오래 걸려서, 프라이다는 그사이에 차 카펫에다 오줌을 싸고는 마리안나의 겨드랑이에 얼굴을 묻고 잠들어 버렸다. 힘들었다. 마리안나는 위를 쳐다보았다.―불이 켜졌다가 꺼졌다가 해서 집안에 폭풍이 계속 몰아치는 것 같았다. 유리창도 떨리는 것 같았지만, 그건 확실히 착각이었을 것이다. 그렇겠지?

마침내 아빠가 아래로 내려와 차에 올라탔다. 한숨을 푹 내쉬었다. 손가락으로 운전대를 두드리더니 열쇠를 돌려 시동을 걸었다. 차를 돌렸다.

"아빠."

"마리안나, 진짜……."

"아빠!"

“나도 노력했어. 그렇지만 엄마가 어떤지 너도 알잖아.”

“아빠…….”

이제 마리안나는 정말로 울고 있었다.

아빠가 다시 한숨을, 마치 폐에 있는 공기를 전부 빼내려는 듯 이번에는 더 길게 내쉬었다. 머리를 운전대에 기댔다. 시동을 껐다.

“좋아, 이렇게 하자. 위로 올라가서 보호소가 오늘은 이미 문을 닫았으니까 이 강아지는…….”

“프라이다!”

“프라이다가 우리 집에서 하룻밤 자야 된다고 말하자.”

마리안나는 기운차게 고개를 끄덕였다.

“하지만 아침에는 도로 데려가자. 알았지?”

아빠가 확인하려고 물었다.

마리안나는 아빠에게 미소를 지어 보이자마자 이내 사라졌다. 아빠는 마리안나의 눈물이 너무 빨리 말라서 아예 처음부터 없었던 것 같다고 생각했다.

마리안나는 재빨리 위층으로 뛰어올라간 뒤 현관으로 숨어 들어가 침실에 들어갔다. 야쿱이 프라이다를 쓰다듬게 해주고는 소파를 펼쳤다. 저녁 내내 엄마를 피해 다녔지만 결국은 화장실에 가야만 했다.

상실

화장실에서 나왔을 때 프라이다는 엄마 무릎에 앉아 있었다.

프라이다는 모든 일이 자기 생각대로 흘러가게 하기 위해서는 어디서 맴돌아야 하는지, 어떤 태도를 취해야 하는지 처음부터 알고 있었다. 마리안나는 놀라워하며 그 모습을 바라보았다. 그리고 자신이 프라이다를 선택했는지, 아니면 프라이다가 자신을 선택했는지 생각했다.

프라이다가 그 조그만 갈색 눈으로 바라보며 품안으로 파고들어 부드러운 심장의 박동을 느끼게 했다. 마침내 손안에 코를 들이밀자, 마리안나는 아무 질문도 없이 그대로 넘어가 버렸다.

마리안나는 이상적인 트로이 목마였다. 프라이다를 집안으로 데리고 들어오는 데 성공했고, 그 뒤부터는 프라이다가 혼자 알아서 잘했다.

프라이다는 가구 위에 올라가면 안 되었는데, 특히 침대에 올라가는 것이 금지되었다. 위생적이지 않다고 엄마가 설명했다. 프라이다는 마치 무슨 말을 하는지 알아듣는다는 듯 엄마를 바라보며 예의바르게 소파에 누웠다. 그리고 마리안나와 야쿱이 잘 때면 마리안나 혹은 야쿱의 침대에 뛰어올라 함께 잤다. 새벽에 내려가서 밤에 엄마가 보았던 자리에 다시 가서 누웠다.

다만 어째서 아침마다 이부자리에 불그스름한 털이 잔뜩 깔려 있는지 설명하는 것만이 힘든 일이었다. 마리안나와 야쿱은 그저 어깨를 으쓱해 보였다. 털은 공중에 날리기 마련이고, 보통은 평평한 표면으로 내려와 머무르게 된다. 알레르기도 가라앉았는데, 마치 흙과 박테리아와 알레르기 항원이 더 많아진 것이 야쿱의 자가면역 체계에 마개라도 막은 것 같았다.

처음에는 내키지 않아 했던 엄마도 곧이어 넘어간 것으로 판명되었다. 사람들이 출근하거나 등교하면 개는 집에 혼자 남아 있어야 했다. 그러나 프라이다가 매번 너무나 슬퍼하자, 엄마는 집에서 일하기 위해 번역 일을 더 많이 맡았다. 그 전에 엄마는 개를 위해 요리하지 않겠다고, 프라이다는 건사료를 먹어야 한다고 딱 잘라 말했다. 그러나 사료 때문에 문제가 생겨 몇 번 토하자, 엄마는 두말없이 개를 위한 사료 요리법이 들어 있는 요리책을 사서 균형 잡힌 식단으로 요리하기 시작했다. 브로콜리, 콩, 칠면조 가슴살. 가끔 개가 엄마보다 잘 차려먹는다고 투덜거렸다.

마리안나는 매일 세 번 프라이다를 데리고 산책을 나갈 계획이었다.─학교 가기 전에 한 번, 낮에 한 번, 저녁에 한 번이다. 그러나 실제로 산책은 하루 다섯 번, 가끔은 여섯 번도 했다. 심지어 소파를 사랑하는 야쿱도 산책을 하러 나갔다. 호박

상실

색 눈이 슬프게 쳐다보는 데는 야쿱조차 저항할 수 없었다.

마리안나는 친구도 있고, 아는 애들도 있었다.―학교에서, 동네에서. 그러나 아무도 프라이다만큼 사랑하지 않았다.

"자, 가자."

부드럽게 목줄을 당기면 프라이다는 마치 내키지 않은 듯이 굼뜨게 일어섰다. 언제나 그랬다. 마리안나가 서두를수록 프라이다는 더욱더 집에 돌아가지 않으려 했다. 그다음 순간 마리안나가 배낭을 집어들고 문밖으로, 자기만 빼놓고 나가버릴 줄 미리 아는 것이었다.

결국 돌아오는 데 성공한 마리안나는 아파트 주위를 잠시 더 돌고 나서 프라이다의 얼굴을 쓰다듬어 주고는 밖으로 나갔다.

"12시에 봐요!"

작별인사로 외쳤다. 엄마와 아빠는 마리안나가 참가하는 경기를 하나도 빼먹지 않으려 애썼다.

"잘하고 와. 전부 쓸어버려. 이따 보자. 이겨라, 우리 딸……."

"아빠아아아아아아!"

마리안나는 학교 가는 길에 프라이다가 이상하게 행동했던 걸 일일이 기억하지 않았다. 검은 고양이, 깨진 거울, 재수없는 운세에 대해 금방 잊었다. 어쩌면 뭔가 나쁜 일이 생길지도 모른다. 그제야 사람은 어떤 징조를 찾으려 사건의 순서를 재구성한다.

마리안나는 팀 앞에 패배의 신호가 어른거릴 때에야 프라이다의 뒤로 젖힌 귀, 겁먹은 시선, 아래로 내린 꼬리에 대해 떠올렸다. 코치는 격분해서 정신차리라고 외쳤지만, 마리안나는 긴장을 해서 온몸이 뻣뻣해졌다. 샤워장으로 도망치고 싶어졌다.

작은 위안이라도 찾으려고 관중석을 눈으로 훑어보았다. 부모님은 아직 안 왔다. 대낮에 경기가 있으면 부모님은 가끔 늦기도 했다.

아빠는 정확히 무슨 일을 하는지 딸에게 설명하지 않았다. 다만 아침에 셔츠와 조금 더 멋부린 바지를 입고서, 엄마가 언젠가 휴가여행 때에 사준 가죽 서류가방에 노트북을 넣고 차에 올라타 어딘가로 갔다.

엄마는 대체로 집에서 일하지만 아이들에게 그렇게 말하지 말라고 했다. 언제나 엄마는 번역가이자 과외교사라고 되풀이해 말했다. 하지만 엄마가 일을 맡은 횟수는 한 손으로 셀 수 있을 정도였다. 야쿱이 "엄마는 뭐 하시니?"라는 담임선생님의 질문에 "아무것도 안 해요."라고 대답했을 때 엄마는 무척 화를 냈다.

상실

"내 말은, 그러니까 엄마가 다른 엄마들처럼 간호사도 아니고 상점 주인도 아니라는 거였어요."

엄마가 야단을 치자 야쿱은 결국 울음을 터뜨렸다. 엄마는 언제나 아주 바쁘다고 강조했다. 돈을 받지 못하는 집안일에다 번역과 과외, 당연히 무거운 책임이다.

마리안나는 별다른 확신 없이 이 모든 것을 그대로 읊었다. 어째서 엄마는 진짜 커리어를 쌓지 못했을까? 마리안나는 나중에 회사를 차려서 사장이 되고 싶었다. 엄마는 그런 야심이 없었으니 어쩔 수 없었다. 나이가 들면 엄마를 부양할 것이다.

그 순간 현실이 자기 존재를 알렸다. 방향을 꺾은 공이 하얀 혜성처럼 마리안나를 향해 날아왔다. 단 일 초의 부주의, 마리안나는 프란카를 쳐다보고 프란카는 마리안나를 쳐다보고—아무도 공을 향해 뛰어가지 않았다. 그 무서운 일 초 동안 둘 다 서로 상대가 움직이기를 기다리며 굳어 있었다.

"충돌지대, 충-돌-지-대!"라고 체육담당 샤드코프스카 선생님이 소리치며 아이들에게 이런 순간을 활용하라고 일렀다. 이게 동영상이라면 정지시켜서 살펴보고 분석을 할 수 있겠지만, 실제 삶에서 어떤 일이 일어나면 그렇게 알아낸 것을 실천으로 곧장 옮기는 게 힘들 때도 있다.

마리안나는 마치 영화에서처럼 공이 아름다운 반원을 그리며 느린 속도로 날아와 자신과 팀원들을 피해 큰 소리를 내면서 나무바닥에 부딪히는 것을 멀거니 지켜보았다. 그러나 그게 무슨 소용이겠는가. 마리안나는 몸을 움직일 수가 없었다. 실망의 신음소리, 상대편의 득점.

이후 마리안나의 꿈에 한 번이 아니라 몇 번이고 몇 번이고 여러 가지 조합으로 다시 나타나게 될 순간이다. 어떤 꿈에서는 마리안나가 경기장에 알몸으로 서 있다. 모두의 시선이 그녀의 불룩 튀어나온 배와 한심하게 작은 가슴을 바라본다. 다른 꿈속에서는 코치가 벌로 마리안나를 공으로 만들고, 팀원들이 그 공을 네트 위로 툭툭 쳐서 넘긴다.

그러나 아직 그것은 현재가 아니고 지금은 꿈이 아니다. 꿈속에서는 땀방울이 눈으로 흘러 들어가지 않고 팔다리 근육이 아프지도 않다. 입안에서는 욕설이 맴돌고, 차마 팀원들의 눈을 바라볼 수가 없다.

마리안나가 경기할 때 입는 반바지는 너무 작아서 몸에 맞지 않았다. 경기장에서 나가 라커룸에 가면 배에 빨간 자국이 아프게 남아 있을 것이다. 방어하려고 달려들 때 반바지 솔기가 터질까 봐 가장 걱정이 되었다. 그런 것은 견디기가 어려웠다. 차라리 그 자리에서 죽는 편이 나았다. 그러나 또 한 번 공을 놓치는 것보다는 반바지 솔기가 터지는 편이 나을지도.

상실

마리안나는 배구를 잘했다. 배구할 때는 항상 눈에 띄었다. 배구 없이는 존재하지 않았고, 그다지 예쁘지도 않았고, 특별히 똑똑하지도 않은 학교의 많은 여자애들 중 하나일 뿐이다. 그러나 배구만은 정말로 이 세상 실력이 아니었다. 그래서 저렇게 쉬운 공을 놓친 것이 몹시도 아프게 느껴졌다.

경기는 계속되었다. 운동화의 고무 밑창이 마룻바닥을 비비며 삑삑 소리를 냈다. 상대팀이 서브한 공이 네트에 부딪혀 마치 유령이 텅 빈 이불잇을 채우듯 네트를 부풀렸다. 코트 체인지, 마리안나는 서브를 하러 반대쪽으로 넘어갔다.

투우 경기의 소가 빨간 깃발만 보듯이 마리안나의 눈에도 다른 것은 들어오지 않았다. 콧구멍에서 공기가 폭발하고 머리가 불길에 휩싸였다.

조그맣고 불쌍한 우리 마리안나. 부모님이 경기를 보러 오지도 않았네. 난 아무것도 해내지 못할 거야, 영원히 이렇게. 무의미하고 불필요한 존재로 남을 거야.

팡! 마리안나가 쳐낸 공이 네트를 넘어가고 상대팀 여자애 두 명이 달려들지만 잡지 못한다. 득점.

프라이다의 슬픈 눈. 다들 나를 깔본다. 팡, 공이 네트 위를 건드리고 한순간 어디로 떨어질지 알 수 없지만, 그러나 성공해서 누구의 손에도 닿지 않은 채 반대편으로 떨어진다. 득점.

아무짝에도 쓸모없다. 여기 있을 자격이 없다. 있을 자격조차 없다. 팡! 팡! 팡!

마지막에는 서브를 망쳤지만 자기 차례를 마치고 내려오자 팀원들이 브라보를 외쳤다. 마리안나는 듣지 않고, 보지도 않고, 마지막까지 경기를 주도하지 못해서 화가 났다. 다시 한번 관중석을 바라보고는 네트 아래로 와서 방어할 준비를 했다. 아직 끝이 아니다.

마리안나네 팀이 이겼다. 마리안나는 말없이 라커룸으로 갔다. 아무하고도 말을 섞고 싶지 않았다. 바지도 버텨줬고 마리안나도 버텼지만, 입안에는 실망감이 가득했다. 샤드코프스카 선생님은 마리안나의 얼굴을 들여다보지 않은 채 그저 땀에 젖은 손을 마리안나의 어깨에 얹었다.

라커룸으로 들어가자 팀원들이 소리치고 껴안고 하이파이브를 했다. 그제야 마리안나는 조금 기뻐할 마음이 들었다. 성공했고, 해냈다. 팀원들의 눈에서 그 사실을 선명하게 볼 수 있었다.

마리안나는 평소보다 오랜 시간을 들여, 대로가 아니라 공원을 통해 집으로 가다가 벤치에 앉았다. 아무도 전화를 걸어 경기 결과를 묻지 않았다.

상실

아파트 안으로 들어가 문을 닫았다. 자기 방에 틀어박혀 침대에 눕자 머리와 몸이 끓는 것 같아서 발을 시원한 벽에 기댄다. 귀를 기울인다. 부엌에서 라디오가, 큰방에서는 텔레비전이 연방 떠들어 댔다. 부모님의 소리 죽인 대화, 게임을 하는 야쿱의 고함소리. 누군가 부엌으로 들어가 식기세척기에서 접시를 꺼내고 전기주전자를 켰다.

모두 집에 있었다. 그런데 아무도 마리안나에게 어떻게 됐는지 물으러 오지 않았다. 오직 프라이다만 문을 긁다가 마침내 실망해서 가버렸다.

경기 후 마리안나의 머릿속에 한 가지 생각이 자라나기 시작했다.

옛날이야기 속 공주는 콩알 하나 때문에 잠들지 못했고, 매트리스를 열 개나 겹쳐 깔았는데도 둥근 콩알을 등으로 느낄 수 있었다. 마리안나도 생각 한 알을 깔고 누운 듯 비슷한 기분에 휩싸였다. 엎치락뒤치락하며 돌아눕다가 침대에서 일어나 베개를 뒤집어 볼에 면 원단의 시원한 감촉을 느꼈다.

하지만 쾌적한 감각은 한순간뿐이고, 생각은 속일 수 없이 계속 그 자리에, 접힌 천의 주름 사이에, 이불과 베개 속 깃털 사이에 있었다.

마리안나는 넓게 펼쳐진 네트와 10호 학교 여자애들의 시선, 그리고 이미 경기에서 이겼기에 상대팀은 특별히 조심할 가치가 없다는 듯 그 눈에서 반짝이던 우월감을 기억한다. 장애물 경기 중 또 하나의 허들일 뿐, 가볍게 뛰어넘기만 하면 뒤에 남겨두고 달려갈 수 있다는 듯.

10호 학교에는 새 체육관이 있는데, 마룻바닥에 회색 자국을 남기지 않기 위해 밑창이 하얀색인 신발을 신어야만 들어갈 수 있었다. 벽은 피스타치오색, 보라색, 레몬색으로 과일 아이스크림 색깔이었다. 학교에 엘리베이터도 있었다.

마리안나의 학교에는 이런 게 하나도 없었다. 눈길을 끌 만한 것은 전혀 없었다. 어쩌면 폴라 정도. 마리안나는 한순간 폴라의 금빛 머리카락과 주근깨가 앉은 코를 보고, 그 애의 목소리와 'r'을 발음하지 않는 말투를 듣는다.

그러나 스토커로 보이지 않으려면 폴라를 학교의 소유물로 자랑할 수는 없지 않은가. 그런데 다른 건 없었다. 마리안나의 학교에는 단지 자살하려다 미수에 그친 사람만 있었다. 바로 아래 학년의 여윈 남자애가 약을 먹었다. 반 아이들이 비웃었기 때문이라고 들었다. 위세척을 했지만 학교로 다시 돌아오지 않았다. 지금은 7호 학교에 다닌다.

우울한 이야기다.

스포츠 관점에서도 그랬다. 배구 경기에서 언제나 상대팀에

졌는데, 가끔은 0점으로 질 때도 있었다. 경기는 경쟁자의 학교에서, 저들의 아름답게 반짝이는 새 마룻바닥에서 진행되었다. 팀원들은 땀과 오래된 탐폰 냄새가 나지 않는, 비 온 뒤 잔디밭 같은 냄새가 나는 깨끗한 라커룸에서 옷을 갈아입었다. 경기장으로 나가기도 전에, 평범한 하얀 체육복 티셔츠를 입을 때부터 하나는 몸에 맞지 않았고, 하나는 회색으로 약간 변했고, 또 다른 하나는 인쇄된 무늬가 있었다. 네 번째 티셔츠는 소매가 없었고, 다섯 번째는 너무 작고 기타 등등.—그때부터 그들은 이미 진 거였다.

그들의 DNA에 새겨져 있었다. 황폐한 공터를 지나야 하는 등굣길에, 망가진 치아에, 좌석 수가 더 적은 그들의 버스에, 남동생과 여동생들에, 알코올 중독 아빠들에, 이혼한 부모들에, 그들 자신 안에.

결국은 저들을 이겼다. 그러나 마리안나는 지긋지긋했다.

"10호 학교는 팀워크가 좋아."

마리안나는 습관대로 혼잣말을 중얼거렸다. 아이들이 언성을 높이면, 엄마는 마치 배가 아픈 것 같은 표정을 지었다. 그래서 완곡하게 시작하는 편이 나았다.

엄마는 예전부터 마리안나가 배구를 하기를 무척 원했다. 학생 때 엄마는 배구를 아주 잘했고, 아마도 그쪽으로 커리어를 만들지 못한 것을 약간 후회하는 듯했다.

마리안나는 그것이 무슨 의미인지 알고 있었다. 엄마는 그녀와 야쿱을 낳았고, 그렇게 해서 주 경기팀, 어쩌면 전국팀에 들어갈 기회를 버렸다. 마리안나가 생각하기에는 잘된 일이었다.―이제 엄마 나이의 아이 없는 여성이 달리 무엇을 할 수 있겠는가. 그러나 엄마는 배구 경기를 볼 때면 언제나 알 수 없는 표정을 지었다. 마리안나가 뭔가를 요리하려 할 때 엄마가 부엌으로 불쑥 들어와 프라이팬을 빼앗고 모든 것을 더 빨리, 더 잘하지 않으려고 억지로 참을 때와 같은 표정이었다.

그러나 이번에 마리안나의 말은 아무런 인상도 남기지 못했다.

"안카가 그쪽으로 전학 갔어. B반 걔, 알지? 나하고 같이 댄스교실 다녔잖아. 기억해?"

"그럼, 그럼, 물론이지."

엄마는 부엌을 돌아다니며 뭔가 집중해서 메모를 했다.

연필심을 종이에 누르자 심이 똑 부러졌다.

"있잖아, 엄마. 나, 걔들하고 같이 더 연습하면 좋을 거 같아."

마리안나는 계속 시도했다.

"마리안나, 진짜, 지금은 배구 얘기할 시간이 없어. 엄마 좀 도와줄래? 연필 좀 깎아줘, 빨리."

상실

금속 필통을 들여다보지만 찾는 물건은 없었다. 아이들 방 서랍 속도 마찬가지였다. 연필깎이는 십오 분 뒤에 오븐 아래 서랍에서 발견되었다. 마리안나는 이미 오래전에 여러 가지 물건들이 있는 장소에 대해 논리를 찾는 것을 포기했다.

잠시 후 연필깎이가 뱀처럼 기다란 연필심과 나무조각을 뱉어냈다. 마리안나는 연필이 충분히 뾰족하지만 동시에 너무 뾰족해서 금방 부러지지 않게 하려고 애썼다.

"여기."

마리안나는 손을 쭉 뻗어 보물을 건네듯이 연필을 엄마에게 건넸다.

"감사, 감사."

엄마는 연필을 쳐다보지도 않고 옆에 놓아둔 채 컴퓨터 화면을 바라보았다. 연필이 필요했다는 사실을 이미 잊은 모양이었다. 마리안나는 뾰족한 연필심의 끝이 부서지는 것을 깜짝 놀라며 바라보았다.

이쯤에서 대놓고 본론을 말해야 했다.

"엄마, 나 전학 가면 안 돼? 10호 학교에 가고 싶어. 엄마는 아무것도 안 해도 돼. 그냥 동의서에 사인만 해주면 돼, 응?"

결국 묻고 말았다. 엄마는 그저 얼굴을 찡그렸다. 오, 새로운 주름살.

"요즘에 여러 가지 일들이 너무 많지 않니?"

엄마는 이렇게 말하며, 손을 내밀어 마리안나의 머리를 마치 개한테 하듯이 쓰다듬었다. 그러고는 조금 전에 계산하던 영수증들과 연필을 집어들다가 뭔가 생각난 듯 망설였다.

"한때는 학교에서 일어나는 일이 엄청난 의미가 있는 것 같았어."

엄마의 입술이 일그러지더니 창백한 미소를 띠었다. 마치 그때의 한나, 그때의 머나먼 시간, 마리안나는 아직 계획조차 없었을 때를 향해 웃는 것 같았다. 엄마가 그녀 없이 존재했다고 생각하니까 이상한 기분이 들었다.

"그렇지만 그거 아니? 학교는 그렇게까지 중요하지 않아. 고등학교 졸업시험을 통과하면 그냥 그걸로 끝이야. 네가 배구선수가 되지도 않을 것 같고. 평생 공을 쫓아 뛰어다닐 수는 없잖아."

+ + +

한나는 숨쉬기가 힘들었다. 그때의 전화 이후로 정신을 차릴 수가 없었다. 끊임없이 머리가 아팠다. 최근에는 은행에서 자기 생일을 기억할 수가 없었는데, 물론 그런 일은 누구에게

상실

나 일어날 수 있었다. 게다가 은행 직원은 아주 친절했고, 뭔가 이상한 일이 일어나는 걸 눈치챘다는 티를 내지 않았다. 한나는 은행 창구를 나와 물을 한잔 마셨다. 그제서야 기억이 돌아왔다.

그런데 지금은 또다시 뭔가 잊어버렸다는 게 거의 확실했다. 그 끔찍한 전화.

유선전화는 몇 년 전부터 독일에서 사는 한나의 부모님을 위해 놓아두었다. 유선전화를 쓰면 통화료가 더 쌌다.

그날, 그러니까 한 이 주 전에 유선전화가 마치 그 전화 통화에 누군가의 생명이 달려 있기라도 하다는 듯이 다급하게 울리기 시작했다. 한나의 부모님은 그런 식으로 전화하는 일이 거의 없었다. 보통 미리 날짜와 시간을 약속해 두었다. 한나는 광고 전화일 거라고 생각하고 대충 끊어야 할 것이라고 확신했다. 특히 유선전화 액정에 '발신번호 표시제한'이라고 떠 있었기 때문에 더욱더 그랬다.

"여보세요?"

몇 초간 무거운 침묵이 이어졌다. 마치 상대방이 한나의 목소리를 듣고는 대답을 할지, 아니면 한나와 이야기할 가치가 과연 있는지 재보는 것 같았다. 그리고 마침내 상대가 결정을 내렸다. 전화가 뚝 끊어졌다.

"여보세요?!"

한나는 전화기를 소파에 내던졌다. 마리안나의 친구들이 또 장난을 치는 것이라고 생각했다. 그렇게 잊어버리려고 했는데, 전화벨이 또다시 끈질기게 울리기 시작했다.

발신번호 표시제한.

이 전화는 받지 말아야 하는 걸까? 그러나 의무감이 좀더 강했다. 벨이 울리는 전화기는 무릎에 앉은 딱지와 같아서 견디지 못하고 반드시 긁어서 아래에 뭐가 있는지 보아야만 하는 것이다. 아! 피가 나나? 정말로?

"장난 그만해요."

한나는 재빨리 말했다.

"여보세요? 누구세요?"

다시 침묵. 그러나 잠시 후 수화기에서 뭔가 덜그럭거리더니 전문적으로 어조를 조절한 무채색의 여자 목소리가 들렸다. 한나는 순식간에 긴장했다. 인터넷 요금제를 바꿀 생각도, 도자기 전시회를 관람할 생각도 없다고 대답하려고 마음속으로 준비를 하고 있던 참이었다.

여자가 자기소개를 했다. 그 이름은 한나에게 아무 의미도 없었다.

여자가 목소리를 낮추어 물었다.

상실

“그제고시 씨 댁인가요?”

“네, 그런데 지금 집에 없어요.”

이 무슨 바보 같은 질문이람. 그제고시는 평소에 집에 없으면서 왜 누군지도 모를 사람들에게 집 전화번호를 알려준 걸까?

“말씀 전해 드릴까요?”

목소리는 채권추심 업무 관계로 전화했다고 알렸다.

한나는 눈을 크게 떴다.

처음 든 생각은 말도 안 된다는 것이었다. 채권추심이라는 말이 한나가 두려워했던 것과 너무나 어긋나서, 그녀의 입에서 신경질적인 웃음소리가 새어나왔다.

그러나 목소리는 비표준적인 반응에 익숙해 있었고, 아마 그에 대한 교육도 받은 것 같았다. 목소리는 한 치의 흔들림도 없이 전화받은 사람이 그제고시의 아내임을 확인했다. 그리고 말했다.

“배우자분 채무 규모를 혹시 알고 계시나요? 최근 배우자분이 댁에도 계속 안 계시고 휴대폰도 받지 않으시던데요.”

“죄송하지만 그럴 리가 없어요. 우리 집 돈 문제는 제가 관리하는데, 남편은 빚이 전혀 없다고요.”

채권추심회사 직원은 입을 다물었다. 볼펜을 찰칵거리는 듯한 소리가 들렸다. 한나는 수화기를 손에 든 채 서서 숨을 죽였다.

"배우자분하고 말씀을 좀 나눠보시는 게 좋을 것 같습니다."

악독한 채권추심업자들, 한나도 그런 일에 대해 들어본 적 있었다. 아니, 모든 사람이 들어보았을 것이다. 사방에서 그런 이야기들이 보도되었다. 전화해서 당장 돈을 갚으라고 요구한다. 아니면 은행인 척하고 문자메시지를 보낸다. 사람들은 현금을 사용하지 않아도 된다는 말에 기뻐하며 전화로, 아니면 카드로 지불을 하고 그편이 더 안전하다고 느낀다. 그러나 지불하기 쉬운 만큼 돈을 전부 잃기도 쉬운 법, 클릭 한 번에 전 재산이 사라진다.

그제고시, 한나는 혼잣말을 중얼거린다. 그제고시와 빚.

"말도 안 돼."

소리내어 다시 말하고 나자, 한나는 기분이 좀 나아졌다.

"말도 안 돼."

확실히 하려고 다시 한번 말했다. 동시에, 거의 자동적으로 노트북 앞에 앉았다. 은행에 로그인을 하려다가 비밀번호를 잘못 입력해서 다시 시도했다. 웹페이지 로딩하는 데 시간이 오래, 그러니까 몇십 년이나 걸리는 것 같았다. 평소 같으면 일 초도 걸리지 않을 일인데, 지금은 무한히 지속되는 듯했다.

그러다 마침내 로그인을 했다. 전부 괜찮았다. 돈은 그대로

상실

있었다. 아무것도 건드리지 않았다. 모든 것이 정상이었다.

한나는 소파에 주저앉아 폐 속에 있던 공기를 전부 내뱉었다. 마치 그 일이 분 동안 물속에서 숨을 참고 있었던 것 같았다.

컴퓨터를 닫으려는 순간, 한 가지가 더 머릿속을 스쳤다. 확인해서 나쁠 것은 없었다. 손가락이 재빨리 웹사이트 주소를 입력했다.

몇 번 시도했다. 비밀번호가 맞지 않았다.

지금까지도 그 순간을 생각하면 그녀는 소름이 훅 끼쳤다.

한나는 컴퓨터 앞에 앉았다. 마리안나가 다가와 배구에 대해 뭔가를 말했지만, 한나는 지금 무슨 일이 일어난 것인지 이해하려 다시 한 번 더 시도를 했다.

+++

밤. 야쿱이 조그만 트랙터처럼 코를 골기 시작하자 마리안나는 손으로 귀를 틀어막았다. 문밖에서 간간이 대화의 조각들이 들려왔다.

엄마 : ……어린애들이 아니니까 ……학교를 말이야.

아빠 : 그럼 야쿱은?

엄마 : 조용히 말해.

아빠 : 그래도 어쨌든…….

엄마 : ……걱정할, ……그리고 ……이젠 다 컸으니까.

아파트는 작고 벽은 종잇장 같았다. 문은 소음보다는 빛을 막아주었다. 그럼에도 마리안나가 알아들은 것은 많지 않았다.

엄마는 절대로 그런 말을 할 사람이 아니었다.

"이젠 어린애가 아니다?"

자신과 야쿱에 대해 이야기하고 있다는 건 틀림없었다. 그런데 이건 완전히 믿을 수 없었다.

야쿱과 마리안나는 엄마가 둘을 위해 먹을 것도 직접 씹어서 입에 넣어주려 할 수도 있다고 얘기하며 가끔씩 웃곤 했다. 야쿱이 친구들과 함께 도서관에 갈 때면 엄마는 가면서 먹으라고 마가린을 담았던 상자에 만두를 몇 개 싸주곤 했다. 겨울에는 아이들 속옷과 양말을 라디에이터 위에 올려놓아 기분좋게 따뜻한 옷을 입도록 해주었다. 아침에는 부엌에 서서 뜨거운 차를 이 컵에서 저 컵으로 옮겨부어 더 빨리 식도록 했다.

'이젠 다 컸다'고?

마리안나는 자신이 정말로 다 큰 뒤에도 엄마는 접근방식을 바꾸지 않고 1센티미터도 물러나지 않을 것이라고 확신했다. 엄마는 그런 준비를 조금씩 시키고 있기도 했다.

"나한테 넌 언제나 어린 딸내미일 거야."

상실

때때로 이렇게 말했다. 그것은 엄마의 후렴이었고, 여러 가지 어조로 되풀이해서 칭찬하는 목소리일 때도 있었다. 회상에 젖은 말투일 때도 있었으며, 때로는 위협적인 어조일 때도 있었다.

"널 낳았을 때 요만했어. 요만하게 작았지."

그리고 사람들은 아기가 조그맣게 태어나면 큰일인 것처럼 떠들어대지만, 갓난아기가 열네 살 청소년의 체격으로 태어난다면 그게 더 걱정할 문제일 것이라는 마리안나의 말에는 반응하지 않았다.

엄마가 아빠에게 애들이 다 컸다고 말한다는 것은, 즉 세상이 필연적인 파멸을 향해 가고 있다는 뜻이었다.

마리안나는 이불 아래에서 몸을 내민 뒤, 살금살금 문가로 걸어가서 아주 천천히 문 사이로 빠져나갔다.

"어머니를 길거리로 내몰 수는 없어."

이런 말이 들렸다.

마리안나는 여러 생각을 하지 않고 몸을 돌려 다시 이불 속으로 돌아갔다. 이불을 머리끝까지 뒤집어쓰고 손가락으로 귀를 막았다.

＋＋＋

한나는 거의 고함을 치고 있었다, 속삭이는 목소리로. 아이들을 걱정시킬 수는 없었다. 아직은 안 되었다. 잠이라도 편히 자게 해주고 싶었다.

그제고시는 바깥에서 뭔가 흥미로운 것이라도 발견한 양 창밖을 내다보고 있었다. 밖은 이미 어두워져 있었다. 창밖에는 거무스름한 회색 얼룩 속에 여기저기 다른 창문들의 금빛 사각형이 보였다. 그제고시는 계속 바라보고 또 보았다. 양손을 청바지 주머니에 쑤셔넣은 채 이를 악물어 볼에 단단한 뼈 윤곽이 튀어나왔다.

여기 말고 어디 다른 데 있고 싶은 모양이었다. 옛날에 두 사람이 고등학교에 다닐 때, 학교가 끝난 뒤에 그제고시가 망가진 의자에서 떼어낸 나무막대로 동급생을 때렸다, 머리를. 1센티미터만 더 아래를 때렸으면 튀어나온 못이 눈을 찌를 수도 있었다. 상황은 매우 심각했다. 교육청까지 나서서 질책을 하고, 학부모회의에서 담임선생님이 그제고시에게 카롤한테 사과하라고 명령했다.

그런데 결정적인 순간, 카롤 앞에 알리치아가 나타났다. 초콜릿을 가져왔다. 다행히도 카롤은 단것이라면 사족을 못 썼다. 다 용서해 주었다.

그때 그제고시는 자신이 무슨 짓을 저지르든 결과를 걱정할 필요가 없다는 것을 배웠다.

"당신, 아직도 나한테 설명을 안 했잖아. 돈을 어떻게 했냐고."

한나가 씩씩거렸다.

그제고시는 고개를 끄덕였다.

"차를 팔면 돼."

"그 차가 얼마나 나가는데? 빚진 돈 10분의 1?"

한나는 손바닥으로 입을 막고 고개를 저었다. 기초수학 문제였다. 야쿱도 그 정도는 풀 수 있을 것이다. 그러나 그제고시, 그제고시는 아니었다. 한나는 패닉에 빠진 채 머릿속으로 지인들의 명단을 뒤지며 누구에게 돈을 빌릴 수 있을지 생각했다. 여윳돈 있는 사람이 대체 있긴 할까? 그리고 이런 걸 어떻게 부탁해야 하지? 아무렇지 않게 누군가의 집에 찾아가서 돈 좀 빌려줄 수 있냐고 물어야 하나?

"엄마하고 얘기해 보겠다고 말했잖아. 엄마는 모아둔 게 좀 있어. 그리고 엄마를 설득해서 아파트를 팔라고 하면 떨어지는 게 좀더 많겠지."

그가 어깨를 으쓱했다.

이 몸짓 때문에 한나는 더 이상 참을 수가 없는 상태가 되었다. 눈앞에 새빨간 벽이 보이는 듯했다. 한순간만 지나면 견딜 수 없어져 물건을 던지고 할퀴고 물 것만 같았다.

한나는 자리에서 일어섰다. 서랍장 위에 휴가 갔을 때 찍은 마리안나와 야쿱의 사진이 놓여 있었다. 그런대로 도움이 되었다.

"어머니를 길거리로 내몰 수는 없어."

한나는 아주 천천히 조용하게 말했다.

그제고시가 창문 앞에서 돌아섰다. 소파로 걸어와 앉았다. 다시 일어섰다. 창가로 다가갔다. 그러다 이 대화를 빨리 끝내고 싶다는 표정으로 컴퓨터 앞에 앉았다.

"나한테 언제 얘기할 생각이었어?"

한나가 물었다.

"돈을 좀 구해야 한다고 내가 얘기했잖아."

"사업을 확장하려면 대출을 받아야 한다고 했지! 설마 당신이……."

한나는 잠시 말을 멈추었다.

"파산했다고는 말하지 않았어."

그제고시는 단호한 표정으로 컴퓨터 화면을 들여다보았다.

한나가 그 옆으로 가서 앉았다.

상실

“그래서 어떡할 거야? 나한테 얘기해 줘야지.”

“동업자가…….”

그제고시는 간신히 말을 내뱉었다. 한나는 숨을 멈추었다.

“수만 즈워티어치 물건을 가지고 사라졌어. 재고를 쌓아뒀는데 물건은 없어지고 빚만 남았어.”

한나는 입술을 깨물었다. 머릿속이 웅웅 울렸다.

“전화도 해보고 찾아보기도 했어. 면전에 대고 비웃으면서 내가 아무것도 증명하지 못할 거래.”

“도매상은?”

한나가 물었다. 아직도 착각하고 있었다. 마치 도매상이 이 문제를 해결해 줄 것처럼. 아주 작고 가난한 초소형 회사였다. 그제고시는 재벌이 아니었다. 그러나 그 도매상은 근방에서 제법 알려져 있었다.

“일을 하니까 벌어서 갚을 수 있잖아.”

“없어.”

그제고시가 간단하게 대답했다.

이것은 한나의 인생에서 드물게 무슨 말을 해야 할지 모르는 순간이었다. 마치 그제고시가 자신이 사실은 두더지이고 땅속에서 산다고 방금 선언하기라도 한 듯 그저 그를 멍하니 쳐다보았다.

“그제고시, 난 이해하고 싶어.”

마침내 한나가 말했다.

“도매상이 없다니, 무슨 말이야? 그럼 아침마다 어디로 간 거야?”

“내 스스로 어떻게든 하고 싶었어. 여기저기 돌아다니면서 애써 봤는데……. 잘 안 됐어.”

“어떻게든 한 가지는 했네. 빚이 20만 즈워티라니, 젠장.”

그제고시가 몸짓으로 아이들 방문을 가리켰다. 그런 뒤 더 이상 잃을 게 없다고 인정한 듯 양손으로 이마를 받치고 말했다.

“8월에 폐업했어.”

십 년 전에 이런 일이 벌어졌다면, 어쩌면 말다툼이나 핑계가 끼어들 자리가 있었을지도 모른다. 문이 쾅쾅 여닫혔을지도.

한나가 집을 나가 그날 밤 안 돌아왔을지도 모른다. 그러나 지금은 그저 쳐다볼 뿐이었다.

+++

한밤중이지만 잠이 오지 않았다. 나이가 들수록 잠은 더 적어지는 데다 자꾸 끊어지고 불만족스러웠다. 지친 채로 잠에서 깼다.

상실

오늘도 또 뭔가 다른 일이 일어나서, 숨을 쉴 수 없을 것 같은 느낌이 들었다.

언젠가 잠잘 때 숨을 제대로 쉬지 못하는 남자에 대한 이야기를 읽은 적이 있었다. 그는 잠에서 깨어나야만 숨을 쉴 수 있었다. 침대 옆에 카메라를 설치하여 조사한 결과, 밤중에 그의 가슴 위에 고양이가 앉아 있는 것이 확인되었다. 그가 키우는 뚱뚱한 고양이였다. 주인이 깨는 것을 느끼면 고양이는 침대 밑으로 도망쳤다.

알리치아는 고양이를 키우지 않았다.

잠에서 깨도 호흡은 계속 끊어지고 불충분했다.

부엌까지 안경 없이 가다가 어둠 속에서 복도 서랍장에 부딪혔다. 화끈거리는 허벅다리를 손으로 문질렀다. 전기주전자를 켜고 차가 끓기를 기다렸다. 숨을 내쉰다.

무게는 사라지지 않았다.

알리치아는 호흡의 물결 위에 떠다니는 깃털을 상상했다. 들숨에 깃털이 위로 올라간다. 날숨, 길게, 차분하게, 깃털이 내려간다. 우유처럼 하얀 깃털이 어두운 부엌에서 떠다니며 허공에서 미세하게 떨린다.

"호흡에 문제가 있을 때 우리는 들숨에 더 신경써야 한다고 느끼죠. 그렇지만 실제로 관건은 날숨이에요."

알리치아가 다니는 동네 내과의원 의사가 말했다. 그것은 좋은 충고였다. 이전에는 크리스마스이브 직전 슈퍼마켓의 잉어처럼 겁에 질려 숨을 헐떡였지만, 이제는 들숨과 날숨이 고르게 쉬어지는지에 집중했다.

짓누르는 무게가 조금씩 사라진다. 다시 침대에 눕지만 계속 잠이 오지 않는다. 아무리 애를 써도 자신이 어떻게 할 수 없는 일들이 항상 있다는 사실에 점점 짜증이 치미는 채로 그냥 누워 있다.

알리치아는 6시부터 출근 준비를 한다. 8시가 되기 전에 이미 잘 아는 미용실에 가고, 미용사는 일정한 기간에 한 번씩 그녀가 출근하기 전에 머리를 만져준다. 그렇게 해서 9시에 공증사무소에 출근한 그녀는 세상과 맞설 준비가 끝난 상태다. 그 뒤부터는 오전 동안 접수처 직원처럼 들어오는 사람들을 차례로 맞이한다. 이렇게 하면 어린 직원들과, 어쩌면 베아타까지 압박해서 다들 자신이 너무 늦게 출근하는 게 아닌지 고민하게 만들 수 있을 것 같아서다. 그러니까 필요한 일이다.

그녀는 그 시간을 좋아했다. 조용하고 졸립고 전화도 안 오고 베아타가 일을 부탁하지도 않고 공짜 법률 조언을 구하는 고객도 없다. 이러면 일할 수 있을 것 같다.

심지어 헨리크에게 전화할 시간도 있었다. 그러면 하루가

상실

순식간에 밝아졌다. 가슴을 누르는 무게가 마치 조금 가벼워지는 듯했다.

맡은 사건들에 필요한 서류를 준비한다. 종잇장을 고르게 추린 뒤 중요성에 따라 늘어놓고, 면담 시간을 노란색 메모지에 적어 붙인다. 에바는 고객 이름을 적는 쪽을 좋아하지만, 알리치아의 의견에 따르면 그것은 전문가답지 못하다. 시간을 적는 편이 더 현명하다.

"안녕, 오늘 시간 좀 있어요?"

베아타가 알리치아의 책상에 몸을 기댔다. 베아타는 조금 전에 출근해서 커피를 만들었다.

왠지 지쳐 보였다. 알리치아는 팔뚝에 가볍게 소름이 끼치는 것을 느꼈다. 베아타가 또 창문을 열어놓은 모양이었다. 베아타는 선 채로 알리치아를 내려다보았다.

알리치아는 큰 소리를 내며 의자를 밀치고 일어나 베아타의 눈을 똑바로 들여다보았다. 그러자 베아타가 말했다.

"앉아요, 정신없잖아. 얘기는 나중에 해도 돼요."

"고맙지만 서 있을게요."

알리치아가 말했다. 한 손으로 치마를 쓰다듬으며 미소를 짓지만 눈길로는 베아타의 의중을 가늠하고 있었다.

베아타는 빠르게 눈을 깜빡이고는 자기 사무실 문을 가리켰다. 알리치아는 마치 자기 사무실로 들어서듯 몸을 곧게 펴고는 진지한 표정으로 뒤따라갔다.

그러자 또 시작되었다.

알리치아는 몸속의 공기가 전부 빠져나간 것 같은 느낌이 들었다.

여기에 대해서도 언젠가 읽은 적이 있었다. 어떤 여자가 임상적으로 사망한 후에 공중에서 수술대 위에서 열려 있는 자신의 몸과 수술대 주위를 뛰어다니는 의사들을 보았다고 했다. 그런데 반대편에서는 활짝 핀 꽃과 과즙 가득한 과일과 이전에 본 적이 없는 색깔들이 가득한 세상이 그녀의 눈앞에서 펼쳐지고 있었다. 사랑으로 가득한 사람들, 오랫동안 만나지 못한 이미 죽은 사람들이 그녀를 맞이했다. 그렇다, 그것은 가능했다.

다만 알리치아에게 아름다운 색깔은 하나도 보이지 않았다. 그리고 확실히 사랑도 느껴지지 않았다.

솔직히 말해서 토할 것 같은 느낌이었다.

그런데 베아타는 계속 말하고 말하고 또 말했다. 긴장해 있는 것이 고스란히 전해졌다. 그 나이에는 운동을 좀 하는 게 좋을 것 같다. 운동을 하면 사람과 거리를 둘 수 있다. 운동은 엔도르핀이고, 엔도르핀은 행복이고, 행복은 정신적 안정이며, 정신적 안정은⋯⋯. 베아타가 손을 떤다? 잠깐, 사실은 알리치

상실

아가 떠는 것인가?

세상이 갑자기 그녀가 익숙해진 방식으로 기능하지 않게 된 느낌이 들었다. 마치 누군가 중력을 꺼버리고, 세상 전체에 물을 퍼붓고, 사람들에게 추가로 팔을 한 쌍씩 더 붙인 것만 같았다.

알리치아는 자리에서 일어섰다. 다리에 힘이 없긴 했지만 아예 말을 안 듣는 건 아니었다.

베아타는 깊이 숨을 들이쉬었다가 천천히 멈추었다. 알리치아는 이 망설임의 순간을 놓치지 않았다.

"소장님."

알리치아가 말했다. 다시 한번 입술에 미소를, 약간 좀 창백하지만 그래도 어렵사리 미소를 불러내었다.

"이제까지 일하게 해주어서 감사합니다. 내가 먼저 은퇴에 대해서 말씀드리고 싶었지만 용기가 나지 않았어요. 남은 임금 지급에 대해서는 차후에 말씀드리죠."

미소를 지어 보인다. 그녀는 전문가다.

"정말로 괜찮아요. 이런저런 일들을 생각해 둬야지요. 기왕 이렇게 되었으니, 오늘은 한가한 편이기도 하니까 좀 일찍 퇴근할게요. 괜찮지요? 그렇게 하면 되겠지요?"

목소리를 낮추었다.

"베아타 소장님?"

베아타는 깜짝 놀란 눈치였다. 설마, 알리치아가 논쟁을 시작할 거라고 예상했나? 울음을 터뜨리거나 머리를 쥐어뜯거나 파트 타임이라도 좋으니 일하게 해 달라고 매달릴 줄 알았나? 그녀가? 이제까지 그 오랜 세월을 일하고 이제 와서 자신이 가치가 있다는 걸 증명해야 하나? 이 사무실을 어깨에 짊어지고 여기까지 온 것이나 다름없는데?

베아타는 아무 대답도 하지 않았다. 그녀도 전문가다. 마침내 고개를 끄덕이며 입술을 살짝 움직였다. 그것은 희미한 미소이거나, 아니면 '말해 놓고 보니 바보 같네.'라고 말하는 표정일 수도 있다.

알리치아는 책상으로 가서 달력과 펜과 휴대폰을 한데 모았다. 그러면서 비서실의 젊은 직원들이 뭔가 비일상적인 일이 벌어지고 있다는 걸 눈치채지 못하도록 얼굴에 내내 똑같은 미소를 띠었다. 미용실에 다녀와서 다행이다.

바깥에서 알리치아는 담배를 피워 물고 연기를 뿜어냈다. 처음으로 누군가 그녀를 보고 뭐라 하지 않을지 걱정하지 않았다. 무슨 말이든 마음껏 하라지.

자크제프스카 공증사무소에서 일한 시간이 남편과의 결혼 생활보다도 길었다. 그리고 남편은 그 나름의 이유로 그녀가 담배 피우는 것을 아주 싫어했다.

오호, 노년의 첫 징조다. 앞을 보지 않고 뒤를, 언제나 뒤를 바라본다. 이십 년 전에 있었던 일이 이 주 전에 있었던 일과 똑같이 가깝게―혹은 심지어 더욱 가깝게―느껴졌다.

가장 활기차고 근육질인 것은 어린 시절의 기억인데 벌써 반세기나 전의 일이다. 이 얼마나 끔찍한 일인가.

밀라누베크의 할머니 집 부엌 나무식탁 위의 딸기 한 접시, 턱을 따라 흘러 하얀 원피스 위로 떨어지던 체리즙 한 방울, 손톱 아래로 파고들던 강가의 젖은 모래, 재빨리 뜯어낸 쐐기풀, 야생장미 꽃잎을 웅덩이에 적셔 만든 향수, 울타리를 넘다 깨진 무릎, 맹장 수술을 하고 병원에서 깨어나던 일, 손가락의 잉크 얼룩, 풀밭에서 잃어버린 선물―영성체를 마치고 대모에게 받은 조그맣고 둥근 금펜던트, 펜던트를 잃어버렸다고 아버지가 휘둘렀던 허리띠의 버클이 짤랑이던 소리.

어째서 그 모든 일을 이토록 잘 기억하는가? 평생에 걸쳐 그 기억들로 계속 되돌아가기 때문일까? 축축한 진흙에 남은 발자국처럼 꾹 눌러져 그 기억들은 영원히 남게 된 모양이다.

또한 그녀는 사무실에 출근한 첫날과 오랜 시간을 들여서 고른, 새 무늬가 은은하게 깔려 있던 붉은 갈색 블라우스도 기억한다. 그리고 베아타가 처음으로 그녀를 감탄스런 눈길로 바라보며 이렇게 말했던 것도.

"자기 덕분에 손님이 많이 오겠어요."

그리고 사무실에 처음으로 컴퓨터가 들어오던 날 비서들이 이 새 기술을 배우는 게 의미있을지 고민했던 것, 그제고시가 학교 마치고 사무실에 와서 컴퓨터로 봄버만 게임을 하던 것, 베아타가 고용한 젊은 여자애가 매일 아침 사무실로 전화해서 차가 고장났다거나 개가 아프다거나 혹은 뭔가 다른 일이 생겨서 늦는다고 말하던 것, 이혼하는 고객, 즉 머리가 희끗희끗해서 그 당시 알리치아에게는 무시무시하게 나이가 많아 보였던 신사가 전화번호를 남기면서 이렇게 말했던 것.

"이건 특별히 아가씨에게 드리는 거예요. 사무실에 주는 게 아니에요."

그녀는 '노인'의 가발을 비웃으며 그 명함을 버렸다. 그 남자는 몇 살쯤 됐더라? 사십?

방금 결혼한 남편이 피로연에서 말하던 술취한 목소리, 그들의 결혼생활 전체가 눈 깜빡할 사이에 지나가 버렸다, 육 년. 그리고 남편에 대해서도 단편적인 기억밖에 없었다. 펼친 소파 위에서 급속도로 친해졌다, 언제나 어둠 속에서.

알리치아가 임신했을 때 남편의 어머니가 했던 말.

"아들애가 너를 반드시 버려야 해."

상실

그리고 알리치아가 열이 40도까지 올라가 죽는다고 생각했을 때 시어머니가 끓여주었던 끔찍한 수프.

그게 전부인가? 이 삶은 그게 다인가?

제대로 눈을 뜨기 전에 손으로 더듬어 침대 머리맡의 라이터를 찾았다. 언제나 거기, 몇 년이나 똑같은 자리에 놓여 있었다. 다음으로 싱크대 근처 서랍장의 맨 위 서랍을 열었다. 항상 담배를 다섯 갑이나 여섯 갑 정도 비축해 두는 것을 좋아했다. 그보다 적으면 불안해졌다.

마침내 창틀에 앉아 담배에 불을 붙였다. 이제 하루를 시작할 수 있다.

지나가는 사람들의 얼굴을 바라본다. 누구에게 일을 해주어야 했고, 또 누구를 과거에 도와주었는지. 그러나 군중 속에서 알아볼 수 있는 얼굴은 많지 않았다. 벌써 몇 년이나 지났다.

너무 깊이 생각에 잠겨서 누군가 문을 열고 아파트 안으로 들어오는 것도 듣지 못했다. 그 누군가가 부엌 문가에 나타났을 때에야 알리치아는 알아챘다. 식탁에 닦아낼 얼룩이 있는 건 아니었지만 반사적으로 손바닥으로 식탁을 문질렀다. 다른 한 손으로는 보이지 않는 음식 부스러기를 쓸어냈다. 창가에 앉아 또 담배에 불을 붙였다.

그러자 그제고시가 말하기 시작했다. 이번에는 돈 얘기가 아니었다. 그의 목소리가 물속에서처럼 아득하게 들려왔다.

……이 일로 엄마 혼자 남겨두진 않을 테니까. 우리가 앞으로 어떻게든…….

저 그림 액자 바로 옆 벽의 얼룩이 항상 저기 있었던가? 그것도 충분히 가능했다. 하도 바빠서 이전에는 눈치채지 못하다가 지금에야, 마침내 앉아서 휴대폰도 안 보고 신문도 안 읽고 라디오도 듣지 않고 달려갈 곳도 없고 해결할 일도 없는 지금에야 겨우 눈치채었는지도 모른다. 얼룩이 몇 주나, 어쩌면 몇 년이나 내내 저기에 있었을 수도 있지만, 이제는 부엌에 들어오자마자 바로 얼룩부터 보게 될 것이라는 생각이 들었다. 그리고 그녀를 가만 놔두지 않을 것이다.

아들 목소리는 고장난 수도꼭지에서 물이 나오듯이 드문드문 흘러나왔다. 그녀는 그저 고개를 끄덕였다. 이건 그녀답지 않다. 자기 팔을 꼬집어 몸을 꼿꼿이 세우고 보통때의 모드를 가동하고 싶었다. 그녀는 언제나 무슨 말을 하면 되는지 알고 있었고, 그 말을 듣고 전혀 놀라지 않았으며, 대화의 주도권을 쥐고 자신에게 유리한 방향으로 끝나도록 이끄는 법을 알았다. 뭔가 해결해야 할 때면—사무실에서나 휴가 중에나—알리치아가 최전선에 있었다. 사람들을 가늠해서 접수처 직원에

상실

게는 단호하게 대하고, 배달원에게는 정중해야 한다는 걸 알고 있었다. 그리고 지금은 그녀의 아들이 와 있었다.

물론, 당연하지.

……문제없을 거고, 그 애는 이미 컸으니까. 엄마도 알겠지만 최근에…….

베아타와 얘기해야 한다. 바보같이 행동했다. 어쩌면 매일 몇 시간 정도 누군가 필요할지도 모른다. 어쩌면 도시 바깥에서 고객을 만나 일할 수도 있다.―차를 타고 몇 시간이나 걸려서 가야 할지도 모르겠지만 말이다.

언젠가 그제고시가 그녀는 집을 싫어한다고 말한 적이 있었다. 집에 들어와서 잠시 앉아 있다가 어딘가 서둘러 가버린다는 것이다. 친구에게, 미용실에, 뭔가 해결하러, 뭔가 물어보러. 그렇게 그녀의 하루하루가 가버렸다.

……한두 달이면 된다. 이건 현실적으로 예측한 거라고 생각한다.

"브렉시트는 어떡하고?"

알리치아가 마치 아무 관계 없는 듯 물었다.

그제고시가 질문하듯 바라보았다.

"안젤라한테 가는 거잖아, 맞지?"

아들이 손을 흔들었다.

"그 브렉시트가 실제로 일어날지 안 일어날지는 몰라. 당장은 아무것도 변한 게 없어."

당연히 아들 내외는 사촌에게 갈 것이다. 독일에 있는 한나의 부모님에게 갈까 생각도 해보았지만, 사돈댁은 객식구를 들일 여건이 안 되었다. 그리고 독일은 일이 힘들었다. 노인을 돌보거나 청소하는 일은 그녀의 아들에게 맞지 않았다. 그제고시는 마치 그녀가 단번에 추측한 것이 짜증나는 듯했다. 그녀 앞에서는 아무것도 숨길 수가 없었다.

잠시 후 그는 짜증을 떨쳐내고, 이후 몇 달 동안 알리치아 앞에 펼쳐질 삶의 모습을 계속 이야기했다.

……프라이다가 엄마 집에 오는 걸 좋아하니까 분명히 적응도 금방 할 거고, 게다가…….

"안 돼."

이건 예상하지 못했다. 그제고시는 잠시 동력을 잃었다.

"구체적으로 뭐가 안 돼? 지금까지 몇 가지 일을 의논했잖아."

손을 쭉 펴고 이마를 문질렀다.

알리치아는 아들의 시선을 이 초, 어쩌면 삼 초 동안 가만히 마주보았다. 아들의 자신감이 녹아 흩어지는 것이 보였다. 이 단호함과 이 행동력을 믿기에는 아들을 너무 잘 알았다. 지금은 모든 것이 그녀에게 달려 있었고, 그녀가 모든 것을 뒤바꿔 버릴 수 있는 순간이었다.

"프라이다는 받아줄 수 없어. 개는 안 돼."

그녀가 목소리를 낮추었다.

"애들은 데려와도 돼. 당연하지."

그제고시가 고개를 끄덕였다.

그녀가 싸워서 막아낼 수 있었던 건 이 정도였다. 시간이 지나면서 그녀는 자신이 우스울 정도로 조그만 승리를 얻었을 뿐이라는 사실을 알게 되었다.

나중에 그제고시가 이미 없을 때, 알리치아는 벽에 가로막히고 말았다. 자기 자리를 찾지 못했다.

알리치아의 생각은 전혀 앞으로 나아가지 못했다. 현명하게 앞날을 생각했더라면 좋았을 것이다. 그랬더라면 뭔가 계획을 하거나 마련할 방법이 없는 것을 마련해 둘 수도 있었을지도 모른다. 생각은 자꾸 과거를 돌아본다. 그것은 예쁜 풍경이 아니다. 눈을 감고 싶지만 그래봤자 아무것도 변하지 않는다. 생각은 수치심과 죄책감의 색깔로 뒤덮인다.

'여자 혼자 애를 키운다'고 시내에서 사람들이 외쳤다. 그녀는 웃었다. 그녀는 혼자가 아니었다. 언제나 둘이서, 작고 따뜻한 손이 그녀의 손안에 있었다. 여러 가지 흥미로운 질문들에 그녀, 어른인 그녀는 꿋꿋이 대답을 했다.

그녀는 스물두 살에 그제고시를 낳았다. 엄마가 된다는 게 무엇인지 전혀 알지 못했지만 할 수 있는 한 혼자서 해냈다. 분명히 그 모든 일을 좀더 잘할 수도 있었을 것이다. 가끔 밤에 잠이 깨어 더 이상 잠들 수 없었고, 면베개 커버가 이마에 달라붙었다. 어떤 자세를 취해도 불편하기만 했다. 그중에서 가장 최악은 생각이었다. 아들에게 언성을 높인 일, 아들에게 손찌검을 한 일이 하나하나가 다 떠올랐다.

마치 최후의 심판에서 하듯 자신에게 해명했다. 아들이 차로 쪽으로 뛰어갔다, 말을 듣지 않았다, 더러운 손가락을 입에 넣었다, 이웃 모두 무서워하는 핏불처럼 성질 나쁜 잡종견 잭을 쓰다듬으려 했다. 그러나 자기 자신과 오래 토론하면 할수록 자신이 잘못했다는 사실만 더 명확하게 보였다.

어쩌면 자신이 좀더 주의할 수도 있었다. 아이가 걸음마를 배웠을 때, 처음 말을 했을 때('바바'[1]였다, '마마'가 아니라 '바바'.), 빨간 띠를 따고 단증을 받아왔을 때의 기쁨을 기억했다. 그러나 아들의 움직임 하나하나를 세세하게 분석하지 않았다. 고등학교를 바우브지흐에서 다니는 게 좋을지, 브로츠와프에서

---

1 폴란드어로 바바(baba)는 '아줌마' 혹은 '여성'을 비하하는 단어이다.

상실

다니는 게 좋을지 고민하지 않고 가까운 학교에 다니게 했다.

그러나 그 돌봄, 지켜봄, 학교 가기 전에 싸준 샌드위치—이 모든 것에는 또한 이면이 있었다.

아마 아들이 이미 미츠키에비츠에 있는 인문계 고등학교에 다니고 있었을 때일 것이다. 어느 날인가 퇴근하면서 저녁 준비할 식료품을 잔뜩 지고(고기, 채소 등등), 직장에서 가져온 폴더까지 여러 개를 들고 집으로 돌아왔다. 따뜻한 가을날이었고, 그녀는 땀에 흠뻑 젖었다.

마침내 그들이 사는 4층까지 올라와서 그녀는 팔꿈치로 현관문을 열려 했다. 문이 잠겨 있었다. 두드려 보았다.—아무 반응이 없었다. 장본 것을 바닥에 내려놓고 가방을 뒤졌다.— 없다. 열쇠를 사무실에 두고 온 것이 분명했다.

그녀는 그제고시가 집에 있다고 확신했다. 이제 어쩌지, 이제 어쩌지?—그렇게 생각하는 동안 땀이 등으로 빗줄기처럼 흘러내렸다. 그러다 결국 고기와 냉동식품 등 녹아가는 물건들을 남겨두고 사무실로 갔다.

그러나 그녀는 언제나 그렇듯 그 순간에서 뭔가 좋은 것을 찾기로 작정했다. 그 순간을 기억했고, 집에 돌아왔을 때 아무도, 정말 아무도 안에 없을 때의 감정을 기억했다.

'여자 혼자 애를 키운다'니! 세상에, 맙소사.

아이들은 계속 자라고, 시간이 지나면서 엄마를 점점 덜 필요로 한다. 알리치아는 싸우지 않았다. 무엇에 저항하여 싸우겠는가? 어디에 민원을 접수하겠는가?

그러나 그때부터 이미 알고 있었다. 이전에는 그저 느끼기만 했던 것을 확실히 알고 있었다.

그 뒤로 얼마 지나지 않아 처음으로 그제고시 없이 친구들하고만 휴가여행을 떠났다. 튀르키예로 가는 마지막 특가였다. 뜨거운 모래를 밟고 다니고, 수영장에서 와인을 마시고, 전 남편과 현재 남편에 대해 수다를 떨었다.

향료 냄새가 나는 현지 시장에서 알리치아는 향신료를 넣은 차를 실컷 마셨다. 그런 뒤에 마카다미아를 한 봉지 샀다. 이전에는 마카다미아를 먹어본 적이 한 번도 없었는데, 약간 개암 같았지만 더 달았고 맛이 더 섬세했다.

집에 돌아와서도 오랫동안 여행가방을 풀지 않았는데, 바라보기만 해도 기분이 좋아졌기 때문이다. 마카다미아 봉지는 부엌, 그러니까 행주를 넣어두는 서랍에 보관했다. 그리고 저녁마다 마카다미아를 한 개나 두 개씩 먹었다. 부엌의 서랍 한 켠 행주 아래 그녀는 휴가여행의 한 조각을 보관해 두었다. 그것은 오로지 그녀만의 것이었다. 그제고시는 마카다미아에 대해 알지 못했다. 그리고 자기 일로 바빴기 때문에 집에 거의

상실

없었다.

아들이 마침내 고등학교 졸업시험을 통과했을 때, 그녀는 가슴에서 무거운 짐이 떨어져 나간 것 같았다. 그때부터 공은 그녀의 편으로 넘어왔다. 아들에 대해 걱정하지 않고, 아들의 문제에 신경쓰지 않고, 아들이 왜 슬퍼하는지 고민하지 않을 수 있기를 무척이나 원했다. 물론 거기에는 성공하지 못했다. 여전히 그는 그녀의 아들이었다.

그래서 그녀는 무엇이든 기꺼이 도왔다. 그렇게 해야 한다고 생각했다. 아들이 브로츠와프에 있는 대학교의 인류학과에 들어갔을 때도, 우울증에 걸려 고향이 돌아왔을 때도, 그리고 그 전에 여자친구가 있고 미래를 함께 계획하고 있다고 아들이 선언했을 때도, 마리안나가 태어나기 이 주 전에 자동차가 고장나서 아들이 2천 즈워티를 빌려야만 했을 때도, 야쿱이 태어나고 그제고시가 너무 떨어서 두 살짜리 마리안나를 누군가 돌봐줘야만 했을 때도, 아들 가족이 휴가를 가서 누군가 아파트를 봐주고 화분에 물을 줘야 할 때도 언제나. 그리고 또…….

그리고 그렇다. 지금도 마찬가지다.

그러나 어쩐지 언제나 너무 모자랐다. 모자라고 모자랐다. 항상 모자랐다.

손자손녀를 돌봐주고, 애들과 함께 휴가여행에 따라가고,

브로츠와프와 크라쿠프 여행에 데려가고, 야단스러운 옷과 연옥에 갇힌 영혼처럼 부르짖는 장난감을 사주고, 손자손녀의 일에 관심을 갖고, 어느 가수가 톱 텐인지 알아야 했다. 이것도 해야 하고 저것도 알아야 하고…….

언제나 그녀 사무실의 불이 가장 오래 켜져 있었다. 항상 뭔가 더 해야 하고 더 해결해야 했다. 그녀는 늘 뒷목이 아프고 발이 퉁퉁 붓고, 냉난방 때문에 피부가 바짝 마른 채로 퇴근했다. 그러나 누군가를 도왔기 때문에, 자신의 일에 의미가 있었기 때문에 그녀는 대체로 만족했다. 그리고 그렇기 때문에 그녀의 인생 또한 의미가 있었다.

✦✦✦

마리안나는 눈으로만 엄마를 쫓아다녔다. 때는 아침이었고, 두 사람은 부엌에 있었다. 엄마는 가구와 벽들 사이를 계속 돌아다녔다. 마치 실수로 아파트 안에 들어와 무슨 수를 써서든 밖으로 나가려고 큰 소리로 붕붕거리며 머리를 유리창에 들이받는 파리 같았다. 자꾸 혼동해서 차에 우유를 붓고는 야쿱이 싫어하는 시리얼을 주었다. 프라이다는 아직 아무도 산책을 시켜주지 않아 문가에서 무턱대고 기다렸다. 부엌에서 탄 우

상실

유 냄새가 났다.

공기가 전기로 가득 차서 거의 피부에서 저절로 정전기가 오를 지경이었다. 엄마는 뭔가 이상한 노래를 억지로 흥얼거렸다.

"엄마, 괜찮아?"

마리안나가 우유를 부은 시리얼을 씹으며 물었다.

엄마는 고개를 끄덕이며 가볍게 웃었다. 그것은 약간 간호사가 살아날 가망이 전혀 없는 걸 아는 환자에게 하듯이 영혼 없는 미소였다. 부엌에서 나갈 때 옆을 지나가면서 마리안나의 팔을 쓰다듬었다.

시리얼이 마리안나의 목에 걸려 부풀어 올랐다. 우유에 너무 불어서 달콤한 토사물 같은 맛이 났다. 마리안나는 남은 시리얼을 개수대에 부었다. 수챗구멍 주위로 더러운 흰색과 갈색 섬이 생겨났다.

야쿱이 자기 시리얼 그릇 위로 누나를 쳐다보았다. 마리안나는 어깨를 으쓱해 보이고는 눈길을 피했다.

큰방에서 엄마가 무슨 서류를 손에 쥐고는 이리저리 옮기며 정리를 하고 있었다. 마리안나는 몇 초 동안 그 모습을 바라보면서, 자신이 학교에서 담임선생님한테 지명받지 않기 위해 뭔가 열심히 하는 척할 때 분명히 저런 모습일 것이라고 생각했다. 그 모습은 별로 설득력이 없었다.

“자, 빨리, 빨리.”

아빠가 재촉했다.

“엄마는 할 일이 있으니까 너희는 빨리 학교에 가.”

“아빠는?”

“내가 뭐?”

“출근 안 해?”

아빠는 한심하다는 듯 천장을 바라보고는 콧방귀를 뀌었다.

“너는 뭐, 책이라도 쓰냐? 오늘 물건 들어올 게 없어서 늦게 출근해도 돼.”

마리안나는 뭔가 더 할 말이 있는 것처럼 아빠를 쳐다보다가 결국 체념했다.

“야쿱, 가자.”

마리안나가 말했다. 그러자 야쿱은 기분이라도 상한 듯 한숨을 내쉬었다. 재촉받는 것을 아주 싫어해서 양말을 마룻바닥에 질질 끈다.

✦✦✦

결국은 비밀을 더 이상 지킬 수 없는 순간이 온다.

그제고시는 이 대화가 벌어질 때 근처에 있지 않기 위해서

상실

최선을 다했다. 마리안나가 유행성 이하선염에 걸렸을 때, 그 부어오른 얼굴을 보면 마음이 아프니까 쳐다보지 않으려 했을 때처럼. 자존심 때문에 스스로 인정할 수 없었기에 그냥 자기 딸을 피했다. 50제곱미터짜리 작은 집안에서 이 주 내내.

한나는 그를 조금 이해하지만 결혼생활에서 혼자만 어른 노릇을 할 생각은 전혀 없었다. 단호한 태도로 그를 기다렸다.

결국 성공한다. 수요일 저녁이었다. 창밖은 운 나쁘게도 폴란드의 황금빛 가을이다. 비가 와서 그제고시의 채무자들을 전부 홍수에 빠뜨려 물에 실어 바다로 보내 버려야만 한다. 그러나 비는 오지 않고, 마리안나는 바깥에서 친구들과 놀면서 오후를 보냈다. 야쿱은 내키지 않아 하면서 휴대폰을 가방에 넣어두었다. 게임을 너무 많이 해서 신경을 써야만 한다.

야쿱은 자신이 신경쓰지 않을 것이라는 사실을 알고 있었다. 당분간은 확실히 신경을 안 쓸 것이다.

한나는 무슨 수를 써서든 "우리, 얘기 좀 하자."라는 말을 하지 않으려고 애썼다.

"너희한테 해줄 얘기가 있어."

이것은 넷플릭스에 나올 법한 대사다. 분명히 다르게 할 방법이 있을 텐데. 이런 경우에 보통 다들 어떻게 하는지 한나는 알지 못했다. 마침내 말을 꺼냈다. 그제고시는 이 방에 생전

처음 와본다는 듯 방안을 둘러보았다.

요약하면 이랬다. 할머니와 함께 산다. 엄마와 아빠는 돈 벌러 간다.

"여기서는 돈 벌 수 없어?"

야쿱이 물었다.

그런 뒤에 또 물었다.

"할머니는 뭐래?"

마리안나는 아무 말도 하지 않았다. 휴대폰을 꺼내서 뭔가 쓰기 시작했다. 휴대폰 화면을 속기사처럼 빠르게 두드렸다. 한나는 자기도 모르게 저것도 어떻게든 활용할 수 있는 재능이라고 생각했지만 어떻게 활용하는지는 전혀 몰랐다.

야쿱은 눈이 빨개지더니 빠르게 깜빡였다.

"나, 콘솔 사줄 거야?"

그제고시가 한나를 바라보았다. 한나는 한숨을 쉬었다.

"지금은 약속할 수 없어. 하지만 나중에 아빠하고 엄마하고 돌아오면⋯⋯."

"만세!"

마리안나는 폭풍 같은 메시지 입력을 마치더니 이제 손톱을 들여다보고 있었다. 그제고시도 한나도 마치 벌써 떠나버렸다는 듯, 이미 여기 없다는 듯 쳐다보지 않았다.

상실

"그러면…… 언제쯤 돌아와?"

그러다 내키지 않은 얼굴로 이렇게 물었다.

"그건 모르겠어. 너무 오래 있지 않으면 좋겠는데."

한나가 말했다. 솔직하고 싶으면서도 지나치게 솔직하고 싶지는 않았다. 얼마나 많은 돈이 필요한지 아이들에게 말하지는 않을 것이다. 한나는 자못 열정적인 어조로 덧붙였다.

"할머니 댁은 엄청 좋을 거야. 두고 봐. 여행 간 거 같을걸."

아이들은 확신이 없는 얼굴이다. 마리안나의 얼굴은 화가 난 듯 잔뜩 굳어 있었다. 야쿱의 얼굴은 여전히 어리둥절한 표정이었다.

한나가 말했다.

"그리고 제일 좋은 건 너희 각자 자기 방을 가질 수 있다는 거야!"

"설마!"

야쿱이 미끼를 물었다.

"정말?"

+ + +

마리안나는 침대에 누워 있었고, 야쿱은 이미 잠이 들었다.

마리안나의 친구들은 저녁이면 음악을 듣고 드라마를 보고 화장 연습을 하고 틱톡에서 동영상을 찍는다. 마리안나는 그저 구경꾼이다.

코기강아지가 짧은 다리로 물그릇에 달려간다. 물을 마시려다가 안으로 넘어진다.

이런 동영상은 재미있지만 누군가 연출했다는 느낌이 드는 순간 모든 것을 망친다. 조회수가 이미 이백만이다. 오로지 이런 영상을 찍을 목적만으로 코기를 입양하는 것도 할 만하다.

화면에 채팅 구름이 나타난다.

– 들어왔어?

– 응.

마리안나가 대답한다.

– 대체 무슨 일이야? 너, 할머니 댁에서 살 거라며?

– 응, 엄마가 아빠하고 영국에 가.

– What?

– 영국에 간다고.

– 오오오케, 구리네.

– 별로 좋진 않지.

– 그래도 네가 영국 가는 것보단 낫지!!!

– 헤헤, 그건 그래.

상실

- 우리 집에서 살아도 돼. 오빠가 대학 가서 위층에 방이 빌 거야.

마리안나는 대답하지 않는다. 야쿱을 깨우지 않기 위해 최대한 콧물을 들이마신다. 채팅창에 점 세 개가 나타난다.

- 너, 너네 할머니하고 별로 안 친하지 않아?

+++

"아무리 늦어도 새해까지는 돌아올 거야. 그 전에 돌아올 수도 있어."

엄마가 말했다.

마리안나는 고개를 끄덕였다. 울지 않으려 애썼다. 크리스마스까지 두 달 반이나 남았다.

+++

가장 중요한 건 준비다.

모든 일은 준비에서 시작한다. 해야 할 일을 적절하게 계획하면 일 자체는 누워서 떡 먹기다.

'겁이 나? 일이 너무 커 보여서 도저히 엄두가 안 나? 그럴수록 계획해. 할 수 있는 한 계획해.'

다음 날 해야 할 일은 오늘 저녁에 결정한다. 옷은 깔끔하게 다림질되어 옷걸이에 걸린 채 그녀를 기다린다. 신발과 다른 잡화도 미리 마련해 둔다. 예상하지 못한 상황, 스타킹의 구멍이나 블라우스의 얼룩이 들어설 자리는 전혀 없다. 그녀가 모든 걸 철저하게 준비하기 때문이다.

서늘하고 축축한 공기와 스모그가 피부에 내려앉는다. 아마 비가 좀 올 것 같지만 상관없다. 알리치아는 여기까지도 준비가 되어 있다. 가방 안에 조그만 접이식 우산을 가지고 다닌다.

물론 일기예보를 보았다. 비는 저녁 무렵에 조금 온다고 되어 있었고, 아직은 아니지만 준비하면 언제나 안전했다. 그리고 그 조그만 우산은 거의 무게가 나가지 않았다.

도시 외곽에 있는 쇼핑몰은 텅비어 있었다. 아이를 데리고 온 엄마 몇몇이 이 가게 저 가게를 기웃거릴 뿐이었다. 알리치아는 어차피 그것을 기대했다.

점원이 여러 가지 침대시트를 늘어놓았다. 슈퍼 히어로, 전래동화 주인공들, 아이돌 가수들, 아이돌 가수의 이름을 알지 못했지만 별로 부끄럽게 여기지 않았다. 누군가 색종이를 든 아이를 가게 안에 풀어놓은 듯 무지개 색깔로 알록달록했다.

알리치아는 시트 하나를 집어 손가락으로 만져 보았다. 부드럽지만 인공적인 감촉이었다. 그녀는 못마땅한 얼굴로 혀를

상실

찼다. 싸구려 원단은 견딜 수 없었다.

"자녀분 나이가 어떻게 되세요?"

점원이 물었다. 순간 알리치아의 얼굴이 빨갛게 변했다.

마리안나는 3월에 태어났지만 그게 어느 해였더라? 그제고시가 그때는 그 자영업자 밑에서 일했다. 이천……일 년? 그리고 야쿱은 이 년 뒤? 아니, 삼 년 뒤였나?

"십대예요."

마침내 말했다.

점원의 얼굴에서는 근육 한 점조차 떨리지 않았다. 젊은 점원은 벌써 어떻게 처신해야 하는지 알고 있었다. 고개를 끄덕이더니 웃는 돼지가 그려진 침대시트를 조심스럽게 가져갔다. 알리치아는 열이 나는 느낌이 들었다. 몸을 돌리고 분홍색 꽃무늬가 새겨진 베개커버를 들어 빛에 비추어 보았다.

이전 세대의 안목 없음을 여지없이 보여주는 상품이었다. 장미와 오레인지를 같은 제품에 새겨놓을 생각을 대체 누가 했을까? 아이들이 정말로 이런 침대시트 속에서 잠든단 말인가? 나중에 심리상담을 받으러 다녀야 하는 것도 놀랄 일이 아니었다.

"요즘 애들한테는 한국 아이돌 그룹이 인기예요. 한국말로 가사를 배워서 노래를 부르기도 해요. 들어보셨어요?"

점원이 물었다.

"그럼요, 물론이죠."

알리치아는 재빨리 대답했다.

"여기, 저희도 케이팝 시리즈가 있어요. 아주 잘 팔려요."

알리치아는 옛날얘기에 나오는 못된 용처럼 코로 김을 내뿜었다. 벽장 안에 제대로 된 순면 제품, 그러니까 무지 혹은 잔무늬가 있는 침대시트가 세트로 갖추어져 있었다. 그 생각을 하면 알리치아는 해충방지제와 청결함의 냄새가 풍기는 무거운 이불을 두른 듯 마음이 편안해졌다. 앞으로도 몇 년이나 쓸 수 있고 유행을 타지도 않는다.

그러나 아이들에게 침대시트로 환영의 마음을 표현할 생각이었다. 깨끗한 새 침대시트를 보고 아이들이 그녀의 집에도 뭔가 자신만의 것이 있다고, 그저 머물다 가는 손님이 아니라고 느끼게 해주고 싶었다.

어떻게 해야 할지 모르니까, 최소한 알지 못하는 상황을 미리 대비해 두려는 것이다.

"아이들이 뭘 좋아하는지, 어떤 음악을 듣는지, 좋아하는 영화 같은 거라도 말씀해 주시면 맞춰서 찾아볼게요."

점원이 물었다. 알리치아는 돌아서지 않았다.

"그보다는 유행 타지 않는 디자인이 좋겠는데요."

상실

그녀는 무뚝뚝하게 말했다.

결국은 자잘한 꽃무늬가 있는 세트를 네 개 구입했다. 바보 같은 짓은 하지 않을 것이다. 이런 시트는 나중에도 또 쓸 수 있다.

나머지 오후 시간 동안 그녀는 청소를 했다. 옛날 그제고시의 방에서 쓰던 물건들을 지하실로 가지고 내려갔다. 테니스 라켓—대체 어디서 왔는지 모르겠다. 그제고시가 테니스를 쳤던 기억이 전혀 없다.—테이프, 운동복 바지, CD 몇 장.

"엄마, 내 물건 하나도 건드리지 마."

그제고시는 가끔 한 번씩 이렇게 말하곤 했다. 마치 알리치아가 1997년도 메탈리카 불법 복제 음반을 자기가 갖거나, 침대 매트리스 밑에 숨겨둔 포르노 잡지를 빼앗으려(물론 알리치아는 알고 있었다.) 언제든 들어오려고 넘보고 있다는 듯. 결국 아들의 물건들은 적당히 구분해서 상자 여러 개에 나누어 넣었다. 그러고는 소유물을 가져가라고 아들에게 알렸다. 어째서인지 항상 시간이 맞지 않았다. 어쨌든 그녀는 아들을 위해, 만약의 경우를 대비해서 자리를 남겨두었다.

이제 그녀는 부엌에 앉아서 기다린다.

✦✦✦

짐 싸기, 여권 찾기, 장보기, 다시 여권 찾기, 필요없는 물건들로 가득 찬 상자들과 여행가방들, 그것들을 알리치아의 집으로 옮기기.

프라이다와의 작별.

마리안나는 갑자기 사랑에 대한 슬픈 노래들을 전부 이해하기 시작했다.

자기 전에 프라이다를 껴안고 눈물로 귀를 적셨다. 개는 지금 무슨 일이 일어나는지 잘 알지 못하지만, 이미 전에도 마리안나 곁에서 여러 번 위기를 넘겼다.

"넌 내가 균형을 잃었다고 생각하지, 그렇지?"

대답하기 힘든 질문이었다. 프라이다는 앞발로 마리안나를 툭툭 건드리지도 않고 눈물을 핥아주지도 않았다. 가끔 무겁게 한숨을 쉬고 뒤척이며 돌아누웠다. 이불 속에서 빠져나와 침대 밑에 몸을 숨겼다. 마리안나는 그대로 놓아두고 억지로 데려오지 않았다. 개도 자기 시간을 가질 권리가 있다.

"목소리를 내봐. 자, 목소리를 내."

마리안나가 프라이다에게 말했다.

그러나 프라이다는 그냥 쳐다볼 뿐이었다.

상실

개는 명령을 제대로 수행할 때 사람에게 호감을 얻는다. '주인님'이 공을 던져주거나 간식을 주게 하려고 짖는다. 즉 똑똑한 개가 명령 수행과 보상이라는 두 가지를 연결해서 이해하는 것이다. 예의바른 강아지, 착한 강아지.

아이들의 경우는 반대다. 입을 다물고 아무런 소리도 내지 않을 때 인정을 받는다. 더 오래 조용히 있을수록 더 좋다. 참 예의바른 아이구나! 혼자서도 가만히 있네. 어른을 방해하지 않네.

마리안나는 잠들기 전에 여기에 대해서 생각한다. 아이와 동물은 '진짜 사람', 즉 어른의 삶에 붙은 덤일 뿐이다. 더 빨리 걷고 더 예의바르게 행동하면서 순식간에 변하는 요구들에 맞추어야만 한다. 어른이 아이보다 개를 더 부드럽게 대한다는 사실을 마리안나는 이미 오래전에 눈치채었다. 어쩌면 동물에게는 요구하는 게 더 적기 때문일까? 그렇다면 학대한다는 건 정말로 중요하게 생각한다는 증거일지도.

이것은 머릿속에 받아들일 수가 없다.

부모님과 헤어지는 것은 어쩌면 견딜 수 있는 일처럼 보인다. 그냥 짧은 순간일 뿐이니까 말이다. 막상 가서 생활해 보니 자신이 채소를 얼마나 먹는지, 배구연습을 하러 가는지 아무도 매일같이 지켜보지 않고, 수업은 8시 50분에 시작하는데 아침 7시에 준비하라고 깨우는 사람이 없어서 지내기가 훨씬 더 좋을지도 모른다.

프라이다는 전혀 다른 문제였다. 개와는 영상통화로 이야기할 수도 없고, 개가 슬픔에 빠졌을 때 문자메시지를 보내지도 않는다. 보러 갈 수는 있겠지만 차가 없으면 힘들 것이다. 버스 노선 하나가 몇 시간마다 한 번씩 다니는 게 끝이다. 그렇다면 학교 수업시간 중에 프라이다를 보러 가야 할 것이다. 이건 어쩔 수가 없다. 학교가 마리안나 없이 알아서 할 일이다.

그리고 만약 부모님이 돌아와서 프라이다와 함께 살지 않는 쪽이 더 낫다고 결정한다면?

마리안나는 몇몇 친구들처럼 파티에 다니고 싶어하지도 않고 클럽에 가려고 브로츠와프까지 가거나 머리를 염색하거나 손톱을 칠하고 싶어하지도 않는다. 이런 일들을 하나도 꿈꾸지 않는다.

다만 스스로에 대해서, 자기 삶에 대해서 스스로 결정할 수 있는 날을 꿈꾼다. 그것이 아이로서 가장 괴로운 점이다.─부모님의 변덕에 의지할 수밖에 없다는 것. 하루는 집에서 사랑하는 개와 함께 살다가, 다음 날은 할머니 집으로 옮겨가야 한다. 그것도 개는 빼고.

훌륭하네요. 정말 감사합니다.

상실

마리안나는 침대 밑을 들여다본다. 프라이다는 여전히 작별인사에 참여하고 싶어하지 않는다. 마리안나는 잠옷 소매로 눈물을 닦는다.

차안에서 마리안나는 프라이다의 머리를 부드럽게 쓰다듬는다. 보호소에서 집으로 왔을 때처럼. 개들은 그런 걸 좋아하지 않는다고 하던데 프라이다는 반대다. 고개를 들고 마리안나를 바라본다. 프라이다의 갈색 눈이 두려움으로 가득하다. 아니면 그냥 그 눈에 마리안나의 얼굴이 비쳤을 뿐일까?

+++

떠나기 전날 밤, 마리안나는 잠을 잘 수가 없다.

야쿱은 자기 침대에서 평온하게 숨쉬고 있다. 마리안나는 야쿱을 깨우지 않기 위해 조용히 일어난다.

침대 옆에 탁자가 놓여 있다. 마리안나의 손가락이 조각된 둥근 손잡이와 매끄러운 합판 서랍을 더듬는다. 손을 더 멀리 뻗는다. 차갑고 고르지 않은 벽, 야쿱의 침대, 그 옆에는 가끔 혼자서 흔들리는 등나무 옷장. 어렸을 때는 그게 무서웠는데, 나중에 야쿱에게 옷장이 귀신들의 뼈를 화살처럼 쏜다고 말해주었다. 그러자 야쿱도 무서워했다. 더 어린 동생이 있었거나 어린 사촌이라도 있었으면 야쿱이 또 다른 사람을 겁줄 수도 있었을 것이다. 그러나 전통은 죽었다.

그 뒤에는 문이다. 마리안나는 손을 위로 움직여 차가운 문손잡이를 잡는다. 현관, 보통때는 벗어놓은 신발들이 어지럽게 널브러진 사이를 비집고 집에 들어오게 된다. 작은 신발, 더 큰 신발, 끈 풀어진 신발, 끈 묶은 신발. 몇 개는 영원히 짝이 사라졌다. 그러나 오늘은 신발이 모두 자루에 담겨 짐 속에 들어갔다. 신발이 없으면 집이 아니다. 신발은 밖으로 나가기 위해서도 필요하지만 돌아오기 위해서도 필요하다. 개처럼 신발도 문 아래에서 가족을 기다린다. 돌아올 것이라고 믿는다.

그러나 언제?

부모님은 아파트를 완전히 비우고 세를 줄 계획이다. 낯선 사람들이 마루를 오가고 소파에 앉고 가족의 욕조에 알몸으로 누울 것이다. 역겹다. 마치 누군가 자신의 가죽을 벗겨서 입고 그녀인 척 길거리로 나선 것 같은 기분이다. 마치 자기 것은 이제 하나도 없는 것 같다.

계속 간다. 긴 나무 의자, 그 위에 중요한 정보를 적은 종이들이 매달려 있다. 예를 들면 예방주사, 아니면 치과 검진. 어둠 속에서 다 읽을 수는 없지만 마리안나는 어느 게 어느 것인지 완벽하게 안다.

상실

가끔은 마리안나가 기억하고 싶지 않은 일들에 대해 적어
놓은 종이를 내렸다. 그러나 엄마는 다 기억하고 있었다. 코르
크판을 흘끗 보기만 해도 아이들 중 누군가 건드렸다는 사실
을 금방 알아챘다.

오른쪽은 부모님 방, 왼쪽은 부엌.

어렸을 때 마리안나는 밤에 화장실 가는 것을 무서워했다.
가는 길에 현관이 있고 현관에는 옷걸이가 있는데, 그게 어둠
속에서 움직이지 않는 거인처럼 보였다. 지금은 무서워할 이유
가 없다는 걸 알고 있는 데다, 나무조각에 걸린 외투나 모자를
그토록 무서워했다는 사실이 좀 부끄럽기도 하다. 옷걸이는 텅
빈 채 서 있고, 외투들은 여행가방과 상자에 들어가 있다.

시간이 지나면 한때 무서워했던 것조차 그리워하게 되나 보
다. 왼쪽으로 꺾어서 컵에 물을 따른다. 바닥에 앉아 물을 마
시며 해가 뜨기를 기다린다.

+++

조용하다. 그녀는 라디오도 켜지 않았다. 부엌 창문을 통해
새벽 햇빛이 가느다랗게 들어온다. 거리는 여전히 텅비었고,
도시는 아직 잠들어 있다.

손톱 옆에 일어난 거스러미가 보인다. 두 손가락으로 잡아서 떼어낸다. 찬장을 열고 상처에 독한 술을 부은 뒤 아파서 씩씩거린다. 커다란 금속 가위를 꺼내 반창고를 정사각형으로 잘라서 붙인다. 청소한다. 차 끓일 물을 데우며 찻잔을 내린다. 잠시 찻잔을 쳐다보다가 찬장에 도로 넣고 물통을 꺼낸다. 물을 붓는다. 커피를 끓인다. 조그만 우유통에 우유를 붓는다. 과자를 작은 접시에 늘어놓는다.

마당에서 뭔가 움직이는 소리가 나서 창문 너머로 내다보았다. 드디어 다들 도착했다. 야쿱은 코와 눈이 빨갰고, 마리안나는 몸을 잔뜩 움츠렸다. 애들 부모도 별로 더 좋아 보이지 않았다. 한나는 일부러 명랑한 태도를 취하며 체육 코치 같은 어조로 아이들에게 말하고 있었다.

그제고시가 여행가방 두 개를 들고 들어오고, 한나가 그 뒤를 따라 들어왔다. 아마도 아이들에게 마지막으로 해줄 말, 가르칠 것, 지시할 것, 경고할 것을 얘기해 주는 모양이었다. 아이들은 고개를 끄덕이지만 듣고 싶어하지 않았다. 알리치아는 그게 전혀 놀랍지 않았다.

모두 위층으로 올라왔는데, 한나가 그제고시와 잠시 이야기하더니 벌써 가야 한다고 했다. 우물쭈물할 이유도 없는 데다 금방 비행기 시간이 다가왔다. 포옹, 입맞춤, 또다시 몇 마디

상실

작별의 말.

알리치아는 옆에 서서 끼어들지 않았다. 그렇게 해야 한다고 느끼는 듯했다. 그제고시가 다가와 알리치아의 팔을 토닥였다. 그 뒤에 한나가 두 팔을 벌려 껴안으며 귓가에 뭔가를 속삭였다.

마침내 둘은 밖으로 나갔다. 짐과 아이들을 남겨두었다. 아이들과 짐.

이윽고 문이 닫혔다. 아이들은 있을 자리를 찾지 못한 채 집 안을 이리저리 돌아다녔다. 알리치아가 방을 정해 주었다. 야쿱은 그제고시의 방을 쓰고 마리안나는 큰 침실을 쓰기로 했다. 각자 자기 공간을 가지게 되었다.

마리안나는 옷을 입은 채 깨끗한 시트 위에 누웠다. 알리치아는 입이 근질근질했지만, 아이들과의 생활을 말다툼으로 시작하지 않으려고 꾹 참는다. 같이 지내다 보면 예상 외로 즐거울지도 모른다.

부엌으로 돌아와 차를 따른다. 그러나 물이 벌써 식었다. 어떻게 해야 할지 모르겠다. 여기는 자신의 집인데.

부엌 창가에 서서 담배를 피운다. 담배 연기가 알리치아의 목구멍을 지나 폐를 가득 채운다. 아, 그런데 지금 몇 시지? 아이들을 재촉한다. 학교에 가야 하는 것이다. 모든 일이 말없이 이루어진다. 아이들은 신발을 신고 점퍼를 입고 나간다.

몇 시간 뒤에 아이들이 돌아오고, 알리치아는 음식점에서 식사를 주문한다. 아이들은 배고프지 않다고, 학교에서 먹었다고 말한다. 알리치아는 이 말을 완전히 믿지 않지만, 강제로 아이들에게 밥을 먹일 생각은 없다.

어린 시절 그녀는 저녁 늦은 시각까지 차갑게 굳어 딱딱해진 감자와 소스를 앞에 놓고 앉아 있어야 했던 트라우마가 있다. 절대 강제로 먹이지는 않는다.

시간이 흘러간다. 알리치아는 정신을 집중할 수가 없다. 장을 보러 가고, 저녁식사를 만든다. 아이들은 뭔가 음식을, 꾸물거리지만 먹기는 먹는다. 샌드위치, 우유를 부은 시리얼, 차, 주스.

알리치아의 등 뒤에서 문이 삐걱거리더니 아이 중 하나가 화장실에 들어가 샤워를 한다. 놀랄 정도로 오랫동안 샤워하는 것을 보고 그녀는 자기도 모르게 기억해 둔다. 그다음엔 다른 아이가. 이번에는 더 빠르다.

"안녕히 주무세요."

두 아이 중 하나가 마치 입을 꿰매 붙인 것처럼 이렇게 말한다.

이렇게 첫날의 하루가 지나간다.

아마 그렇게 나쁘지는 않았던 것 같다.

상실

✦✦✦

알리치아는 자러 가기 전에 식기세척기에서 그릇을 꺼내 정리한다. 그것은 빨래와 마찬가지로 그녀의 마음을 차분하게 가라앉힌다. 더러웠던 것이 다시 깨끗해졌다. 그녀는 반짝이는 접시를 찬장에 집어넣다가 누군가 현관에서 돌아다니는 소리를 듣는다. 현관문 앞에 야쿱이 서서 알리치아가 다가온 순간에 자물쇠에 손을 대고 있다.

"얘야! 야쿱, 도대체 뭘 하려고 그러니?"

알리치아가 황급히 묻는다.

아들을 키우면서 얻은 경험으로 알리치아는 남자아이들은 엄격하게 통제해야 한다는 걸 알고 있다. 알리치아의 집에서는 규칙이 지켜져야 한다는 걸 야쿱이 빨리 이해할수록 좋다. 알리치아는 허리에 양손을 짚고 야쿱 쪽으로 몸을 기울인다. 인생은 어떻게 보이느냐의 기술이다.

알리치아는 그것을 사무실에서 배웠으며, 사무실 바깥에서도 같은 원칙을 적용한다. 고양이는 위협적으로 보이기 위해 털을 부풀리고 등을 둥글게 굽히고, 알리치아는 이마에 주름을 잡고 입술을 꼭 다문다.

효과가 있다. 야쿱이 문에서 물러난다.

“여기서 뭐하는데? 새 집에 온 첫날에 몰래 이러고 돌아다니는 게 부끄럽지도 않니?”

야쿱은 고개를 젓는다. 아무 말도 하지 않는다. 그러나 알리치아는 사실 야쿱의 대답은 필요하지 않고 스스로 자기 자신과 대화할 수 있다. 그렇게 하는 게 익숙하다.

“대답 안 할래? 무슨 일이야?”

“확인했어요…….”

“뭘 확인해? 넌 뭐든지 해도 된다고 생각하는 거니?”

“아니에요.”

이제 야쿱의 아랫입술이 떨린다. 알리치아는 너무 밀어붙였다고 느낀다. 그래서 더 짜증이 난다. 손자를 붙잡아 흔들며 방으로 끌고 가고 싶어진다. 그러나 깊이 숨을 들이마시고 내쉰 뒤에 다시 한번 시도한다.

“뭘 확인했어?”

“문이……, 문이 잠겼는지 봤어요.”

“뭐?”

알리치아는 여전히 이해하지 못한다.

“아빠는 항상 그렇게 해요. 자기 전에 문이 전부 잠겨 있고, 불이 다 꺼져 있는지 확인해요. 그리고 이젠 제가 여기서 유일한 남자잖아요.”

상실

야쿱은 자물쇠를 가리킨다.

“그렇지만 확인할 필요 없었어요. 잘 잠겨 있어요.”

알리치아는 입술을 꼭 깨문다. 현관이 어두워서 다행이다.

“알았다. 그럼 이제 가서 자, 응?”

아이가 살그머니 고개를 끄덕인다.

“그런데 부엌 좀 봐도 돼요……?”

“뭐?”

“레인지요. 레인지의 불을 껐는지 확인하려고요.”

야쿱이 대답한다.

+++

다음 날 마리안나는 눈을 뜨자마자 다시 감는다.

여기는 집과 다른 냄새가 난다. 차이점을 딱 집어 말할 수는 없지만 오래된 것의 냄새라고 느낀다. 오래된 가구들, 마룻바닥, 나프탈렌. 외풍이 불어서 그런지, 여기는 공기가 조금 더 신선한 것 같다. 분명히 저 창문일 것이다. 아빠는 자주 할머니 댁 창문들이 꼭 닫히지 않는다고 불평했다.

아빠와 엄마는 분명히 지금쯤 도착했을 것이다. 부모님이 집에서 그렇게 멀리 떨어져 있는 것은 상상하기 힘들다. 같은 반의 부자 친구들은 영국에 어학연수를 하러 다녔지만, 마리안나는 한 번도 가본 적이 없다. 어쩌면 그래서 머릿속에 진부한 장면들만 떠오르는 것인지도 모른다.—엄마와 아빠가 빨간색 2층 버스를 타고 있는 광경, 빅벤 아래의 엄마와 아빠. 마리안나는 미소짓는다.

개가 보고 싶다. 이불 위에 올라앉은 개의 무게, 볼에 닿는 축축한 코, 마리안나가 고개를 들기만 해도 마룻바닥을 리드미컬하게 두드리던 꼬리.

마침내 침대에서 일어선다. 침대, 더 정확히 말하면 펼쳐놓은 소파는 꽤나 불편하다. 여기서 하루 종일 있을 수는 없다. 알리치아의 화장실에는 화장품이 세트로 놓여 있다. 데이 크림, 나이트 크림, 클렌징 로션, 아이 크림. 모든 것이 같은 회사 제품이다. 샴푸와 컨디셔너도 마찬가지다. 마리안나의 집과는 전혀 다른데, 집에서는 아무도 로스만[1]에 가려 하지 않았기 때문이다. 엄마는 일주일 동안 수염 씻는 샴푸로 머리를 감았다. 최악의 경우는 용기 안에 아직도 내용물이 있다고 생각하고 머리에 부었을 때다. 알고 보니 야쿱이 샴푸가 없어서 찬물을 채워놓은 것이었다.

1   한국의 올리브영과 비슷한 화장품 편집숍.

상실

마리안나는 화장품 중에서 세안젤을 소심하게 집어든다. 알리치아의 화장품들 사이에서 밝은 색 포장용기는 보기 싫게 눈에 띄는 데다 값싸 보인다.

부엌에서는 아침 준비가 한창이다. 마리안나는 대화 중간에 들어선다.

"그건 아니지. 어딜, 대체 무슨 소리야?"

알리치아가 말하자 야쿱이 웃음을 터뜨린다.

"너희 아빠는 9시 전엔 절대로 일어나지 않았어. 학교를 졸업한 게 기적이야."

파자마 차림의 야쿱은 여기에 완전히 편안하게 적응한 것처럼 보인다. 알리치아는 반대로 옷을 차려입고 화장을 하고 향수도 뿌리고, 세상에 맞설 준비가 되어 있다.

마리안나는 그 중간 어디쯤에 있다. 바지는 잠옷이지만 블라우스는 입었다. 아무것에도 맞설 생각은 없지만 너무 편하게 보이고 싶지도 않았다.

"아빠가 전화했어요?"

마리안나가 물었다.

"아니, 아직 아냐."

"그렇지만 문자는 보냈어."

야쿱이 대답했다.

"도착했대."

마리안나는 식탁 앞에 앉아 달걀부침을 접시에 조금 덜었다. 한입 먹자마자 속이 안 좋았다. 달걀부침이 덜 익어 노른자가 풀어졌다. 음식이 입안에서 도로 나오려 했다. 접시를 살그머니 밀어내고 차를 입안 가득 벌컥 마셨다. 더 이상은 먹을 수가 없었다.

"괜찮니?"

알리치아가 물었다.

"네, 네. 아침은 항상 학교에서 먹어요."

야쿱은 샌드위치를 손에 든 채로 굳어 아무 말도 하지 않았다.

"차만 다 마시고 학교 갈게요."

마리안나가 재빨리 말했다.

알리치아는 몇 초 동안 손녀를 바라보다가 마침내 고개를 끄덕였다. 마리안나가 자리에서 일어섰다.

마리안나는 화장실에 가서 휴대폰을 꺼냈다. 페이스북에서 엄마의 프로필 페이지를 열어보았다. 마지막 포스팅은 이 주 전이었다. 마리안나는 한숨을 쉬고는 문자 앱을 열었다.

- 몇 시에 올 거야?

문자를 입력했다.

- 난 곧 나가.

화면을 바라보았지만 아무것도 나타나지 않았다. 폴라는 아마 지금 자고 있을 것이다. 마리안나는 다시 입력을 했다.

– 여기서 못 견디겠어.

화장실에서 나와 점퍼를 입고 밖으로 나갔다. 부엌에서는 계속해서 알리치아와 야쿱의 목소리, 나이프와 포크가 접시에 부딪치는 소리가 들려왔다. 그 끔찍한 달걀부침과 기름냄새가 풍겨왔다. 생각을 좀 해야 한다. 학교까지는 대략 십 분 정도 걸렸다. 여기서는 집에서 가는 것보다 가까웠다. 경기장을 지나기만 하면 되었다.

현관을 나서자 젖은 아스팔트와 썩어가는 낙엽냄새가 확 풍겼다. 곧이어 차가운 바람이 얼굴을 때렸다. 사방이 회색인데도, 오늘 마리안나에게는 세상이 좀더 선명하게 보였다. 거리의 소음이 머릿속으로 파고들고, 구름에 가려진 아침 햇빛이 눈을 찌르고, 차가운 공기가 피부를 태운다. 단 하나, 조그만 변화는 학교까지 거리가 몇십, 혹은 몇백 미터 가까워졌다는 것이다. 아무것도 아니다. 아무 일도 일어나지 않은 것 같다.

전부 다 괜찮다.

마리안나는 숨을 헐떡이며 학교에 도착한 뒤 라커룸으로 내려갔다.

혼자일 것이라고 생각했지만 아래층에 벌써 몇 명이 와 있었다. 라커룸 한쪽에 앞반 여자아이들 몇 명이 모여 앉아 있었다. 마리안나도 같이 체육수업을 들어서 아는 아이들이었다.

"안녕? 왜 이렇게 빨리……?"

마리안나가 물었다.

고수머리를 뒤에서 하나로 묶은 키 크고 창백한 여자아이가 어깨만 으쓱해 보였다. 다른 아이들은 휴대폰에서 눈을 떼지 않은 채 뭔가를 함께 보고 있었다.

"버스 시간이 그래."

창백한 아이가 말했다. 마리안나는 이 아이 이름이 킹가였던 것으로 기억한다.

"너도 버스 타?"

"아니, 아니."

마리안나가 대답했다. 킹가와 친구들은 외곽 마을에서 학교를 다녔다. 다들 그 사실을 알고 있었다. 학교가 끝나면 마리안나는 매번 버스 정류장에서 있는 이 아이들 옆을 지나서 하교했다. 그러나 버스를 타고 학교에 다닌다는 것이 라커룸에 앉아 수업 시작 시간까지 기다린다는 뜻이라고는 생각해 본 적이 없었다.

"오늘은 그냥 빨리 왔어."

마리안나는 벤치의 킹가 옆자리에 앉았다. 킹가는 영어숙제를 하고 있었다. 마리안나는 자신도 숙제가 있었다는 사실이 생각나서 연습문제를 펼쳤다.

“부모님 떠났다며?”

킹가가 물었다.

“응?”

마리안나가 고개를 들었다.

“들었어.”

“아, 그래?”

마리안나가 다시 공책 위로 고개를 숙였다. 불규칙동사.

“우리 아빠는 작년에 나갔어.”

킹가가 말을 이었다.

“그러더니 완전히 이혼했어.”

마리안나는 공책을 덮고는 큰 소리로 분명하게 말했다.

“우리 부모님은 이혼 안 해. 일하러 간 거야.”

킹가는 믿을 수 없다는 표정으로 눈을 크게 떴다.

“난 그냥, 네 기분 어떤지 안다는 얘기를 하고 싶었던 거야.”

마리안나는 이 말을 한 귀로 흘려들었다.

“영어숙제 해.”

마리안나가 말했다.

“2번 문제, 답 틀렸어.”

마리안나는 벤치에서 일어섰다. 3층 화장실이 여기서 숙제하는 것보다 나을 것 같았다. 거기는 최소한 조용했다.

잠시 후 마리안나는 황갈색으로 칠해진 흠집투성이 문을 잠그고 망가진 변기 뚜껑을 내린 뒤 바지를 입은 채 그 위에 앉았다. 엄마는 언제나 공중화장실은 박테리아투성이라고 말했다. 다시 연습문제를 꺼내자 호흡이 조금씩 차분해졌다.

+++

학기 중에 학교를 떠나버릴 수는 없었다. 그래서 둘은 알리치아와 함께 남았다.

"그게 더 좋잖아, 친구들하고 헤어질 필요도 없고, 새 선생님한테 적응할 필요도 없고."

아빠가 말했다. 어렸을 때 마리안나에게 '마술의 건강음료'를 마시라고 설득할 때와 똑같은 표정이었다. 그때 처음으로 대구간유를 먹어보았는데, 아빠가 지나치게 열정적일 때는 신뢰할 수 없다는 사실을 배웠다.

알리치아의 아파트에는 방이 세 개, 거실과 연결된 부엌, 욕실과 구분된 화장실이 있었다. 소규모 가족이 살기에 이상적인 넓이였다. 또한 청소가 잘되어 있었다. 어쩌면 너무 지나치

상실

게 잘되어 있어서 마리안나는 알리치아가 지난 몇 년간 이 집에서 살지 않은 것 같다고 생각했다.

알리치아는 평생토록 일했고, 그 사실을 강조하기를 좋아했다. 최근에 은퇴하기 전 몇 년 동안은 특히나 집중적으로 일했다. 그리고 지금은 손주들과 함께 여기에 틀어박혀 있다.

"야쿱은 감자 싫어해요."

첫날 저녁, 마리안나가 말했다. 동생은 분명 자기 스스로 말하지 않을 테니까 보호해 줘야 했다. 알리치아는 가족적 분위기를 만들려 애쓰며, 상자에 든 밀키트 같은 것을 꺼냈다. 그러다 손길을 멈추고는 매의 눈으로 마리안나와 야쿱을 번갈아 바라보았다.

"좋아해요, 좋아해요."

야쿱이 반대로 말하며 토마토 한 조각을 포크로 찍어올렸다. 사실 야쿱은 토마토도 먹지 않았다. 마치 마리안나가 일부러 저녁식사를 망치려는 것처럼 들렸다.

"야쿱, 바보같이 그러지 말고 솔직하게 말씀드려."

마리안나가 말했다. 식탁 밑으로 동생을 한 대 걷어차주고 싶었다.

"작년에는 싫어했지만 지금은 잘 먹어."

동생이 대답했다.

마리안나는 더 이상 아무 말도 하지 않고 소스 없는 감자가 담긴 접시 위에서 고개를 저었다. 감자를 싫어하는 것은 그녀 자신일지도 모르겠다는 생각이 들었다. 이제 모든 것이 혼란스러워지기 시작했다.

알리치아의 아파트에서는 모든 것이 달랐다. 표지가 노랗게 바랜 책들이 산더미처럼 쌓여 있었고, 오래된 접이식 소파는 여러 번 빨아서 닳아빠진 담요로 덮여 있었다. 화장실은 리모델링을 해서 밝고 하얀 타일에다 세면대 위에 커다란 거울까지 있었지만, 수도관에서는 오래된 석조건물의 냄새가 퀴퀴하게 풍겼다.

아침식사에는 마리안나가 좋아하는 치즈가 없었으며, 알리치아는 녹차밖에 마시지 않았다. 야쿱은 시무룩한 얼굴로 앉아 있었고, 알리치아는 기운차게 하루의 계획을 이야기했다.

"너희들, 몇 시에 학교로 데리러 가면 되는지 알려줘."

알리치아가 질문하는 듯, 혹은 선언하는 듯 말한다.

야쿱이 웃음을 터뜨렸다. 그것은 누군가 불을 켠 듯 밝은 웃음이었다.

"할머니, 우리 데리러 오실 필요 없어요. 그러시면 우리도 부끄럽고, 할머니도 부끄러우실 거예요. 할머니 손주들이 그렇게 아무것도 못하는 어린애는 아니라고요."

상실

야쿱은 오트밀을 입안에 욱여넣으며 말했다.

"난 학교에 갈 때만 엄마가 데려다줬어요. 잠이 덜 깨서 차에 치일 거라고요."

마리안나는 아무 말도 하지 않았다. 갑자기 조용해지면서 할머니가 가만히 쳐다볼 때에야 자신도 대답을 해야 한다는 것을 깨달았다.

"아."

마리안나는 끔찍하게 맛없는 녹차에 사레가 들릴 뻔했다.

"아뇨, 아뇨. 저는 정말로…… 괜찮아요. 전 거의 열다섯 살이라고요."

이 문장은 마리안나의 목구멍에서 간신히 흘러나왔다.

"그리고 야쿱은 무슨 일 있으면 전화할 수 있어요. 저희, 휴대폰 있잖아요! 그러니까 아까 말씀드렸듯이 괜찮아요."

사실은 그냥 이렇게 말하고 싶었다.

'꺼져요.'

"그래, 알았다."

알리치아는 고개를 저었다.

"오후에는 너희가 나 좀 도와줘야 해. 청소하고 장보고 그런 건 쉬운 일이야. 그리고 숙제해야지. 너희 부모가 성적 떨어지지 않게 잘 지켜보라고 부탁했어."

야쿱은 킨더초콜릿 광고에 나오는 아이처럼 웃고는 이렇게 대답했다.

"좋아요! 그럼 학교 끝나고 봐요."

그리고 발딱 일어서더니 알리치아의 볼에 뽀뽀를 했다.

이렇게 하면 할머니에게 점수를 따서 나중에 위기의 순간에 활용할 수 있다고 생각하고 연기를 한 것인지, 아니면 정말로 항복해서 이 미지의 영역에서는 집에서 하듯이 자기 마음대로 행동할 수 없다는 사실을 인정한 것인지, 그런 건 중요하지 않았다. 그냥 야쿱답게 행동하지 않은 것이다. 마치 이 모든 상황에서 마리안나와 알리치아와 함께 식탁에 앉아 있던 소년이 마리안나의 동생이 아니고 그저 겉모습만 똑같이 생긴 사람인 듯 말이다.

한때 둘은 말하지 않아도 서로를 이해했다. 야쿱이 아주 어렸을 때 마리안나는 가끔 밤에 깨서 동생의 숨소리를 들었다. 동생의 가슴에 손을 얹고 오르락내리락하는 모습을 바라보았다. 어느 날 밤, 야쿱은 잠결에 눈을 떴다. 누나를 쳐다보고— 사실은 보고 있지 않았지만—미소를 지었다.

"죄송하지만 저는 집에 없을 거예요. 오늘 늦게 와요. 수학 동아리 모임이 있어요."

마리안나는 배낭을 집어들고 밖으로 나왔다. 수학 동아리

상실

모임은 목요일에 있었다.

그날 마리안나는 저녁 내내 자전거를 타고 돌아다녔다. 집에 돌아왔을 때 야쿱은 야쿱 방에 있었고, 할머니는 할머니 방에 있었다. 마리안나는 지쳐서 침대에 주저앉았다. 온몸의 근육이 경련했다.

몇 주가 지난 뒤, 마리안나는 뭔가 영원히 변했다는 사실을 깨달았다. 무엇인지 정확히 말하기는 어려웠다. 마치 공기의 어떤 성분이 변한 듯, 산소가 희박해진 듯 숨이 가빴다. 안전망처럼 주위를 둘러싼 것이 없었다. 한 걸음 걸을 때마다 모르는 세계로 들어갔다.

친구들은 이 변화를 곧장 감지했다. 폴라, 야드비가, 그리고 나머지 아이들도. 마리안나는 갑자기 친구들 그룹에 속하지 않게 되었다고 느꼈다.

어쩌면 스스로 그룹에서 발을 뺀 것인지도 모른다. 마리안나는 다른 아이들을 따라잡지 못했다. 폴라가 후배 여자애한테 반했는지, 그 여자애가 폴라한테 반했는지 확실히 알지 못했다. 정곡을 찌르는 포스팅 공유나 농담을 때맞춰 하지도 못했고, 가끔은 단체 채팅방에 대해 며칠 동안 잊어버렸다가 나중에 모두에게 강박적으로 답장을 했다. 그러면 친구관계가 망할 수밖에 없다.

결국 아이들끼리 새 채팅방을 연 것 같았다. 진흙덩어리가 하얀 신발을 더럽히듯 그렇게 불운이 마리안나를 서서히 더럽혔다. 이런 상황에서 어떻게 행동해야 하는지 알 수가 없었다. 그리고 알 수 없으니 아무것도 하지 않는 편이 나았다.

앞반 마르친이 이런 일을 겪은 적이 있었다. 작년 말, 마르친의 아빠가 돌아가셨다. 종교시간에 영생에 대한 이야기가 나오자 마르친이 교실에서 뛰쳐나갔다고 들었다. 화장실에서 나왔을 때 마르친의 눈이 빨갛게 부어 있었다. 체육시간에 빠져도 된다고 허락받고 수업시간 내내 한쪽 구석에 앉아 휴대폰을 손에 쥔 채 아무하고도 얘기하지 않았다.

아니, 마리안나의 상황은 그렇게까지 나쁘지는 않았다. 사실 전혀 나쁘지 않았다. 다 괜찮은데 그저 친구들하고 이전처럼 완벽하게 발을 맞추지 못할 뿐이었다. 아이들은 계속 마리안나의 숙제를 베끼고 체육시간에 팀에 끼워주고 마리안나의 립글로스를 빌리곤 했다.

그저 가끔, 마리안나가 라커룸에 들어서면 갑자기 대화가 끊어지면서 여자애들은 마리안나가 뭔가 말하기를 기다리는 듯 가만히 쳐다보곤 했다. 계속 쳐다보고 쳐다보면서 아무도 그 침묵을 깰 용기를 내지 못했다. 침묵은 공기를 대신해서 점점 더 단단하게 마리안나를 휘감았다.

상실

✦✦✦

알리치아는 천장을 쳐다보는 것으로 하루를 시작했다. 또다시 천장을 칠해야 하는데, 천장은 이미 그녀가 그토록 좋아하는 풀먹인 식탁보의 흰색, 생크림이나 봄 하늘 구름의 흰색이 아니었다. 눈을 때리는 번쩍임을 잃었다. 아직 완전히 회색은 아니지만 벌써 회색기가 돌기 시작했다.

그녀는 잠에서 깼다……. 어쩌면 아예 잠을 안 잔 것인지도 모른다.

'은퇴하면 푹 잘 수 있을 거야.'

그런데 은퇴하고 나서 전혀 잠을 자고 싶지 않다면 어떻게 할 수 있을까? 누가 책임을 질 수 있을까? 어디에 민원을 넣어야 할까?

창밖은 여전히 어둑어둑했다. 첫 번째 반응은 일어나려는 것이다. 행동하는 것! 하지만 그녀가 일어나면 아이들을 깨울 것이고, 그러면 돌이킬 수 없이 하루를 시작하게 된다. 그래서 그냥 누워 있었다. 한 발만 이불 밖으로 내밀었다. 침대시트가 기분좋게 서늘하다.

침실은 작지만 필요한 가구들은 전부 갖춰져 있었다. 까만색으로 칠한 나무로 만든 이인용 침대, 미닫이 옷장, 작은 물건들을 넣어두는 서랍장. 쓸데없는 잡동사니는 하나도 없었다. 알리치아는 일본식 미니멀리즘에서 영감을 얻었지만, 가구와 살림을 폴란드에서 1990년대 말과 2000년대 초에 구입했기 때문에 그 영감이 첫눈에 보이지는 않았다. 상관없었다. 알리치아는 세간살이 하나하나가 어떤 역사를 가지고 있는지 알고 있었다. 그 사실만으로도 마음이 차분해졌다.

그제고시와 한나의 아파트에 들어와 사는 세입자들은 알리치아마저 놀라게 했다. 공증사무소에서 오래 일하면서 그녀는 인간 유형에 대해 알아야 할 것은 전부 배웠다고 믿었다. 하지만 그것은 알고 보니 순전히 착각이었다. 없는 게 없었다. 세탁기는 일주일 사용했더니 망가졌다고 하고, 창문은 꼭 닫히지 않는다고 불평했다. 이웃과는 틈만 나면 다투었다. 뭔가 계속 일이 생겨서 그녀가 아침에 침대에서 서둘러 뛰어나오지 않고 싶게 만들었다.

그러나 알리치아는 세상과의 충돌을 피하는 사람이 아니었다. 창밖이 밝아올 무렵, 그녀는 이미 부엌에 있었다. 절대로 오랫동안 게으름을 부리지 않았다. 잠들 수 없다면 차라리 일을 하는 편을 택했다. 하다못해 아침이라도 만들 수 있지 않은가.

예상대로 야쿱이 먼저 부엌에 들어오고, 얼마 안 지나 마리안나가 나타났다. 음식 냄새가 둘을 숨어 있던 방에서 끌어낸

모양이었다. 그러나 마리안나는 접시의 음식을 먹는 둥 마는 둥 하고 포크를 이리저리 돌리다가 차를 아주 많이 마셨다.

알리치아는 당분간 손녀를 그대로 두기로 했다. 새로운 상황이어서 다들 아직 적응하는 중이니까.

반면에 야쿱은 이인분을 먹는다. 귀여운 아이다.

갑자기 전화벨이 울렸다. 야쿱이 달려나가 받더니, 잔뜩 실망한 채 알리치아에게 전화기를 넘겼다.

'누군지 모르겠어요.'

야쿱이 입모양으로 말했다.

"아, 안녕하세요."

알리치아는 전화기 너머로 오랫동안 만나지 못한 지인의 목소리를 들었다.

"네, 네, 저는 괜찮아요. 감사해요."

야쿱이 관심 있게 그녀를 쳐다보았다. 알리치아는 창가로 다가갔다. 앞으로 몇 주 동안 사생활을 완벽하게 지키기 어려울 것이라는 사실에 익숙해져야만 했다.

그제고시와 한나는 크리스마스까지 폴란드에 돌아오기 위해 할 수 있는 한 최선을 다할 것이라고 말했다. 알리치아는 아들 부부를 믿고 싶지만, 지금 이미 10월이었다. 영국에서 돈을 얼마나 벌 것이라고 상상했든지 간에, 이제는 대학생도 아니고 몇 달 동안 사는 데 수백 파운드로 충분할 리가 없었다. 게다가 그제고시의 빚은 무시할 수 없는 금액인 듯했다. 심지어 급한 불을 끄려면 얼마가 필요한지 말도 하지 않으려 했다. 아이들을 떼어놓고 떠나기로 결정한 걸 보면 적지 않은 돈인 게 틀림없었다.

한나는 이제까지 딸과 아들을 애지중지했다. 바로 그렇기 때문에 지금 마리안나가 음식을 앞에 놓고 얼굴을 찡그리고, 야쿱은 저토록 느림보인 것이다. 알리치아의 눈에는 그리 비쳤다.

"우리 집이요?"

그녀는 전화기에 이렇게 질문을 던지고 나서야 그 사실을 깨닫고 서둘러 말을 했다.

"물론 좋아요. 네, 네, 은퇴했으니 시간은 아주 자유롭죠. 무슨 말씀을요. 이젠 어디 적응할 필요도 없어요. 손자손녀하고 같이 지내면서 저 자신을 돌보고 있어요. 아주 추천해요."

대화를 마쳤을 때 야쿱은 이미 신발을 신고 있었다.

"있잖아, 기다려 봐. 요 앞까지만 같이 나가자."

알리치아가 말했다.

"사무실에 잠깐 들러야겠어."

상실

안녕하세요? 저는 마리안나예요. 프라이다가 잘 지내는지 여쭤보고 싶어서요. 밥은 잘 먹나요? 잘 노나요? 혹시라도 무기력해하면서 밥을 잘 안 먹으면 삶은 닭을 주시면 좋겠어요. 정말 좋아하거든요. 한 가지만 부탁드려도 된다면 시간 되실 때 프라이다 사진 좀 보내 주세요. 정말 감사합니다. 마리안나.

혹은 이런 이야기다.

옛날 옛적에 빌리라는 이름의 수코양이가 있었다. 빌리는 반려인간 필과 함께 뉴욕에서 멀지 않은 허드슨강 유역의 녹색 골짜기에 있는 조그만 집에서 살았다. 빌리는 독립적인 고양이였고, 조금은 야생성이 강했으며, 필을 빼면 모든 것과 모든 사람을 불신하는 성격이었다. 흔히 하는 말로 자기 길을 갔지만 그 길은 언제나 필에게로 이어졌다.

어느 날 필이 시내로 이사를 가기로 했다. 불현듯 사랑에 빠진 것인지, 새 직장을 얻은 것인지, 아니면 그냥 녹색 골짜기가 지겨워진 것인지는 알 수 없었다. 그 전까지 살던 집은 세를 주어 새로운 세입자에게 열쇠를 넘겨주었다. 그리고 짐을 싸서 차에 실은 다음, 빌리를 이동장에 넣고 함께 새로운 모험에 나섰다.

그런데 빌리는 그 어떤 모험도 원하지 않았다. 그저 녹색 골짜기에서 배를 드러낸 채 누워 있고 싶었다. 그래서 빌리는 할퀴고 야옹거리고 깨물었지만 필은 말을 듣지 않았다. 이사할 때 아무도 고양이의 의견을 듣지 않는다. 안타까운 일이다.

영화에서 범죄자들은 실핀만 있으면 어떤 자물쇠든 열 수 있다. 빌리에게 필요한 것은 오직 발톱뿐이었다. 왕복 이차선 고속도로에서 삼십 분 가는 동안에 빌리는 이동장에서 탈출했다. 필이 길가에 정차한 다음 차에서 나와 뒷문으로 천천히 다가가 조금만 열었는데, 빌리는 그 순간만을 기다리고 있었다. 가느다란 틈으로 뛰어나가 고속도로를 달리는 차들의 바퀴 사이로 내달렸다.

필은 절박해졌다. 소리를 지르고 불러도 보았지만 빌리는 돌아오지 않았다. 고속도로 위에—다행히도—빌리가 보이지도 않았다. 비가 쏟아지기 시작했고, 필은 더 이상 천장까지 짐을 가득 채운 자동차를 길가에 세워두고 있을 수가 없었다. 차에 타서 주차 브레이크를 풀고 길을 떠났다.

몇 주가 지났고, 필은 시내에 정착했다. 빌리가 어떻게 됐을

상실

지 내내 생각했다. 누군가 다른 사람들을 괴롭히고 있는 걸까? 아침에는 누구를 할퀼까?

한편 허드슨강 골짜기의 조그만 집에서는 캐더린이라는 이름의 여자가 아침 7시에 문 두드리는 소리를 듣고 잠에서 깨어났다. 캐더린은 누군가 장난치는 것이라 생각했다. 현관문은 절반 정도가 유리로 되어 있었는데, 눈 닿는 곳에 아무도 없었다. 캐더린이 침대로 돌아가려 했을 때 커다란 고양이가—색깔은 회색이고, 땅에서 기어나온 듯 더러웠다.—문밖에 서서 한쪽 발로 다시 유리문을 두드리기 시작했다. 캐더린은 재빨리 고양이의 사진을 찍어 필에게 보냈다.

두 시간도 되기 전에 필과 빌리는 잔디 위에서 껴안고 있었다.—필은 눈물범벅이었고, 빌리는 애정의 표현을 위엄 있게 받아들이고 있었다.

빌리는 어떻게 집에 돌아온 걸까? 알 수 없었다. 언론이 이 일에 관심을 가졌고, 여기저기서 비슷한 이야기를 보도했다. 고양이가 어떻게 지도 보는 법을 배웠을까?

이 이야기는 영어로 보도되었다. 불행히도 기사에 빌리의 사진은 나와 있지 않았지만 마리안나는 사나운 황금빛 눈동자에 불꽃이 튀는, 털을 제대로 다듬지 않은 페르시아고양이를 상상했다.

집고양이 빌리가 이동장에서 호랑이의 천성을 발견하다

빌리가 집 밖에서 보낸 그 몇 주간의 시간이 영원히 비밀로 남으리라는 사실에 마리안나는 매혹되었다. 어디를 돌아다녔을까? 어디서 잤을까? 누군가 먹이를 줬을까? 어느 방향으로 가야 집이 나오는지 어떻게 알았을까? 혹시 히치하이크라도 했나?

프라이다가 보호소에 들어오기 전의 삶도 마찬가지였다. 마리안나는 아무것도 알지 못했다. 프라이다의 생일은 언제일까? 프라이다의 첫 기억은 조그만 발에 떨어지는 눈일까? 아니면 봄의 태양일까? 프라이다의 부모는 어떻게 생겼을까?

만약에 마리안나가 한순간이라도 세상 모든 것을 알 수 있는 힘이 생긴다면, 암 치료하는 약을 만드는 법이나 세계의 굶주림을 타파하는 방법을 알아내는 데 활용하지 않을 것이다. 시간을 몇 년 정도 되돌려서—왜냐하면 프라이다의 정확한 나이도 알 수 없기 때문이다.—개에 대한 모든 일을 알아낼 것이다. 어딘가에서 비를 맞고 흠뻑 젖은 그 외롭고 작은 강아지를 쓰다듬어줄 것이다. 보호소 우리 안에 같이 앉아 있을 것이다. 프라이다는 어둠을 무서워했고, 해가 진 뒤에 산책하는 것을 싫어했으며, 다른 개들과 함께 있는 것을 즐거워하지 않

상실

았다.

프라이다는 형제자매와 함께 보호소 문 앞에 버려졌다. 강아지들은 건강했고 영양상태도 좋았다. 대담한 성격으로, 사람을 보면 기뻐했다. 어쩌면 이전 주인도 이들을 사랑했지만, 어떤 이유로든 돌봐줄 수가 없게 되었던 걸까?

그것이 마리안나는 가장 두려웠다.—언젠가 미래에 누군가 나타나 문을 두드리고 프라이다의 진짜 이름은 롤라이며, 마리안나가 아니라 다른 사람의 개라고 말하는 것.

그렇게 되면 프라이다는 마리안나의 집으로 돌아가려 할까? 어쩌면 예전 주인을 기억하고 거리낌없이 마리안나를 떠나버릴까?

아냐, 그럴 리 없다.

저녁에 마리안나가 방에 들어갈 때면 프라이다는 마치 자기만 빼고 자러 간다고 상상하는 듯 뒤에서 걸음걸음 따라오곤 했다. 마리안나가 침대에 앉기만 하면 풀쩍 뛰어올라 우아하게 옆에 착지했다. 편안한 자리를 찾아내어 아침까지 그렇게 잤다. 가끔은 둘이 자기에 비좁았고, 가끔 프라이다가 너무 몸을 뻗을 때면 마리안나가 밀어내기도 했다. 사실 마리안나는 베개에 묻은 개털을 좋아하지는 않았다. 그러나 프라이다 없이 혼자 자는 것은 상상할 수 없었다.

지금까지는.

+++

알리치아는 돌계단을 올라갔다.―돌계단은 거의 하나하나 다 외우고 있었다. 계단의 어둠과 서늘함, 자주 손이 닿아 매끈매끈해진 난간, 여기저기 벽에서 떨어진 페인트 조각. 그러나 이번에는 뭔가 좀 달랐다. 마치 그녀의 감각이 더 예민해진 것 같았다. 2층과 3층 사이 계단이 갈라져 깊고 까만 금이 계단 전체에 가로로 새겨져 있는 것이 보였다. 사무실 문은 한때 보기 드물게 멋지다고 생각했지만, 지금은 시간의 이빨에 물어뜯겨 마호가니 색깔이 바랬고, 문손잡이의 금도금도 벗겨져 있었다.

마치 시간을 건너뛴 것 같았다. 그녀가 없었던 삼 주 동안 사무실은 지난 이십 년 동안 변한 것보다 더 많이 달라졌다. 여기 매일 오던 때는 모든 것이 하루하루 어떻게 변하는지 주의를 기울이지 않았다. 두뇌가 어떤 이미지를 기억하고는 지금까지 그대로 간직했다.

문손잡이를 향해 뻗는 손에 핏줄과 주름이 붉거졌다. 손은 확실히 몸의 다른 부분보다 빨리 나이가 드는 듯했다. 빨래를

상실

하고 자주 씻고 햇빛에 노출된다. 얼굴이라면 화장으로 가리기가 더 쉽다.

알리치아는 깊이 숨을 들이쉬고 재빨리 공기를 내뱉는 호흡을 몇 번 되풀이했다. 마침내 스트레스를 떨쳐 버리려고 개들이 하듯 고개를 흔들었다. 문손잡이를 돌렸다.

사무실 사람들이 그녀가 들어오는 것을 눈치채지 못한 삼사 초 정도 동안 유령처럼 비서실 안을 둘러보았다. 이 순간은 그녀에게 실제보다 길게 지속되었다. 마치 스톱모션처럼 나중에 그녀는 가능한 모든 관점에서 몇 번이나 다시 돌이켜보며 기억하려 노력했다. 그런 뒤에 다시, 또다시, 또다시 이 순간으로 돌아오게 된다.

삶이 너무나 평범하게 흘러간다는 사실에 그녀는 새삼스럽게 놀랐다. 요안나가 서류를 출력하고 에바가 분류해서 쌓아 놓았다. 공증인실 안에서 공증인과 또 다른 누군가, 아마도 고객인 듯한 사람의 목소리가 들렸다. 전화벨이 울렸다. 알리치아는 그 익숙한 벨소리에 달려가서 전화를 받고 싶어졌다.

뭔가 변한 것이 있다면 온도였다. 전보다 훨씬 더 추웠다. 알리치아는 겨울에 환기하는 것에 절대로 동의하지 않았다. 도로 식히려고 건물에 난방을 하는 게 아니었다. 환기는 에너지 낭비이자 돈 낭비라고 주장했다. 이제 젊은 직원들은 그녀의 의견을 물을 필요가 없었다. 하고 싶은 대로 하면 그만이었다.

요안나가, 그다음에 에바가 그녀를 보았다. 외침 소리, 인사, 반가워하는 목소리. 그러나 완전히 솔직한 반응은 아닐 것이다. 공증인은 몹시 바빠 보였다. 그렇다, 다 들렸다. 알리치아는 '자기' 책상 위에 커피를 마시고 씻지 않은 더러운 컵이 몇 개 놓여 있는 것을 보았다.

요안나가 그녀의 시선을 눈치채고 재빨리 말했다.

"소장님이 아직 새 직원을 구하지 못했어요. 선생님을 대신할 사람을 찾기가 힘드네요."

다정한 말이다. 요안나는 항상 처신을 잘했다.

"아직 좀 기다리셔야 할 테니까 혹시……."

에바가 망설이며 요안나를 쳐다보았다.

"혹시 복도에서 기다리셔도 괜찮으시겠어요, 알리치아 선생님? 저희는 여기서……."

"네, 오늘 일이 좀 많아서요."

알리치아는 조금 떨떠름했지만 둘이 시키는 대로 했다. 원칙적으로 두 사람의 말이 맞았다. 고객 정보는 기밀이고 서류가 많으니, 두 사람이 쓸데없이 비서실을 치울 이유는 없었다. 그런데 어째서 이렇게 마음이 아플까?

시골에서 도시로 진출한 젊은 사업가들에 대한 기사를 반

상실

쯤 읽었다. 대기실에서 찾아낸 신문은 오 년이나 묵은 것이었다. 마침내 문이 열리고 에바가 공증인 사무실로 그녀를 안내했다.

"알리치아! 한가해지니까 좋아 보이네요."

베아타는 마치 알리치아가 이국적인 휴가 여행에서 방금 돌아온 듯이 외쳤다.

"사는 게 어때요? 얘기해 봐요."

알리치아의 입에서 말이 저절로 흘러나왔다. 그녀의 생각은 옆에서 같이 흐른다. 알리치아는 말하면서 동시에 어떻게 해야 여러 가지 이야기를 하면서도 중요한 것, 자신이 지금 겪고 있는 일들의 핵심은 건드리지 않을 수 있는지 고민했다.

예를 들면 알리치아는 이렇게 이야기했다.

– 지금에야 쉬는 법을 배우고 있다. 오랫동안 일하다 보니 변화가 쉽지 않다. (사실)

– 인생은 놀라운 일이 많이 일어나는 법이라 지금은 손주 둘을 돌보고 있다. 은퇴하지 않았으면 아이들을 돌볼 수 없었을 것이다. (반만 사실)

– 사무실이 그립고, 이렇게 바쁜 날들, 사람들이 그립다. (사실)

– 하지만 정말로 잘 지내고 있다. (거짓)

베아타는 약간 과장된 방식으로 고개를 끄덕였다. 알리치아는 그 몸짓을 익히 알고 있었는데, 베아타는 고객들 앞에서 집중하고 관심을 보인다는 표시를 위해 이 몸짓을 하곤 했다. 베아타의 얼굴을 보고 알리치아는 그녀의 생각이 어딘가 다른 데 가 있다는 사실을 알아차렸다. 어쩌면 알리치아와 대화가 얼마나 길어질지, 그리고 그 뒤에 시장 광장에 있는 가게에 새 신발이 들어왔던데 문 닫기 전에 갈 수 있을지 생각하는지도 모른다.

알리치아는 말하고 말하다 결국 멈추었다. 문장을 제대로 끝냈는지 알 수 없었지만 그건 전혀 중요하지 않았다. 이 대화는 의미가 없으며, 둘 다 그 점을 알고 있었다. 베아타는 그저 옛정을 생각해서 그녀를 만나준 것이었다. 그 외에 법률가의, 혹은 작은 도시에 사는 사람들의 황금법칙은 할 수만 있다면 적을 만들지 말라는 것이다. 이 사람을 또 어디서 마주칠지 알 수 없기 때문이었다. 알리치아가 언제나 아파트를 팔고 싶어하거나 유언장을 만들고 싶어할지도 모르고, 그녀가 결국 죽는다면 그만큼 또 수임을 받아 돈을 벌 기회가 된다.

"너무 오래 있었네요. 오랜만에 오니까 반가웠어요. 이제 빨리 가야겠다."

알리치아가 말한다.

베아타는 일어서서 손을 내민다.

상실

"자기를 여기서 만나는 건 항상 반가워요. 언제든 또 와요!"

심지어 베아타의 이 말조차도 변하지 않았다. 이십 년 동안 되풀이해 말한 공식이었다.

알리치아는 전화기 앞에 수첩과 펜을 내려놓았다. 그리고 수첩에다 이렇게 적었다.

한나에게 치과 정기 점검 날짜 물어볼 것.

한나가 전화하면 여기에 대한 대답을 적어두고 확실히 기억할 수 있을 것이다. 알리치아는 잊어버리는 것을 두려워했다. 몇 년 전에 자신의 할머니가 병을 오래 앓으면서 기억을 잃고 손녀인 자신을 쳐다보며 이름을 떠올리려 애쓰다가 결국 '아가'라고 불렀다.

알리치아의 기억력은 현재로서는 매우 정상이었다. 최소한 그녀 자신에게는 그렇게 느껴졌다. 그러나 아이 둘을 데리고 있으면 너무 많은 일들을 기억해야 해서 확실하게 종이에 적어두는 편이 좋았다. 질의응답 공책.

야쿱은 이해하지 못했다.

"할머니, 엄마 아빠한테 메시지를 보내면 되잖아요."

알리치아는 고개를 끄덕였다. 그래도 되니까. 그러나 짧은 문자메시지 안에 언제나 모든 것을 집어넣을 수는 없었다.

잠시 후에 그 생각을 스스로 꾸짖었다. 한나와 그제고시에게 메시지 앱을 통해 물어볼 수 없는 것이라면 더더군다나 모두가 펼쳐볼 수 있는 수첩에 써놓을 수는 없는 노릇이었다.

그러나 수첩은 그대로 두었다. 알리치아는 수첩에 야쿱이 아침식사로 가장 좋아하는 음식이 뭔지, 어떤 영양제를 먹는지 적어두었다. 마리안나가 좋아하는 수프 요리법, 프라이다가 지금 사는 집 주소, 마리안나 담임선생님 전화번호와 야쿱의 가장 친한 친구 안텍 부모님 전화번호, 신발과 옷 치수.

그러나 가장 중요한 질문은 공중에 떠 있었다. 알리치아는 그 질문을 던질 용기가 없었다.

다행히 야쿱이 나섰다.

"언제 돌아와요?"

매번 이렇게 물었다. 전화기 안에 찾아드는 침묵도, 이야기 주제를 바꾸는 것도, 부모님이 민망해하는 것도, 마리안나가 눈길을 돌리는 것도 상관하지 않았다. 야쿱은 부모님에게 초콜릿 먹어도 되냐고 묻는 것처럼 행동했다. 식사 전엔 안 돼, 식사 중에도 안 돼, 그럼 식사 후에는? 아침에도 묻고 전화 통화할 때도 묻고 문자로도 물었다.

상실

만족스러운 단 하나의 대답을 들을 때까지 얼마나 걸리든 계속 물을 것이다. "놀랐지? 내일 돌아간다. 사실은 벌써 집에서 너희를 기다리고 있어."라는 대답을.

마리안나는 그동안 어딘가 멀리, 점점 더 멀리 흘러갔다. 처음 며칠 동안 마리안나는 신경이 곤두선 채 야쿱에게 으르렁거리고 알리치아를 무시했다. 그런데 지금은 조용하다. 부모를 생각해서, 개가 그리워서, 알리치아와 함께 사는 집에 익숙해질 수 없어서. 아니, 어쩌면 학교에 문제가 있어서?

"신경쓰지 마세요. 하루는 옛날부터 봐왔던 사랑스러운 마리안나였다가, 다음 날은 집안사람 모두를 미워하는 성난 십대가 있어요. 그런 나이예요."

한나가 언젠가 알리치아에게 말했다. 그게 한나에게는 더 쉬웠다, 애들 엄마니까. 어찌됐든 아무래도 말이다. 알리치아는 나이가 들수록 엄마와 자식 사이에는 마법의 연결고리가 있다고 더욱 굳게 믿게 되었다. 엄마는 뭐든 알고, 엄마는 뭐든 이해한다.

"아니에요, 그냥 가부장제가 여자들이 그렇게 믿기를 바라는 거예요."

한나는 이렇게 말하고 웃어서 알리치아를 놀라게 했다.

알리치아는 담배에 불을 붙이며 부서진 보도와 벌거벗은

밤나무와 짓밟힌 잔디밭의 풀과 나뭇잎이 덮인 자동차들을 내다보았다. 숨을 들이쉬고―담배 연기와 함께 폐 속으로 한 조각 희망이 스며들었다.

"마리안나는 내성적이고 아주 예민해요."

한나가 계속해서 말했다.

"그냥 돌봐주시면 돼요. 애는 참 착해요."

알리치아는 담배 연기를 거리에 곧바로 내뿜었다. 그리고 한나가 마치 남편과 이 주 정도 여행 간 것처럼 행동한다고 생각했다.

일자리는 아주 빨리 얻었다. 한나가 해낸 것이 분명했다. 그제고시는 주방 일을 돕고, 한나는 종업원으로 일한다고 했다.

+++

야드비가는 열심히 필기를 했다. 야드비가는 원래 그런 아이였다.―열심히 했다. 미술부터 체육까지 모든 과목에서 거의 만점만 받았다. 학교가 끝나면 두 동생들의 공부를 봐주었다. 야드비가의 부모님은 이혼했는데, 아빠가 더 이상 전화를 받지 않는다고 했다. 그런 사람도 가끔 있다는 걸 마리안나도 알고 있었다. 그래서 야드비가는 아빠 번호로 전화할 때면 언

상실

제나 잠시 숨을 죽였다. 다시 공기를 내뱉는 것은 아빠가 전화를 받을 때였다.

겉으로 볼 때 야드비가는 아빠에게 마음쓰는 걸 드러내지 않았다. 무척추동물 퀴즈도 일차방정식도 문학숙제도 불규칙동사도 조그만 로봇처럼 전부 해냈다. 모든 것을 손바닥 안에 쥐고 있었다. 아빠와의 그 일은 야드비가를 전혀 건드리지 못하고 그저 과거에 남아 있을 뿐이었다. 야드비가는 앞으로 다가올 일에만 집중하고 지나간 일은 돌아보지 않았다.

특별히 똑똑하지도 특별히 다정하지도 않았던 야드비가의 아빠는 야드비가와 여동생과 남동생에게 시시때때로 고함을 지르곤 했다. 훗날 야드비가는 의사나 변호사가 될 것이고, 돈을 아주 많이 버는 직업을 가질 테니까, 그 어떤 좆같은 인간에게도 신경쓰지 않아도 될 것이다.

마리안나도 신경쓰지 않을 수 있을 것이다. 만약에 야드비가에게 물어볼 수만 있다면, 어떻게 주변에서 벌어지는 이 모든 일에 주의를 돌리지 않고 열심히 공부하는 것으로 고통과 싸울 수 있는지 물어볼 방법만 안다면 말이다.

그러나 마리안나는 그렇게 할 수 없었다. 자신이 겪는 일이 무엇인지 이름조차 붙일 수 없었다. 그것을 고통이라고 말하고 싶지도 않았다. 그저 그런 생각이 떠올랐을 뿐이다. 고통은 인생에서 정말로 운나쁜 사람들이 겪는 것이며, 마리안나 자신은 그저 바보 같은 일들에 지나치게 신경을 쓰고 있는 것이다.

"그래프 그렸어?"

"응?"

"그래프 있잖아. 그려야 되는데 너, 벽만 쳐다보더라."

"아, 쏘리. 지금 그릴게."

"꿈꾸는 소녀구나. 헤헤."

"그래, 내가 좀 그렇지. 헤헤."

수업시간에 마리안나는 손가락에 머리카락을 휘휘 감았다. 머리카락이 가슴선을 타고 천천히 흘러내렸다. 마리안나는 그 비단 같은 감촉을 좋아했다. 되풀이해서 감을 때 손가락의 타원형 움직임도 마음을 가라앉히는 데 도움이 되었다. 그러나 그 평온함은 겉보기일 뿐이었고, 머리카락을 돌리고 돌려서 손가락에 머리카락이 꽉 감겼을 때 더 감으면 아팠다. 그러면 마리안나는 머리카락도 손이나 코처럼 자신의 일부라는 사실을 떠올렸다. 태어났을 때는 거의 대머리였다는 게 오히려 더 이상했다. 자기 모습을 그릴 때면 언제나 갈색 크레용을 사용했는데, 머리 위에 파도와 회오리가 몰아치고 무거운 밧줄이 감겼다. 머리카락이 없으면 자신이 아닐 것이다.

생명과학 시간에 머리카락은 굳은 피부조직이 섬유 형태로

상실

남은 것이라고 들었다. 마리안나는 여름에 어깨를 태울 때 각질이 벗겨져 너덜거리던 것이 떠올랐다. 여기에 대해서 너무 오래 생각하면 머리카락도 역겨워졌다. 그러나 머리카락을 빗어서 부풀리거나 거울 앞에서 흔들어 보는 것은 즐거웠다. 머리를 길게 기르거나 앞머리를 내리면 어떤 모습이 될지 상상하는 것도. 조그만 가발을 쓰면 완전히 다른 사람이 될 수도 있을 것이다.

머리는 언제나 엄마가 빗겨주었다. 혼자서 빗을 수 있게 된 뒤에도 부엌 의자에 앉아서 엄마에게 브러시를 넘겨주곤 했다. 머리카락에 정전기가 올라 타닥타닥 소리가 나거나 브러시가 머리카락을 살짝 당길 때면 마리안나는 생각에 잠기곤 했다. 어쩌면 두피 마사지 때문에, 혹은 두개골에서 피부가 당겨지는 순간 공간이 더 생겨서 주름이 더 만족스럽게 잡혔을지도 모른다. 프라이다도 마리안나가 털을 빗겨주는 것을 좋아했는데, 그럴 때면 옆으로 누워서 눈을 감곤 했다.

마리안나네 반 여자아이들은 아홉 번째 생일이 지나자 머리를 자르기 시작했다. 이른바 단발의 시기였다. 금색, 갈색, 붉은색 고수머리가 미용실 타일 바닥에, 이모와 할머니 댁 부엌에, 이웃 아줌마의 아파트에—날카로운 가위와 능숙한 손이 있는 곳이면 어디서나 툭툭 떨어졌다. 여자아이들이 잘라낸 땋은 머리와 말총머리, 그리고 머리에 꽂았던 핀과 리본이 덩그러니 남았다.

학교에 변한 모습으로, 자신의 엄마와 비슷한 어른의 머리 모양을 하고 돌아왔다. 그러나 여기저기서 깔깔 웃거나 운동장에서 뛰어다니며 노는 모습은 이전과 똑같이 어린 여자아이들이었다. 하지만 어쩌면 아닌 걸까? 정말로 뭔가 변한 걸까?

마리안나는 단발의 시기를 놓쳤다. 영성체의 달이 지나가고 또 휴가가 지나갔다. 엄마는 그대로 두는 게 더 예쁘다고 했다.

"영성체도 중요하지만 머리카락은 네 자랑이잖니?"

엄마는 딸의 땋은 머리채를 손으로 쥐어보며 말했다. 머리채는 밧줄처럼 굵고 무거웠다. 학교로 달려갈 때나 배구를 할 때 머리카락이 온통 등을 뒤덮었다. 마리안나는 그게 좋았다.

마리안나는 내면도 외모도 계속 어린아이로 남아 있었다.

엄마는 언젠가 아빠가 마리안나의 머리를 빗겨준 이야기를 가끔 했다. 마리안나는 그때 다섯 살이었고, 머리카락은 숱이 많고 길었다. 엄마는 어떤 이유에서인지 집에 없었다. 아빠가 나서서 마리안나의 머리카락을 두피 바로 위에서 잡고 브러시를 빠르게 흔들었다. 그러다 포기를 하고 마리안나를 유치원에 데려다주었는데, 문 앞에서 딸을 선생님 쪽으로 가볍게 밀고는 선생님에게 브러시를 쥐여주며 이렇게 말했다.

상실

"머리 좀 어떻게 해주세요."

마리안나는 나쁘게 생각하지 않았다. 쉬운 일은 아니었을 것이라고 이해했다. 기분이 상한 것은 엄마 친구들의 우월감에 찬 웃음소리와 남자들은 정말 아무것도 할 줄 모른다는 말들이었다. 아빠는 외동이었고 누이가 없었다. 심지어 가까운 사촌자매도 없었으니, 머리카락을 어떻게 정리해야 하는지 배울 기회가 없었다.

어쩌면 야쿱은 다를지도 모른다. 어릴 때부터 마리안나를 지켜보았고, 머리빗에 휘감긴 머리카락 덩어리도, 욕조 수챗구멍과 진공청소기 흡입관을 막는 머리카락 뭉치도, 방바닥에 나뒹구는 금속 머리핀도 잃어버린 머리끈도 심심찮게 보았으니까. 야쿱에게 그것은 일상 다반사였다. 하지만 아빠는 아니었다.

✦✦✦

알리치아는 천천히 참을성을 잃어간다.

물론 그동안 참고 견뎌본 경험은 있었다. 공증사무소에서 오래 일하면서 명랑한 사람, 화내는 사람, 변덕스러운 사람, 음침한 사람을 대하는 법을 익혔다. 그런 사람들을 대하는 일로 생계를 유지했다.

그러나 일이 끝나면 자기 자신으로 돌아왔다. 여기서는 자기 마음대로 행동할 수 있었다. 창가에서 담배를 피우든, 베아타와 베아타의 발상들을 욕하든, 아니면 그냥 평범하게 침묵하든, 그렇게 해서 다른 누군가의 기분을 상하게 할 걱정은 없었다.

하지만 마리안나와 함께 사는 것은 전혀 달랐다.

어떤 날 마리안나의 침묵은 아주 비밀스럽고 멀게 느껴졌다. 다음 날의 침묵은 아슬아슬해서 마리안나에게 향하는 모든 말과 몸짓이 폭발로 이어질 수 있을 것만 같았다. 가끔은 이 두 가지가 서로 뒤섞이기도 했다. 한순간은 토라진 듯 텅 빈 침묵이었다가 이어서 화난 침묵. 모든 질문에 마리안나는 "아뇨, 괜찮아요.", "제가 알아서 할게요."로 대답했다. 그리고 언제나 똑같은, 알리치아가 뭔가 자신에게 해를 끼쳤고, 그 사실을 잘 알고 있다는 듯한 표정을 지었다.

다른 누구보다도 야쿱에게 묻고 싶어졌다. 마리안나가 항상 저랬는지, 집에서도 단답형으로만 대답했는지, 모든 일에 짜증을 냈는지, 혹은 할머니 집의 뭔가가 굉장히 고통스러워서 표현할 말을 찾지 못하는 건 아닌지 캐물으면 좋겠다. 그러나 열한 살짜리 남자애의 의견에 과연 의존할 수 있을까? 혹시

상실

정말로 혼자 알아서 할 수 있는 건 아닐까?

그녀는 자신의 청소년 시절이 너무 오래전이라 잘 기억나지 않았다. 그러나 인생과 싸우지 않았던 것만은 확실했다. 운명이 가져다주는 것을 순순히 받아들였다. 조그맣고 어두운 거리의 지하에 있던 습기차고 커다란 방 하나, 복도에 있던 변기와 끊임없이 습격하던 쥐들, 부모님이 놀러가거나 공장 야간 근무조에서 일할 때마다 밤에 혼자 집에 남아 있던 것.

어렸을 때부터 혼자 알아서 하는 법을 배웠다. 아무도 특별히 그녀에게 관심을 갖지 않았고, 그럴 공간도 시간도 없었다. 1학년 말에 만점 성적표를 가지고 집에 돌아왔을 때, 어머니는 어린 알리치아가 다음 학년으로 진급하지 못한 것이 분명하다고 확신하고 울음을 터뜨렸다.

그래도 알리치아는 굴하지 않았다. 우울증에 걸리지도 않았다. 세상 전체에 화가 난 채로 돌아다니지도 않았다. '그때는 시대가 달랐지.'라고 말하고 싶기도 했다. 그러나 그런 말을 하면 늙은이처럼 들릴 것 같았다. 어쩌면 늙은이가 되어 버린 것인지도 모른다. 마리안나의 관점에서는 분명히 그럴 것이다.

언젠가 야쿱이 그녀에게 마리안나의 인스타그램 계정을 보여주었다. 알리치아는 사실 이해할 수 없었다. 커피잔을 든 손, (마리안나가 커피를 마셨던가?) 비즈 목걸이를 목에 건 여자 가수

사진, 색색가지 카드에 적힌 영어 단어들을 문장으로 늘어놓은 사진, 눈처럼 하얀 거품으로 가득한 욕조. 심지어 학교 화장실 거울에 비친 여자애들 몇 명을 찍은 사진은 너무 흐릿해서 마리안나가 신형 스마트폰이 아니고 오래된 사진기로 찍은 것처럼 보였다.

"그건 아이러니하게 흐릿한 거예요, 할머니."

야쿱이 말해 주었다. 알리치아는 그게 대체 무슨 말인지 알 수 없었다.

언젠가 알리치아는 부엌에서 점심을 대충 해먹으려 했던 적이 있었는데—냉장고에 있던 것을 전부 프라이팬에 던져넣고 소스를 부었다.—덜 닫힌 창문을 통해 웃음소리가 들려왔다. 그녀는 바깥을 내다보았다. 부서진 시멘트 바닥의 얼룩 위에 손녀가 친구들과 함께 있는 것이 보였다. 마리안나는 친구들에게 뭔가 아주 열심히 이야기하고 있었다. 두 눈을 반짝이고 이런저런 몸짓을 하며 계속 웃음을 터뜨렸다. 친구들도 마찬가지로 반응했다.

알리치아는 눈에 보이는 모습을 믿을 수 없어서 오랫동안 창가에 서 있었다. 그러니까 마리안나도 말을 하고, 어쨌든 말을 하는구나. 그것인즉 알리치아가 마음에 안 들어서 복수했던 것이고, 화가 나서 무뚝뚝하게 행동했던 것이다. 그렇게 끔

상실

찍한 이 알리치아 할머니가 마리안나에게 대체 무슨 짓을 저지른 걸까? 자기 집에 받아들이고 먹여주고 학교에 다니게 돌봐주었다.

마리안나는 위층을 바라보다가 창가의 알리치아를 발견하고는 순식간에 침울한 표정을 지었다. 알리치아는 민망해하며 아파트 안으로 물러났다.

+++

방금 빤 블라우스를 저 멀리로 밀어낸다. 여기서는 모든 것이, 심지어 옷마저 다른 냄새가 난다. 알리치아는 세제를 많이, 마리안나의 취향에 맞지 않게 너무 많이 쓴다. 그리고 건조기가 있어서 축축한 빨래를 걷지 않아도 된다. 그러나 정말 중요한 건 그게 아니다.

계획은 달랐다. 여기서 자기 옷을 빨고 싶지 않았다, 절대로. 몇 주 동안 버티면 빨래를 피할 수 있을 것이라고 생각했다. 저녁에 목욕하고 나면, 마리안나는 옷을 옆구리에 끼고 방으로 돌아왔다. 여행 갔을 때처럼 입었던 옷은 여행가방에 따로 넣어두었다.―바지, 티셔츠, 브래지어. 하지만 더러운 속옷과 양말에서 나는 냄새가 역겨워서 얼마 지나지 않아 포기해야 했다. 근본적으로 속옷은 겉옷과 전혀 다른 물건이었다. 그러나 청바지나 블라우스—이런 게 진짜로 더러워지긴 하나? 그냥 겉에 묻은 먼지를 털어내면 충분하지 않을까?

매일같이 입은 옷에는 그녀의 몸 냄새, 땀 냄새, 학교 냄새, 배기가스 냄새가 흠뻑 배었다. 그러나 어쨌든 빨지 않은 옷에서는 여전히 집 냄새가 났다.

그러다 알리치아가 마리안나를 앉혀놓고 대화를 하는 날이 찾아왔다. 두 사람은 알리치아의 거실에 앉아 있었는데, 그곳은 세상 모든 나이 든 사람들의 거실과 똑같아 보였다.—가죽 소파, 정시에 종을 쳐서 시간을 알리는 나무시계, 하루 세 번씩 진공청소기로 청소하는 두꺼운 카펫. 알리치아는 진솔한 이야기를 할 때의 은밀한 어조로 마리안나에게 젊은 여성의 일상생활에서 위생의 의미에 대해 설명했다.

알리치아가 '젊은 여성'이라고 말할 때마다 마리안나는 웃음을 참았다. 바지, 셔츠, 청재킷까지 전부 세탁기의 어두운 입 속으로 사라졌다. 그리고 마리안나가 빨래에 저항하며 옷을 옷장 속, 침대 밑, 혹은 침대 위 이불 속에 눈에 띄지 않게 숨겨두었는데도 알리치아는 사냥개처럼 옷가지를 모두 찾아냈다. 결국 모든 블라우스와 모든 셔츠에서 똑같은 냄새가 나게 되었다. 알리치아와는 논쟁을 할 수 없었다.

상실

‘할머니’라는 말이 목구멍에서 절대로 나오지 않았다.

어째서인지는 말하기 힘들지만 알리치아와는 전혀 어울리지 않는 말 같았다. 외가의 야샤 할머니와는 달랐다. 외할머니는 진짜 할머니였다. 음식과 해충방지제 냄새가 났으며, 주머니에는 언제나 초콜릿을 가지고 있었다. 외할머니는 독일에 살아서 폴란드에 찾아오는 일은 드물었지만, 대신 폴란드에는 없는 과자나 사탕을 넉넉히 가지고 왔다. 외할머니는 은근슬쩍 안아주거나 머리를 쓰다듬어주곤 했는데, 굉장하게 기분 좋다고는 할 수 없었지만, 마리안나와 야쿱은 사랑받는다고 느꼈다. 하지만 알리치아는 가늠하기가 너무 힘들었다.

만약에 부모님이 독일로, 야샤 할머니와 마레크 할아버지에게 갔더라면 분명히 자신과 동생을 데리고 갔을 것이다. 그러나 외할머니는 그곳에서 나이 든 독일인들을 돌보며 독일인 여성의 집에 얹혀살았다. 집주인은 외할머니가 느긋하게 차 마시는 것조차 허용하지 않았다. 외할아버지도 누군가와 방을 같이 쓰고 있어서 누구를 받아서 같이 살 조건이 되지 않았다. 그러나 만약 가능했다면―분명히 모든 것이 달랐을 것이고, 지금보다 더 나았을 것이다.

마리안나가 어렸을 때는 외할머니와 외할아버지가 가까운 곳에 살았다. 외할머니 친구 댁에 놀러갔던 것, 버스를 타고 외곽 마을로 나갔던 일, 화분이 가득 놓인 낯선 계단, 나이 든 여성의 아파트, 옷장에서 서둘러 꺼낸 먼지투성이 봉제인형을 가지고 놀았던 일, 발코니에서 담배 피우던 외할머니의 모습을 기억한다.

외할머니는 마리안나에게 "이제 우린 친구야."라고 말했고, 마리안나는 자신이 아주 어른이 된 것처럼 느꼈다.

야쿱은 그때 태어나지 않았거나, 아니면 너무 어려서 데려가지 않았다. 시간은 아직 존재하지 않았고, 하루하루의 큰 차이점은 가끔은 유치원에 가고 가끔은 가지 않았다는 것뿐이었다. 나중에 외할머니가 직장을 잃었고, 외할아버지와 함께 떠났다. 놀러다니던 날들은 끝났고, 마리안나는 어른들이 자신과 친구가 되고 싶어한다고 믿기에는 너무 자라 버렸다. 진짜 친구는 프라이다뿐이었다.

알리치아와는 한 번도 그렇게 가까웠던 적이 없었다. 마리안나가 태어났을 때 알리치아는 일하고 있었고, 마리안나가 어렸을 때도 알리치아는 일하고 있었다. 언제나 세 가지 이상의 많은 일을 하고 있었는데, 항상 의뢰자나 계약자에게 답변을 하고 있었다. 뭔가 그녀에게 원하는 것이 있으면, 그것에 관한 의견이 어떤지 설명하고 있었다.

마리안나는 그런 것이 굉장히 지루하게 느껴졌다. 알리치아

상실

의 집에 가는 것을 좋아하지 않았는데, 알리치아의 아파트에는 외할머니 친구의 집에서 찾아냈던 초라한 봉제인형조차 없었다. 알리치아의 집에서는 모든 것에 제자리가 있었기에 장난감 같은 걸 둘 장소가 없었다. 어른들의 대화와 차가 있었고 모두 다 배가 고팠는데, 알리치아가 절대 요리를 하지 않았기 때문이다.

알리치아의 집에 가면 보통 한두 시간 머물렀으며, 부모님은 커피를 마시고 마리안나는 야쿱 뒤를 쫓아다니거나 숨바꼭질을 했다. 그런 뒤 재빨리 작별인사를 하고 기뻐하며 집으로 돌아왔다. 집에 오는 길에 엄마는 알리치아를 흉내내곤 했다.

"재산을 분리하도록 해!"

이렇게 말했다. 그러면 다들 웃음을 터뜨렸지만 정확히 무엇 때문에 웃었는지는 알지 못했다.

마리안나는 언젠가 알리치아의 집에서 살게 될 것이라고는 상상도 하지 못했다. 그들의 물건은 모두—책가방, 옷—포토샵으로 붙인 것처럼 보였다. 알리치아도 분명히 이 점을 알았을 것이다. 그들은 그곳에 어울리지 않았다.

부모님이 돌아오면 평생 다시는 찾아오지 않을 것이다.

"접시에 담은 건 다 먹어. 남길 수 없는 상황도 있다는 걸 언젠간 너도 알게 될 거다."

알리치아가 말했다. 거짓말! 마리안나는 어른이 되면 마음 내키지 않는 일은 절대 하지 않을 것이다.

+++

안녕하세요? 프라이다가 밥을 잘 먹나요? 저 대신 쓰다듬어 주세요.

+++

샤리크 역은 대역이 한 마리였고, 찌빌 역의 개는 대역이 두 마리였다. 그 이유는 '샤리크들'은 온순하고 말을 잘 듣는 데 비해, '찌빌들'은 활기차고 말을 듣지 않고 물어뜯는 것을 좋아했기 때문이다. 찌빌 역을 맡은 개들은 무척 기운차게 돌아다녔다. 그러다 촬영 중에 대역 가운데 한 마리가 세트장에 들어가곤 했다.

현장에서 개를 돌본 훈련사는 프란치셰크 쉬데우코였다. 전직 경찰로, 경찰견 훈련 및 안내 학교 졸업생이었다. 제2차 세계대전 당시 전선에서 싸웠는데, 그때 참전하기 전에 개 훈련사로 일했던 어느 부사관을 알게 되었다. 그래서 쉬데우코는

상실

자신도 같은 일을 할 수 있겠다고 생각했다.

공산주의 폴란드 시절에는 일이 많았다. 드라마 「네 명의 기갑병과 개」도 있었고, 「개 찌빌의 모험」도 있었다. 그뿐만이 아니었다. 「페르디두르케」 촬영장에서 쉬데우코는 12마리의 그레이하운드, 고양이, 소, 닭, 염소를 동시에 돌보았다.[1] 「폭풍의 시간」에서는 거위 30마리, 오리와 닭 12마리, 고양이 6마리와 개 2마리를 건사했다.

이중에서 쉬데이코의 이름을 가장 널리 알린 작품은 「네 명의 기갑병과 개」였다. 샤리크를 연기한 저먼 셰퍼드 두 마리의 이름은 트리메르(털 다듬이)와 아타크(공격)였다. 주역 스타는 트리메르였는데, 경찰견이었다가 냄새 맡는 시험을 망치고 쫓겨났다. 아타크는 둘 중 좀더 활기찬 성격이어서 신체적인 힘이 필요한 장면들에 주로 등장했다. 트리메르인 척하려면 아타크 자신도 털을 다듬어야 했다. 두 개의 외모가 서로 달랐기 때문에 아타크는 미용실에 맡겨져 분장을 하게 되었다.

샤리크는 폴란드에서만 사랑받은 게 아니었다. 촬영팀이 체코슬로바키아에 초대받았을 때 비행기 승무원들은 개가 다른

---

1 「네 명의 기갑병과 개(Czterej pancerni i pies)」는 1966~1970년에 방영한 제2차 세계대전 배경의 전쟁 드라마이고, 「개 찌빌의 모험」은 1968~1970년에 방영한 경찰견 드라마이며, 「페르디두르케」는 비톨트 곰브로비치의 동명 소설을 원작으로 한 1991년 영화이다.

승객들과 함께 객실에 타고 비행한다는 데 동의하려 하지 않았다. 그랬다가 '바로 그 저먼 셰퍼드'라는 정보가 모든 것을 바꾸어 놓았다. 샤리크는 조종실로 초대받아 가는 길 내내 맛있는 간식을 얻어먹었다.

1968년에 바르샤바 조약군이 체코슬로바키아를 침공했을 때 체코 동부 모라비아에는 이런 농담이 떠돌았다. 루디102 탱크가 샤리크를 태우고 폴란드와 체코슬로바키아 국경에 도달했을 때 샤리크가 무섭게 짖기 시작했다. 승무원들이 탱크를 세우자 샤리크가 뛰어내리더니 이렇게 말했다.

"제군, 난 못 하겠소. 난 개지 돼지가 아니오."[1]

샤리크는 죽은 뒤에도 평안을 얻지 못했다. 박제되어 수우코비체에 있는 경찰견 연구소에 머무르고 있다. 인터넷에서 아이들이 톱밥을 채워 박제한 샤리크의 몸을 쓰다듬는 사진을 찾을 수 있다. 유리 눈은 허공을 바라본다.

샤리크에 대해서 아빠가 마리안나에게 이야기해 주었고, 아빠에게는 아마도 아빠의 아빠가 이야기했을 것이다. 쉬데우코

---

1 1968년 1월, 체코 자유화 운동인 '프라하의 봄'이 시작되자 소련이 8월에 폴란드군·소련군·헝가리군·불가리아군으로 구성된 바르샤바 조약군을 보내 자유화 운동을 탄압했다. 러시아와 폴란드를 비롯한 주변 국가 대학생과 일반 시민들이 자유화 운동을 지지하고 소련 정부가 군사력을 동원해 탄압한 것을 비판했기 때문에 이런 농담이 나오게 되었다.

씨는 마리안나의 머릿속에서 한 번도 만나지 못했던 할아버지와 합쳐졌다. 할아버지가 동물을 사랑했더라면! 그랬다면 가족을 버리지 않았을 것이다. 그랬다면 일요일 점심 식사 때 「사막과 황무지에서」[2]에서 주역 사바를 연기한 개들인 아파치와 들소에 대해 이야기해 주었을 것이다.

마리안나는 네 명의 기갑병에는 관심이 없었고, 개에게만 관심이 있었다.

드라마 자체는 별로 재미도 없고 흑백이었지만, 마리안나는 1960년대 중반에 폴란드 어린이들이 개에게 흠뻑 빠졌다는 사실에 매료되었다. 삼십 년 뒤 「101마리 달마시안」 영화가 개봉하고, 글렌 클로스가 크루엘라 데 몬 역할을 맡았을 때 세계 전체에서 비슷한 현상이 일어났다.

다만 달마시안에 대한 열기는 개와 함께 살아가는 일상에 대한 잘못된 인상을 바탕으로 생겨났다. 개 주역인 퐁고는 자기 주인의 에스프레소 머신을 켜고 집안을 정리하고, 한마디로 길든 동물이라기보다는 집안 요정이었다. 개 분양소가 비어가는 만큼 빠르게 보호소 우리들이 가득 찼다. 사람들은 자기 개

---

2 「사막과 황무지에서(W pustyni i w puszczy)」: 헨리크 셴키에비치의 동명 소설을 원작으로 한 1973년도 영화.

가 청소를 하기는커녕, 집안을 어지럽히고 요리를 하기는커녕 먹어치우고 말을 하지 않고 자신들에게 등을 돌리고 잔다는 사실에 실망했다. 그것은 「백 투 더 퓨처」(아빠가 좋아하는 영화)를 보고 나서 자동차가 타임머신이 아니라는 사실에 화를 내는 것과 약간 비슷했다.

샤리크는 달랐다. 아이들은 드라마에 나오는, 러시아어로 '공'이라는 뜻의 이름을 가진 이 개를 사랑했지만 집에 있는 자기들 개가 탱크를 몰 수 있을 것이라고 기대하지 않았다. 당연히 누군가는 용감하고 똑똑한 개를 원해서 주인공을 저먼 셰퍼드로 결정했을 수도 있지만, 여기에는 또 더 큰 사정이 있었다.

드라마가 텔레비전에서 처음 방송되자 TVP 방송국은 시청자 편지로 뒤덮였다. 아이들이 동네 친구들을 모아서 결성한 탱크 조종팀에 대해 편지를 보낸 것이다. 이 발상이 발전해서 방송국 결정권자들은 생각하기 시작했고, 오래지 않아 「텔레비전 탱크 클럽」이 방송을 탔다.

아이들이 현실에서 루디102 탱크의 이상적인 승무원이 되어 '다른 사람들을 돕는다' 혹은 '웃으면서 어려움을 극복한다'는 과업을 완수하는 것이다. 실제로는 마당을 치우고 자연을 보호하고 동물을 돌보는, 평화로운 시기의 군인들에게 걸맞은 임무를 수행했다.

상실

어쨌든 탱크 조종팀 아이들은 각자 자기의 '샤리크'를 데려와야만 했다. 가끔 그것은 이웃집 닥스훈트였고, 가끔은 할머니댁 고양이이기도 했다. 다른 선택지가 없어서 '샤리크' 역할을 토끼나 기니피크나 햄스터, 가끔은 심지어 거북이가 맡는 일도 있었다. 그리고 어떻게 해도 동물을 전혀 찾을 수가 없을 때 '샤리크' 역할을 친구들 중 여자아이가 맡았다. (마리안나는 군대가 그 자체로 가부장제를 지지하는 제도라고 생각했지만 그것은 상당한 과장이다.)

「탱크 클럽」의 한 팀이 방송국에 이런 편지를 보냈다.

"달리 방법이 없어요. 개가 없습니다. 그러나 수족관에 금붕어는 있어요. 그래서 저희는 잠수함팀으로 「탱크 클럽」에 신청합니다. 꼭 받아주시면 좋겠어요. 잠수함도 물속의 탱크니까요."

아이들은 폴란드 전국으로 나아갔다. 지칠 줄을 몰랐다. 이 집에서 저 집으로 다녔다. 개집을 들여다보고 목을 묶은 사슬을 더 길게 해 달라고 요구했고, 회색덩어리가 들어 있는 밥그릇을 보며 고개를 저었고, 개집 난방에 대해서, 혹은 난방이 없다는 사실에 대해 논평했다. 또한 아이들은 자기 팔을 걷고 나섰다. 거의 일만 개의 개집이 '한파 저항 장갑 무장'을 얻었다.

어느 그룹은 자기 마을 개집 지도를 만들었다. 개집 열두 개는 난방에 성공했고, 두 개는 주인들이 반대해서 실패했다.

“그러나 우리는 물러서지 않습니다. 울타리 앞에 ‘개들은 얼면 안 된다!’고 쓴 전단지를 뿌리겠습니다.”

아이들은 방송국에 보낸 편지에 이렇게 썼다. 여성팀 ‘마루샤’는 학교에 소규모 보호소를 만들었다고 보고했다.

“개 다섯 마리가 있고, 이 개들은 앞으로 절대로 굶지 않을 거예요.”

마리안나는 그런 팀에 합류해서 사람들이 개에게 먹을 것으로 뭘 주는지, 개를 어떻게 대하는지 확인하는 일을 할 수 있을 것 같았다. 꼭 여성팀이 아니라도 좋았다. 그런 건 큰 의미가 없었다.

마리안나는 수의사가 되고 싶었다. 엄마는 그것이 여자에게 좋은 직업이 아니라고 말했다. 폴란드어 선생님도 아마 그렇게 생각한 것 같아서 작문에 쓴 ‘수의사’라는 단어에 빨간 줄을 치고 ‘여성 수의사’라고 썼다.

엄마는 수의사들은 암소나 암말의 출산을 도와야 하므로 힘이 아주 세야 한다고 말한다. 그러므로 마리안나는 의사가 되고, 자유로운 시간에 자기 동물을 돌보면 된다고 했다. 고양이라든가, 사람에게 해를 입은 개들, 돼지, 어쩌면 새도. 모두 다 사랑하고 아무도 차별하면 안 된다.

어쨌든 마리안나는 샤리크에 대해 알아낼 수 있는 것은 전

상실

부 알았다. 개를 돌보는 것에 대한 발표에 그 이야기도 집어넣었다. 그러면 아빠가 넘어올 것이라고 계산하고 일부러 그렇게 했다. 엄마에게는 논리적인 주장이 효과적이었고, 아빠에게는 감정적인 접근이 효과적이었다.

마리안나는 영화 찍는 사람들 사이에서 하는 말로 '세트장에 아이와 동물보다 더 최악은 없다'는 얘기를 알고 있다. 어쩌면 그래서 아이들이 동물과 그렇게 잘 통하는지도 모른다. 혼란의 수준이 비슷해서.

+++

제 동생 야쿱도 인사드려요. 야쿱은 어리지만 프라이다를 보고 싶어해요. 저한테 짜증내지 않을 때는 오래된 사진을 같이 봐요. 새로운 사진 좀 보내 주시면 안 될까요?

+++

"조금 있으면 크리스마스다! 곧 크리스마스다!"

세상 전체가 마치 다른 건 아무 의미도 없다는 듯 외친다. 크리스마스, 선물, 지나치게 달콤하게 편곡된 캐럴, 그보다 더 최악은 미국 크리스마스 캐럴 히트 모음집이다. 마리안나는 분위기를 약간 받아들이면서도 자세를 유지하고 분위기에 휩쓸린 티를 내지 않는다.

부정탈까 봐 겁낸다고? 커다란 기쁨은 커다란 위험이다. 마리안나는 마음속으로만 조용히 기뻐한다.

크리스마스이브, 만두를 넣은 보르시치, 야쿱과 함께하는 크리스마스트리 장식을 생각하면 기쁘다. 매년 그랬듯이 분명히 또 말다툼을 할 텐데. 야쿱은 눈사람, 그러니까 마리안나의 트리 장식을 자기가 달려고 시도할 것이고, 마리안나는 복수하기 위해 봉제 고양이 인형을 매달 것이기 때문이다.

언제나 그렇게 흘러갔다. 크리스마스 휴일 둘째 날 배가 터지게 먹고, 다들 텔레비전 앞에 앉아 이미 전부 외우고 있는 코미디를 다시 보고, 크리스마스트리 아래 있던 과자와 사탕으로 부른 배를 더욱 불리는 것이다.

또, 부모님이다. 그리고 몇 년 만에 최고의 선물도! 영국에서 부모님은 돈을 더 많이 벌고, 거기에는 옷을 싸게 파는 가게와 전자기기를 싸게 파는 가게와 사탕이나 다른 모든 것을 더 싸게 파는 가게들이 있다.

아빠는 몽상가인데, 마리안나는 아빠의 그런 점을 가장 좋아했다. 야쿱의 다섯 살 생일에 아빠는 밤사이에 가정용 레고랜

상실

드를 지어주었다. 아마 이 주 정도 가지고 놀았던 것 같다. 마리안나에게 『해리 포터』를 읽어주고, 언젠가 호그와트에서 부엉이가 편지를 들고 찾아올 것이라고 장담한 사람도 아빠였다.

이제 아빠는 둘에게 선물을 약속했고, 야쿱은 두근거리며 기다리고 있었다. 마리안나도 조금은 그랬다.

부모님이 떠날 때 크리스마스는 폴란드에 돌아와서 지낼 것 같았다. 삼 개월은 아주 긴 시간이고, 영국에서는 모든 것이 더 싸고 돈도 많이 버니까, 다시 가지 않아도 될 만큼 충분히 돈을 많이 벌 수도 있지 않을까? 야쿱은 눈을 감고서, 미소 짓는 부모님의 모습과 활짝 벌린 팔을 보고 따뜻하고 차분한 목소리를 듣는 상상을 한다. 아무도 소리치지 않는다.

마리안나는 아무 말도 하지 않는다. 그냥 기다린다.

마리안나가 사랑했던 햄스터 피시오가 휴가여행을 떠났다고 말했을 때처럼 부모님이 망설이고 있다는 느낌을 떨쳐내기 힘들었다. 그때 마리안나는 일곱 살이었고, 햄스터가 설치류를 위한 여행사에서 여행상품을 구입한다는 발상이 이상하게 보이지 않았다. 그러나 피시오가 언제 돌아오냐고 점점 더 자주 물었다.

그러다 결국 어느 날 아침, 우리 안에서 톱밥을 밀어내는 움직임을 보았다. 거의 비명을 지르다시피 하며 침대에서 뛰어

일어나 인사하러 우리로 달려갔다. 그러나 그것은 피시오가 아니었다. 그 햄스터도 갈색과 흰색이었지만 얼룩의 모양이 달랐다. 얼굴 표정도 달랐다. 마리안나는 부모님에게 이 주 동안 화를 냈고, 새 햄스터는 결국 같은 반 여자아이네 집으로 갔다. 그 햄스터가 피시오의 대역으로 고용된 것은 햄스터 탓이 아니었지만 마리안나는 왠지 정을 붙일 수가 없었다.

지금도 비슷한 기분이었다. 뭔가 잘못되었다는 것을 느끼지만, 주위 사람 모두가 이것은 똑같은 햄스터이며 마리안나가 그저 착각하고 있을 뿐이라고 설득했다. 휴가여행을 가면 모두 조금은 변해서 돌아오는 법이라고.

창문에는 서리가 아니라 이슬이 맺힌다. 해가 뜨면 크리스마스가 다가온다는 사실을 믿기 힘들다. 마리안나는 눈더미를, 트리 장식에 있는 것과 비슷한 눈사람 만드는 것을 꿈꾼다.

그 트리 장식은 몇 년 전, 아직도 남매간 싸움을 피하기 위해서는 뭐든지 두 개씩 사서 나눠 가져야만 하던 때에 받았다. 그리고 트리 장식 두 개가 완전히 똑같지 않았기 때문에 마리안나와 야쿱은 또 싸웠다.

마리안나는 커다란 눈송이가 내리고 공항이 눈에 파묻히고, 그래서 부모님이 폴란드에서 발이 묶이는 것을 꿈꾼다.

희망에 가득 찬 목소리로 전화를 받는 동생을 쳐다본다.

상실

"엄마?"

마리안나는 심장이 조여온다.

✦✦✦

알리치아는 천천히 움직이며 공간을 1제곱센티미터씩 꼼꼼하게 확인한다. 소리없이 현관에서 부엌으로, 부엌에서 침실로 움직인다. 피해를 추정한다. 일어난 범죄의 증거를 모은다.

잡아 뽑힌 서랍, 옷장 문에 낀 점퍼 소매, 마루에 흩어진 모래와 진흙의 잔해, 부엌의 빵 부스러기, 찬장에 도로 집어넣지 않은 칼과 도마, 식탁에는 수학 공책, 삼각자와 컴퍼스, 제자리에 놓이지 않은 이 물건들, 보풀, 마루에 흩어진 머리카락과 이 냄새, 청소년들의 냄새.

곧 미칠 것 같다. 절박한 마음에 알리치아는 야쿱의 물건으로 여겨지는 것을 전부―공책, 더러운 체육복, 축구화―집어다 야쿱의 방안에 던져넣고 문을 닫는다. 마리안나의 물건도 똑같이 한다.

재앙을 막을 수 없다면 규모라도 제한해야 한다.

아이들이 학교에서 돌아왔을 때 알리치아는 이미 (청소가 끝나 공기청정제 냄새를 풍기는 아파트의 공유 공간에서) 거부할 수 없는 제안을 하려고 아이들을 기다리고 있다.

야쿱은 먼지를 털고 마루를 닦기로 한다. 마리안나는 장보기와 진공청소기 돌리는 일을 돕고 화장실을 정리하기로 한다. 아이들은 대걸레와 진공청소기와 수세미를 마치 무슨 물건인지 모르겠다는 양, 이걸로 무얼 해야 하는지 전혀 알 수 없다는 듯 쳐다본다.

알리치아는 물러설 생각이 없다.

아이들은 조금씩 일을 시작한다. 정말로 조금씩이다.

알리치아는 차분하게 이 모습을 바라본다. 로마는 하루아침에 건설되지 않았다.

저녁에는 인사를 하고 각자 자기 방에 들어가 문을 닫는다. 아마 아이들은 방안에 쌓여 있는 물건들을 보고 놀랄 것이다. 양쪽 방에서 불이 차례로 꺼지기까지 오랜 시간이 걸리지 않는다. 어쩌면 청소에는 추가적인 장점이 있는지도 모른다.

그리고 아이들이 이미 잠들었다고 확신하고 나서, 알리치아는 양동이에 물을 채우고 다시 한번 체계적으로 바닥을 닦는다.

상실

+++

마리안나는 자신이 옳았다는 것을 인정하게 하려고 동생과 시선을 마주치려 애쓴다. 알리치아는 거짓말하고 있다, 당연하다. 처음부터 불공정한 게임이었고, 지금은 그 사실이 확실해졌을 뿐이다.

그러나 야쿱은 마룻바닥을 쳐다본다. 마치 누나가 부끄럽다는 듯 시선을 들지 않는다.

"마리안나……."

알리치아가 말하지만 전혀 도움이 되지 않는다.

마리안나는 알리치아의 시선에서 자신에게 전혀 화내지 않는다는 것을 명확하게 알 수 있다. 알리치아의 눈에는 야단치는 빛이 없다. 대신 동정이 있다. 알리치아는 둘을 불쌍히 여기는데, 그것이야말로 마리안나는 참을 수가 없다.

알리치아가 깊이 숨을 들이쉬고 나서 숨을 전부 코로 내뱉는다. 부엌이 조용해진다.

"이제 얘기 좀 할 수 있겠니?"

알리치아가 천천히 묻는다. 그러나 마리안나는 전혀 이야기하고 싶지 않다. 양손으로 얼굴을 가리고 바닥에 앉는다. 귀가 뜨겁게 맥박치고 얼굴은 뜨뜻하고 축축하다.

십 분 전에는 완전히 다른 곳에, 완전히 다른 기분으로 있었다. 바깥은 얼어붙을 듯 추웠지만 학교에서 돌아오는 길에 구름 뒤에서 해가 얼굴을 내밀었다. 무거운 배낭의 어깨끈이 등으로 파고들었지만, 마리안나는 곧 배낭을 벗어 던지고 월요일까지 안을 들여다보지 않으리라는 것을 알고 있었다. 주말은 스카이프로 부모님과 이야기하고 계획을 짜고 약속을 잡는 시간이었다.

그러나 알리치아의 아파트에 들어설 때까지만 해도, 몸은 얼어붙었지만 눈과 얼굴에는 햇빛을 담고 비틀즈의 「블랙버드」를 신나게 흥얼거리며 들어왔다. 하지만 문을 닫고 귀에서 이어폰을 뺐을 때—뭔가 잘못됐다는 사실을 알았다. 집안은 무덤 속처럼 조용했고, 야쿱이 떠드는 소리도 들리지 않았다. 라디오 소리도 없었고, 진공청소기나 세탁기가 돌아가는 소리도 나지 않았다. 아무것도 없었다.

부엌으로 들어가자 알리치아와 야쿱이 거기에 있었다.

이런 일은 평생에 한 번 일어나는 것으로 충분하다. 이 순간은 결단코 잊지 않을 것이다.

그 목소리의 어조, 그 시선, 식탁을 두드리는 손가락, 관자놀이와 등에 솟는 땀, 무릎의 떨림, 아랫배의 통증. 공기 중의 무엇인가가 변해서 더 날카로워지고 틈새가, 빈 공간이 나타난

상실

다. 앞으로 언제나 모퉁이 뒤에 뭔가 나쁜 것이 숨어 있지 않을까 의심하게 될 것이다. 그런 상황을 멀리서도 감지할 수 있고, 상실의 냄새, 두려움, 실망이 공기 중으로 독극물처럼 퍼질 것이다.

여기에 수백 가지 다른 이름을 붙일 수 있지만―육감, 직관―사실 마리안나는 아파트 문턱을 넘은 순간 양팔의 털이 곤두서는 것을 느꼈다. 야쿱의 빨갛게 부은 눈을 보는 것만으로도 충분히 짐작할 수 있었다.

"표가 너무 비싸대."

알리치아가 말했다.

"크리스마스는 폴란드 오기에 제일 안 좋은 시기야. 왜냐하면 전부 다…… 자리가 없대. 비행기도 없고."

야쿱은 그럴 줄 알았다는 듯 고개를 끄덕였다.

✦✦✦

세상은 작고 평평하고 안전했다. 눈으로 쉽게 전부 훑어볼 수 있었다. 학교, 조금 더 가면―집. 초급 읽고 쓰기 책의 세계. 알파벳과 숫자, 엄마의 원피스가 침대시트처럼 바스락거렸다.

세상은 모두를 가둬둔 우리일 수도 있다.

＋＋＋

처음 크리스마스이브를 함께 보낸 것은 이 년 전이었다.

알리치아는 크리스마스를 포즈난 근처에 산다는 여동생 말비나 이모할머니 집에서 보내곤 했다. 서로 만나는 일은 적었지만 크리스마스는 의무적으로 함께 보냈다. 언젠가 아빠가 알리치아와 함께 가기도 했지만 오래전부터, 그러니까 아빠가 어른이 되어 자기 가정을 꾸린 뒤부터 말비나 이모할머니 집에는 가지 않았다. 너무 여러 가지 일이 많아서 떠날 수 없었다.

이 년 전에는 달랐다. 말비나 할머니가 크리스마스에 자기 딸의 가족에게 갔고, 그래서 알리치아는 집에 남았다. 그리고 아빠가 알리치아를 자기 집으로, 그들의 집으로 초대했다.

엄마는 아빠와 이틀 동안 말을 하지 않았다.

마리안나와 야쿱은 어떻게 될지 약간 불안했지만, 대체로 선물을 더 받을 수 있다는 생각에 기뻐했다. 마리안나는 새 배낭을 예쁘고 비싼 것으로 갖고 싶었지만 과연 받게 될지 마지막 순간까지 알 수 없었다. 당연히 산타클로스는 이미 믿지 않았고, 선물은 부모님이 가져온다는 것을 알고 있었다.

"아빠 창피하지 않게 할머니한테 선물 얘기 묻지 마라. 할머니가 너희들을 물질주의자라고 생각하는 건 싫어."

상실

아빠가 말했다.

엄마는 안경을 닦으면서 안경알에 숨을 불어 둥글게 김이 서리게 할 때처럼 커다랗게 한숨을 쉬었다. 그러나 지금은 아무것도 닦지 않았다. 말하자면 부엌을 돌아다니면서 건성으로 창밖을 바라보고는 냄비 뚜껑을 들어서 안을 들여다본 뒤 큰 소리를 내며 뚜껑을 내려놓았다.

아빠는 그저 고개를 젓고 아무 말도 하지 않았다.

그것은 이상한 크리스마스였다.

알리치아는 저녁 6시 전에, 너무 늦고 동시에 너무 이른 시각에 도착했다. 모든 것이―모든 것에 책임이 있는 한 사람만 빼고―준비되어 있었다. 알리치아는 짙은 포도주색 정장을 입고 예쁘게 화장을 한 채 포마드 냄새를 풍기며, 얼룩진 바지에 앞치마 차림으로 생선 굽는 냄새를 지독하게 풍기는 엄마에게 인사를 했다.

엄마가 구운 연어와 샐러드를 내왔다. 엄마가 원재료부터 다듬어서 요리한 건 아니라고 다들 확신했지만, 아빠를 불안하게 만들지 않으면서 여기에 대해서 물어볼 좋은 방법은 없었다. 그 연어는 아무도 먹으려 하지 않았고, 알리치아 혼자만 얼마나 맛있는지 모두에게 보여주려는 듯 저녁 내내 생선을 씹었다. 결국 엄마도 한 조각을 자기 접시에 덜었다.

"최상급 연어예요."

엄마가 말했다.

야쿱이 알리치아에게 아빠가 어렸을 때는 크리스마스를 어떻게 보냈는지 물었다. 알리치아와 아빠가 서로 쳐다보았다.

"야쿱, 빨리 먹어. 음식 다 식겠다."

아빠가 대답했다.

"마리안나, 연어 먹어 봐."

마리안나는 쓰레기통을 보는 듯한 눈길로 생선을 바라보았다. 알리치아가 그걸 못 보았기를 바랐다. 그러나 아빠를 짜증나게 하고 싶지 않아서 조그만, 아주 작은 조각을 접시에 덜었다. 그리고 접시에 있던 만두 아래 그 조각을 숨겼다.

저녁식사를 마친 후 아빠가 텔레비전 리모컨을 들었다. 「나홀로 집에」, 「러브 액추얼리」, 「산타에게 보내는 편지」. 이 영화들을 거의 다 외우고 있었지만, 다시 보는 게 중요한 게 아니라 언제나 하듯이 또 하는 것이 중요했다. 그러나 이번에 아빠는 엄마를 쳐다보더니 움직임을 중간에 멈추었다. 그리고 말했다.

"뭐하러 또 텔레비전을 보냐. 오늘 하루만 보지 말자."

아빠는 캐럴을 함께 부르자고 했다. 아무도 가사를 알지 못했으므로 그냥 각자 흥얼거렸다. 누군가 가사 한 조각을 기억해내면 의기양양하게 한두 소절 정도 노래하다가 다시 잊어버

상실

리면 세계 보편의 '나, 나, 나, 나'로 넘어가고 결국은 또 흥얼 거렸다. 그렇게 흥얼거리는 것은 즐거웠다.

그런 뒤에 아빠가 알리치아에게 자고 가라고 제안했다. 알리치아는 말없이 신발을 신기 시작했다.

"내일 들러서 점심 드실래요?"

아빠가 다시 물었다.

"그러자, 아들. 모두 잘 자라."

크리스마스 휴일 두 번째 날에 연어는 변기를 통해 바다로 돌아갔다. 마리안나는 새 배낭을 받지 못했다.

부모님이 떠난다고 말했을 때 마리안나는 매일 저녁 그런 연어를 먹게 되는 것인지 고민했다. 알리치아가 요리를 하지 않는다는 사실을 다들 알고 있는 데다 이렇다 할 손재주도 없었다. 할아버지가 알리치아를 떠난 후로 아무도 알리치아를 원하지 않았던 것도 놀랄 일은 아니었다. 같은 음식만 계속 먹고 싶은 사람이 누가 있겠는가. 스파게티 면에 달걀, 토마토 퓨레를 바른 빵, 사워크림을 얹은 감자.

마리안나는 크리스마스가 비닐포장이 된 채 상자에서 끄집어내 열어보면 되는 형태로 매년 똑같이 문 앞에 찾아오지 않는다는 사실을 알게 되어 놀랐다. 그리고 무척 겁을 먹었다. 크리스마스조차 확실하지 않다면 이제 무엇을 믿을 수 있단 말인가?

+++

세 사람은 크리스마스 저녁을 맞이했다.

마리안나는 알리치아의 시선을 피했고, 알리치아가 껴안았을 때 내키지 않은 듯 뻣뻣하게 가만히 있었다.

세 사람은 한나가 보낸 상자를 열었다. 만두, 보르시치.

아이들에게 알리치아는 크리스마스트리 아래 돈을 놓아두었다. 뭘 원하는지는 아이들 자신이 더 잘 알았다.

그런 뒤 마리안나는 프라이다를 돌보는 사람들에게 전화를 걸었다. 그들은 받지 않았다.

+++

그동안 자기 자신을 위한 시간이 전혀 없었던 건 아니었다. 당연히 있었다.

그녀 자신을 위한 시간은 월요일부터 금요일, 보통 이른 아침부터 이른 오후까지였다. 그러나 항상 일정하지는 않아서, 예를 들면 야쿱은 화요일에 수업이 한 시간 더 있었다. 반면

상실

마리안나는 목요일에 12시가 되어야 수업을 시작했다.

집에 오는 시간도 각각 달랐다. 마리안나는 배구 연습이 있는 데다 친구들을 만나거나 방과 후에도 학교에 남아 자습실이나 도서관에 가기도 해서 보통 늦게 돌아왔다. 하지만 야쿱은 수업이 끝나면 언제나 바로 집에 돌아왔다.

알리치아가 야쿱에게 동갑내기들과 좀더 같이 놀거나 방과 후 수업도 어떤 게 있는지 알아보라고 은근하게 권유해 보았지만 전혀 듣지 않았다. 야쿱은 알리치아와 함께 앉아서 토크 FM 라디오를 들으면서 휴대폰으로 게임을 하고, 알리치아와 함께 장보러 가는 것을 원했다. 언제나 그녀 뒤를 따라다녔다. 손을 잡기에는 너무 컸으므로 잡지 않았다. 그러나 그것만 빼면 두 살배기처럼 그녀에게 붙어 있었다. 두 살배기를 목에 매단 채로는 누구와 약속을 잡기가 힘들었다.

알리치아는 그제고시가 걸음마를 제대로 배우기도 전에 남편과 헤어졌다. 그녀는 '남편과 헤어졌다'고 말하는 쪽을 선호했지만, 사실은 남편이 집을 나가 다시는 돌아오지 않았다. 남편은 덩치가 큰 남자였다. 가슴과 등에 털이 너무 많아서 밤에는 마치 곰에게 안겨 있는 것 같았다.

실제로 남편은 곰과 비슷하게 잠을 자거나 화가 나서 포효하며 돌아다니거나 둘 중 하나였다. 집을 나간 뒤에 남편은 20킬

로미터 떨어진 곳에 살았지만 아들을 만나는 일은 거의 없었다. 결국 그제고시가 아빠를 앞으로 만나고 싶지 않다고 말했다. 그 관계는 그렇게 끝났다.

남편이 그녀를 때리지는 않았지만 소리를 너무 질러대서 언제 주먹이 날아올지 항상 불안했기 때문에 그녀는 특별히 남편을 그리워하지 않았다.

남편이 집을 나간 뒤로 알리치아와 그제고시의 삶은 더 평온해졌지만, 남편이 아들의 양육비를 한 푼도 주지 않았으므로 알리치아가 두 사람의 생계를 위해 일해야 했다.

남편이 그렇지 않다고 해도 그녀는 그때 젊은 여성이었다. 어느 순간부터 거의 언제나 누군가를 사귀었지만 집에 모르는 남자들이 들락거려 그제고시가 불쾌하게 느끼지 않도록 조심스럽게 행동했다. 그녀는 더 이상 항구적인 관계를 원하지 않았고, 짧은 결혼 생활로 위대한 사랑에 대한 꿈을 치료했다. 게다가 아들도 얻었다. 그때부터 알리치아는 남자를 그저 즐기기 위해서만 만나기로 마음먹었다.

그리고 그렇게 되었다. 처음부터 그녀는 안정적인 관계를 원하는 게 아니라고 상대방에게 알렸다. 그것을 받아들이지 않는 사람과는 미련없이 빠르게 헤어졌다. 어두워진 뒤에, 그러니까 그제고시가 잠든 뒤에 만나는 것에 대해 상대방이 불

상실

안해하기 시작해도 후회없이 버렸다. 동거에 대해 중얼거리기 시작하면 작별을 선언했다. 남자가 그녀의 집에 칫솔이나 면도기, 더러운 양말을 두려 하면 전부 쓰레기통에 버렸다.

그러나 별문제 없이 적응하는 남자들도 있었다. 바짝 마른 도서관 사서 마레크는 퇴근한 뒤에도 속삭이는 소리로만 말했는데, 알리치아는 그와 거의 이 년 동안이나 만났다. 그의 신중함과 자고 일어나면 침대를 말끔히 정리하는 습관이 알리치아의 마음에 쏙 들었다. 그러나 마레크가 어느 해 봄 큰 도시에 일자리를 얻으면서 그들의 이상적인 공존은 중단되었다. 그는 차가 없었고, 그녀는 연애하기 위해 편도 40킬로미터를 운전할 의향이 없었다.

이후의 만남들은 더 짧았다. 알리치아는 그 어떤 상대에게도 아들을 소개해야겠다고 생각한 적이 없었다. 이후에 만난 남자들을 알리치아는 '즐거운 홀아비들'이라고 불렀지만, 실제로 즐겁거나 홀아비인 사람은 많지 않았다. 자기 자신의 평온을 위해 양육비 미지급으로 문제를 일으켰던 남자들은 피했는데, (작은 도시에서는 이런 문제가 알려지기 마련이다.) 자기 자식에 대해 책임지지 않는 사람을 가장 경멸했기 때문이다.

마지막 '즐거운 홀아비'는 헨리크라는 이름이었고, 알리치아만큼이나 이혼한 지 오래되었다. 한쪽 귀가 살짝 난청이었지만 그 외에는 건강에 딱히 문제될 게 없었다. 거의 일 년 정도 드문드문 만났는데, 헨리크가 스웨덴까지 오가는 장거리 트럭 운전사였기 때문이다. 헨리크는 그녀에게 향신료가 든 과자나 '긴양말을 신은 삐삐' 팔찌나 나무 말 조각상, 소나무 잎 향을 풍기는 향초 같은 걸 가져다주었다.

두 사람이 만날 계획을 잡으면 언제나 성공적이었다. 헨리크가 언제 집에 들를 수 있는지 항상 미리 알고 있었기 때문이다. 그러나 이제는 헨리크의 운행 일정에다 아이들의 수업시간표까지 고려해야 했다. 더 이상 함께 브로츠와프로 저녁을 먹으러 가거나 스파에 가거나 짧은 여행을 떠날 수 없었다. 헨리크는 상상력이 풍부한 남자였는데, 그의 세대에서는 절대로 자주 있는 일이 아니었다.

그러나 알리치아가 갑자기 전업 할머니가 되었다는 사실을 헨리크는 상상하지 못했다. 그는 그녀가 살아온 이야기를 알았고, 관계에 묶이고 싶어 하지 않는 것도, 가족 상황도 잘 알고 있었다. 헨리크는 그녀가 만남을 거절하는 것, 혹은 만나자고 했다가도 네 시간씩이나 미루는 것이 자신을 밀어내려는 시도가 아닌지 의심하기 시작했다. 그가 아는 알리치아는 우물쭈물하거나 괜스레 변죽을 울리는 성격이 아니었다. 그는 이 사실을 잘 알고 있었다. 그와 헤어지고 싶으면 더 이상 만

상실

나고 싶지 않다고 똑바로 말했을 것이다.

알리치아는 한 손에 휴대폰을, 다른 손에 담배를 들고 앉아 있었다. 인생의 육십대에 몰래 연애를 하느라 집에서 빠져나가려고 이런저런 구실을 찾는 십대 소녀가 된 기분이라니. 이게 대체 어찌된 노릇인지 이해하려 애썼다.

처음에는 아이들이 학교에 가고 나서 오전 시간에 헨리크와 만나는 것이 즐겁기도 했다. 사실 헨리크가 샴페인을 권유했을 때는 상상 속에서 '할머니가 만취 상태에서 동거하다'라는 신문 헤드라인을 그려보고는 거절했지만, 전체적인 상황에서는 금지된 만남 같은 짜릿함이 있었다.

헨리크는 약간 놀랐지만 대놓고 불평하지는 않았다. 각자의 선택을 존중하고 상대방의 인생에 끼어들지 않는다는 암묵적인 약속이 두 사람을 연결해 주었다.

그러나 그때 알리치아는 헨리크가 마음에 들어하지 않는다고 느꼈다.—손녀손자의 물건들로 가득한 아파트에서 만나는 것도, 시간이 제한되는 것도, 떠오르는 대로 즉석에서 행동할 수 없는 것도.

그 후로 자연스럽게 진지한 대화도 없이, 문을 쾅 닫을 만큼의 말다툼도 없이, 어느 순간부터 헨리크는 폴란드에 와도 전화를 하지 않았다. 그는 언제나 처리할 일이 많았다.—치과,

이발소, 브로츠와프 교외에 새로 집을 지은 딸도 만나야 했고, 다시 길을 나서려면 필요한 물품들도 준비해야 했다. 어쩌면 알리치아의 삶에 일어난 변화와 전혀 관련이 없었던 것일지도 모른다. 그냥 서로 피곤해지는 때가 다가온 것일지도.

알리치아는 지금 열다섯 살이 아니었고, 실연의 슬픔에 괴로워할 생각도 없었다. 그리고 괴로워하지 않았다. 그저 가끔 헨리크에 대해 생각했다.―무엇을 하는지, 지금 어디에 있는지. 예전에 그는 그녀에게 여행의 여러 지점에서 사진을 보내주곤 했다. 그녀는 구글에 장소 이름을 검색한 뒤 지도에서 그의 경로를 살피곤 했다. 그가 국경에 가까워질수록 흥분을 느꼈다.―그녀의 연배에도 그런 단어를 부끄러움없이 사용할 수 있다면 말이다. 새 향수를 사고 네일숍에 갔다.

그러나 이제 둘의 관계는 끝났고, 그녀는 여기에 대해 그를 전혀 원망하고 싶지 않았다.

✦✦✦

알리치아는 아이들이 집에 없을 때, 그제고시에게 전화를 걸었다. 전화기 너머로 들리는 이상한 금속성 신호……. 그 소리에는 정말 익숙해지기가 힘들었다. 물론 아들이 그토록 멀

상실

리 있다는 사실보다는 받아들이기 쉽겠지만.

"엄마? 무슨 일 있어요?"

"아냐, 아냐. 아무 일도 없어. 얘기 좀 하고 싶어서."

"아, 네."

"그래."

잠시 침묵. 알리치아는 그제고시가 "엄마가 전화하셨으니까 말씀하세요."라고 말할 때까지 기다렸다. 그렇다, 그녀가 전화를 했지만 그녀에게 전혀 쉬운 일은 아니었다.

"런던은 어떻니? 뭐든 얘기 좀 해 봐."

"별일 없어요, 엄마……."

"우리가 어떻게 지내는지만 계속 물어보잖니? 너희가 어떤지는 한마디도 안 하고."

"엄마, 애들 혹시 옆에 있어요?"

"아니, 학교에 있을 시간이야."

"네, 확인하려고요."

잠시 침묵이 흘렀다. 알리치아도 마찬가지였다. 여러 가지 충동이 일어났지만, 어쨌든 말을 해야 했다.

"얘기하기 힘들어요. 여기서 어떻게 지내는지 말이에요."

결국 그제고시가 입을 열었다.

알리치아는 아들의 얼굴과 몸짓이 충분히 상상되었다. 손톱을 바라보거나 불안해할 때 언제나 하듯이 거스러미를 물어뜯는 모습이 눈앞에 보이는 듯했다. 마리안나도 똑같이 하는데, 그 모습을 보면 약간 뭉클하기도 하고 약간 짜증나기도 했다. 그녀 자신도 등 뒤에서 지금 주먹을 쥔 채 엄지손가락이 손톱들을 훑으며 고르지 못한 부분, 그러니까 튀어나온 조각을 찾고 있었다.

"어쨌든 지금은 못 돌아가요. 그것 때문에 전화하신 거라면요."

알리치아는 한숨을 쉬었다. 최소한 한 가지 구체적인 정보를 얻었다. 그러나 그것만으로는 모자랐다.

"내가 애들한테 대체 뭐라고 해야 하니? 크리스마스에도 안 왔는데……. 그제고시, 너희들 거기서 석 달이나 있었어. 뭔가 결정을 해야 할 때야."

"엄마, 그거 알아요? 결정을 하라고 하시니까 그렇게 할게요."

아들이 언성을 높였다. 그제고시는 절대로 소리치는 성격이 아니었다.

"하지만 엄마가 원하던 결정이 아니라고 나중에 저한테 뭐라 하지 마세요!"

알리치아는 전화기를 내려놓고 식사를 데우러 부엌으로 갔

상실

다. 아이들이 곧 학교에서 돌아올 것이다. 타격을 입은 느낌이
지만 정확히 누구에게 타격을 입었는지도, 무엇을 잃었는지도
알 수 없었다.

✦✦✦

안녕하세요. 오랫동안 답변이 없으셔서요. 제가 너무 메시
지를 자주 보냈나 봐요. 죄송해요. 하지만 프라이다가 어떻게
지내는지 제발 말씀 좀 해주세요.

✦✦✦

마리안나의 마음속에서 이해할 수 없는 감정들이 끓고 있었
다. 뼈가 아프고, 폐가 아프고, 콧구멍도 아프고, 손가락도, 손
도, 발도, 목도, 목구멍도 아팠다.

알리치아의 부엌 창문에 불이 켜져 있었다. 마리안나는 아
파트에서 무엇이 자신을 기다리는지를 잘 알고 있었다. 즉석
수프, 아니면 샌드위치, 라디오 듣기, 숙제하기.

야쿱이 알리치아의 어린 시절에 대해, 알리치아가 자기 나
이였을 때 좋아했던 장난감에 대해 물었다. 알리치아의 소파

204 • 205

위 거친 담요, 부엌의 불편한 나무 의자, 무덤 같은 고요함과 자기 방의 외로움, 천천히 길게 늘어진 저녁과 창밖의 노란 가로등 불빛, 아침까지 몇 시간 남았는지 헤아리기.

저곳으로 돌아가기 싫다.

마리안나는 철문과 쓰레기장을 지나 텅 비고 어두운 놀이터 옆 벤치에, 부엌 창문에서 보이는 장소에서 멀리 떨어진 곳에 앉는다. 휴대폰을 꺼내 보니 배터리가 14퍼센트 남았다. 아직 조금은 더 쓸 수 있다. 유튜브 앱을 열고 자신보다 조금 더 나이가 많은 여자아이들이 조그만 자전거를 타고 곡예 연습을 하는 동영상을 본다.

천천히 추워지는 것이 손가락 끝과 양볼에 느껴진다. 마리안나는 손을 점퍼 소매에 더 깊이 집어넣는다.

동영상 위로 메시지가 떠오른다.

- 딸, 너 괜찮니?

별생각 없이 손가락으로 화면을 밀자 메시지가 사라진다. 캘리포니아에 사는 금발 여성이 동영상 속에서 무릎보호대와 헬멧이 어째서 중요인지 설명한다. 다음 영상에서 강아지 여섯 마리가 밥그릇으로 달려가고 뚱뚱한 고양이가 그 뒤를 쫓아간다. 다음 영상은 여섯 가지 간단한 단계로 피부를 관리하는 법, 다음 영상은 절벽에서 물속으로 뛰어내리는 모습, 다음

상실

영상, 다음 영상.

비가 내리기 시작하는 것과 동시에 휴대폰의 배터리가 다 닳는다. 마리안나는 까만 사각형으로 변한 휴대폰을 손에 든 채 벤치에 잠깐 더 앉아 있는다. 머리카락이 흠뻑 젖어 이마에 달라붙기 시작했을 때에야 자리에서 일어선다.

저녁을 먹고 나자 코끝과 발가락 끝이 천천히 정상 온도로 돌아온다. 마리안나는 휴대폰에 충전기를 연결하고 메시지 아이콘을 클릭해서 답장을 한다.

– 다 괜찮아요.

+++

처음에는 이렇게 생각했다. '어쩌겠어? 있을 수 있는 일이지.' 그러나 '수정 필요'라는 빨간 글씨로 뒤덮인 작문과제를 보면서 의자 밑으로 손톱이 손바닥에 파고들도록 주먹을 꽉 움켜쥐었다.

처음 받아 보는 30점, 40점은 불공정한 싸움의 결과였다. 지리에 대해 생각하려고 했지만 마리안나의 생각들은 완전히 다른 방향으로 나아갔다. 앉아서 수업을 듣기 시작해도 곧 졸음이 와서 잠들어 버릴 수밖에 없었다. 영어 공부를 하려고 결심해도 생각은 어딘가 다른 곳을 떠돌았다. 폴라, 야쿱, 부모님, 알리치아, 프라이다.

처음으로 부모님 없이 보낸 크리스마스, 스카이프 대화는 부모님이 일하러 가야 해서 짧게 끝났다. 만두와 보르시치는 런던에서 택배로 배송되었다. 쿠티아는 폴란드 식료품점에서 파는 양귀비 씨앗 가루로 만든 것이지만 그런대로 맛있었다. 만두는 열 몇 시간 여행하는 동안 좀 들러붙었지만 보르시치는 집에서 만든 것과 같은 맛이었다.

학기말 총정리는 머리에 하나도 들어오지 않았다. 예전에 마리안나는 그룹으로 공부하는 것을 좋아했고, 동생이 둘 있는 야드비가의 집에서 함께 발표 준비를 했다. 야드비가의 남동생과 여동생이 야드비가와 마리안나 옆에 앉아 마분지에 포유동물 세포 구조를 그리거나, 교황에 대한 짧은 연극 대본을 쓰는 모습을 어깨너머로 들여다보았다. 야드비가의 동생들은 도움보다는 방해가 되었으나 최소한 웃기기는 했다.

그런데 지금 마리안나는 그 아이들이 시끄럽게 굴며 어깨너머로 밀어대는 것을 견딜 수 없었고, 야드비가의 엄마가 차를 준비해서 아이들 방에 들어와 마리안나에게 학교생활이 어떠냐고 물을 때마다 피부에 소름이 돋았다.

그런 소란에 지쳐서 알리치아의 집으로 돌아와서는 SNS를

상실

스크롤하다가 그것도 지겨워져서 잠들곤 했다.

어쩌면 잠깐—아주 잠깐—이 새로운 성적에 대해 부모님이 뭐라고 말할지 생각했던 것도 같다. 어떻게 된 일이냐고 캐묻기 시작할 것이다. 걱정하려나? 아니면 어쩌다 이렇게 되었는지 부모님이 이해해 줄까?

그러나 부모님도 곧 포기했다. 처음에는 엄마가 교육포털에서 어떻게 돼가는지 확인하고, 담임선생님과 의논도 하고, 가끔은 선생님들한테 전화해서 영상회의 약속을 잡기도 했다. 평소의 엄마답게 전부 다 알고 싶어했다.

그러나 엄마에게는 야쿱이 있었고, 야쿱은 마리안나보다 학교생활을 더 힘들어했다. 어린이집은 거의 안 다녔고, 유치원에도 빠지는 날이 많았다. 야쿱은 잔병이 많았는데, 콧물이라도 나면 집에 그냥 있곤 했다. 마리안나는 초등학교 입학하기 전에 책을 읽기 시작했지만, 야쿱은 그 어떤 책에도 관심이 없었다.—기차도, 괴물도, 심지어 형사가 나오는 추리물도 읽지 않고 무더기로 쌓아놓고는 레고놀이를 하러 갔다.

그러니까 엄마한테는 야쿱이 최우선인 것이다. 언제나 그랬다.

알리치아는 누구든 억지로 공부를 시킬 수는 없으므로, 야쿱은 같은 학년에 유급시킨 채 부모가 돌아오기를 기다리면 된다고 여겼다. 심지어 잠깐이지만 그렇게 예견하기도 했다. 성적은 야쿱의 상황을 감안하고도 매우 좋지 않았다.

그래서 알리치아가 엄마의 지시에 따라 야쿱이 컴퓨터와 휴대폰 화면 앞에서 보내는 시간을 감독하기 시작했다. 또한 알리치아가 야쿱을 수학 동아리에도 가입시켰다. 그 덕에 수학 선생님에게 추가 점수를 얻었다.

그러나 마리안나는 결국 아무도 돌보지 않게 되었다. 원래 혼자서도 잘하니까 부모님도 알리치아도 야쿱에게만 모든 정성을 쏟았다.

어느 날 마리안나는 땀에 흠뻑 젖은 채 잠에서 깨어났다. 꿈속에서 어두운 라커룸에 들어갔는데, 동급생들이 옷을 갈아입고 있었다. 마리안나는 벤치에 앉는 순간, 체육복을 가져오지 않았다는 사실을 깨달았다. 다들 자신을 기다리고 있었다. 그때 라커룸으로 체육선생님이 들어와 소리쳤다.

"움직여, 움직여! 뭘 기다리는 거야? 아무도 공짜로 박수쳐주지 않아!"

그래서 마리안나는 겉옷을 벗고 속옷만 입은 채 경기장으로 나갔다. 형광등 불빛에 눈이 부셔 아무것도 보이지 않았지만 다들 자신을 보고 웃는 것은 알 수 있었다.

실제로는 체육복을 가지고 있었다. 하얀 티셔츠, 갈아신을

상실

양말, 짧은 반바지. 전부 다림질해서 배낭 안에 있는 별도의 주머니에 넣어놓았다. 다른 아이들과 함께 마리안나도 라커룸 쪽으로 갔지만, 여자애들이 옷 갈아입으러 안으로 들어갈 때 마리안나는 문을 지나쳐 계속 걸어갔다.

그러다 아래층에서 점퍼를 가지고 나와 학교 밖으로 나갔다. 아무도 마리안나를 붙잡지 않았다.

처음에는 꿈속에서처럼 걸어가면 분명히 경비원이나 어느 선생님이 "어이, 학생! 학생, 지금 어디 가는 거야?" 하고 부를 것이라고 예상했다. 그러나 그런 일은 일어나지 않았다. 사람들은 자기 일에 바빠 그녀를 무심하게 지나쳤다.

그래서 마리안나는 걷고 또 걸었다. 알리치아는 수업이 언제 끝나는지 모른다는 사실을 마리안나는 빠르게 알아채었다. 엄마처럼 "수학 동아리 안 했어?" 혹은 "퀴즈 어땠어?" 같은 걸 묻지 않았다. 만약에 묻는다 해도 예의바른 표정을 지은 채 눈을 깜빡거리며 순진한 목소리로 토크 FM 라디오에 뭔가 재미있는 게 있는지 물으면 그만이었다.

야쿱은 정치 얘기를 할 만한 상대가 아니므로, 알리치아는 자기 의견을 내세울 수 있는 상대를 애타게 기다렸다. 사백오십 명의 국회의원들이 마치 자기 말을 듣고 있는 듯 열성적으로 이야기하는데, 사실 눈앞에 있는 것은 중학교에 다니는 손녀 한 명뿐인 데다 해당 주제에 대한 관객의 관심 수준은 잘해야 중간 정도일 뿐이다.

알리치아가 장광설을 늘어놓는 동안—이 사람은 이렇게 말했고 저 사람은 저렇게 말했지만, 정작 가장 좋아하는 해설자는 오늘 계속 입을 다물고 있었다.—마리안나의 배낭 속에는 아무도 걱정하지 않는 지리 시험지와 빨간 글씨로 적힌 30점, 그리고 "부모님은 연락 주세요."라고 적힌 메모지가 들어 있었다.

마리안나와 직접 이야기하는 선생님들도 있었다. 어쨌든 마리안나는 언제나 아주 이성적인 여자아이였으니 말이다.

가장 마음 아팠던 건 역사담당 스타샤크 선생님이 수업 끝나고 남으라고 했을 때였다. 역사과목이 마리안나에게 특별히 중요해서가 아니었다. 스타샤크 선생님은 나이가 젊은 데다 늘 정장 차림이었다. 그런데 정장이 꼭 체격이 더 큰 형의 옷을 옷장에서 몰래 끄집어내 입은 것처럼 어색하게 생겼다. 언젠가 마리안나는 스타샤크 선생님의 'X-레이 사진'을 그린 적이 있었다.—막대기처럼 가느다란 팔다리가 폭 넓은 바짓단과 재킷에 가려져 있는 모습이었다.

사실 마리안나는 스타샤크 선생님을 아주 좋아했다. 그래서 스타샤크 선생님이 성적이 너무 떨어져서 걱정된다며 무슨 일이 있냐고 물으면 기분이 썩 좋지 않았다. 그러다 그 불운한

상실

그림이 생각나서 혼자 킬킬거렸는데, 그걸 본 스타샤크 선생님의 짜증 강도는 더 높이 올라갔다.

"마리안나, 이건 웃을 일이 아닌 것 같은데?"

선생님이 말했다.

"기말고사가 끝나서 나중에는 시간도 기회도 없을 거야……."

나머지는 마리안나도 이미 다 외우고 있었다. 새 학기, 시험, 중학교 졸업, 내신 성적, 고등학교 입시. 그 뒤에는 졸업시험, 답안지, 폴란드 전체를 상대로 한 경쟁. 또다시 입시, 이번에는 대학이다. 다른 점은 좋은 대학교와 선호도 높은 전공은 취업과 직접 연결된다는 것이다.

마리안나는 돈을 많이 벌어야 한다는 걸 알고 있다. 엄마, 아빠, 야쿱을 먹여살릴 수 있을 만큼 많이 벌어야 한다. 앞으로 절대로 다시는 헤어지지 않도록.

그런 생각을 하면 마리안나는 온몸이 굳어버렸다. 그 뒤에는 수업에서 더 빨리 도망쳤다. 역사수업도 마찬가지였다.

+++

알리치아의 아파트에서 아침시간은 아파트 자체와 마찬가지로 정리되어 있다.

저마다 할 일이 정해져 있고, 몇 시에 일어나야 때맞춰 할
수 있는지 각자 알고 있었다. 만약에 모르면 알리치아가 알게
해주었다. 냉장고에 걸린 달력을 보면, 하루하루가 세 개의 기
둥으로 나누어져 있었다. '알리치아', '마리안나', '야쿱', 나이
순서다. 마리안나는 사실대로 다 말하지는 않았다. 반면에 야
쿱은 기꺼이 알리치아에게 시간표를 전부 불러주었다.

마리안나는 셋이서 함께 보내는 저녁시간을 참기가 어려웠
다. 하지만 야쿱은 알리치아에게 「마인크래프트」에서 어떤 일
이 일어나는지 설명하고, 같이 시사 프로그램을 보고 난 뒤 아
빠의 어린 시절에 대해 물었다.

마리안나는 이 상황에 익숙해지고 싶지 않았다.

항상 휴대폰을 손에 쥔 채 아침밥을 먹었다. SNS에서 부모
님의 페이지를 열어보았다. 반드시 대답이 있지 않더라도 최
소한 어떤 실마리를 찾으려 애를 썼다.

엄마의 페이지에는 산에 놀러갔을 때의 사진, 야쿱의 수학
과외선생님에게 하는 질문, 프라이다가 강아지였을 때 찍은
사진, 어떤 화장품 회사 이벤트에 응모하려 공유한 포스팅이
있었다. 아빠의 페이지에는 FC바르셀로나, 요리법, 십 년 전에
참가했던 마라톤 사진.

인터넷은 거짓말을 한다. 마리안나는 지금에야 그 사실을

선명하게 알게 되었다.

“뭐해?”

“아침 먹어.”

마리안나는 야쿱과 수다를 떨고 싶지 않았다. 한때는 자매를, 친구처럼 지낼 수 있는 자기 또래 여자아이를 꿈꾸었다. 누군가 지금 묻는다면 마리안나는 외동이 되고 싶다고 대답할 것이다.

“그래봤자 소용없어. 엄마하고 아빠는 아무것도 안 올려.”

야쿱이 샌드위치를 집으며 말했다.

마리안나는 휴대폰 위로 고개를 들었다.

야쿱은 잠시라도 누나를 이겨서 기분 좋다는 듯 치즈와 토마토가 든 빵을 와작와작 씹었다. 그러더니 이렇게 말했다.

“그 빚쟁이들 때문이래. 아빠가 그러는데, 그 사람들이 모를수록 좋대.”

“네가 지어낸 거야.”

“진짜야, 진짜. 누나가 물어봐.”

+++

마리안나는 소파에 배를 깔고 누워 역사 교과서를 펼쳐놓은 채 노란색 형광펜으로 중요한 부분에 칠을 했다. 알리치아는 먼지를 털면서 마리안나를 흘끗흘끗 보았다. 방해하고 싶지는 않지만 궁금하기 때문이다. 저렇게 공부하지 않은 지 오래되었다.

알리치아는 교과서 위로 고개를 숙인 짙은 색 머리카락과 긴 속눈썹, 여윈 몸을 가만히 바라보았다. 갑자기 이 순간을 동시에 두 번, 현재와 미래에서 경험하는 듯한 기분이 들었다. 미래에 어떻게 이 순간을 돌아볼지 알 수 있을 것만 같았다. 아무 의미도 없는 오후, 이 시간, 손주들이 그녀와 얼마나 오래 함께 살지 누가 알겠는가.

마리안나는 알리치아의 시선을 느낀 듯 고개를 들었다.

"아이스크림 먹을래?"

알리치아가 물었다.

"네, 먹고 싶어요."

알리치아는 부엌으로 가서 냉동실 문을 열고 컵 두 개를 가득 채워 돌아왔다. 마리안나는 교과서를 덮었고, 알리치아는 텔레비전을 켰다. 시사 프로그램을 둘이 함께 본다. 교육부 장관이 보건복지부 장관의 말에 동의하지 않는다. 꼭지 두 개가 길게 이어진다.

"할아버지는 왜 우리를 한 번도 안 찾아와요?"

상실

오, 이런 조그만 충격이 있나? 세월이 이렇게 오래 지났는데. 마리안나는 알리치아가 숟가락으로 아이스크림 컵을 놀랄 만큼 꼼꼼하게 비우는 모습을 바라본다. 이 이상 중요한 일은 없다는 듯이.

마침내 알리치아는 입맛을 다시며 컵을 내려놓더니, 마리안나의 눈을 마주보고 단숨에 말한다.

"우린 서로 연락 안 해."

"그건 알아요. 그런데 왜요?"

알리치아는 눈을 크게 뜨고 입을 열어 뭔가 말할 듯하다가 그냥 공기만 내뱉었다.

"싸웠어요? 아빠는 절대로 말을 안 해줘요. 할아버지가 한 번이라도 절 본 적이 있어요?"

"아니, 널 만난 적 없다."

알리치아가 대답했다. 마리안나는 고개를 숙이고 입술을 깨물며 생각에 잠겼다.

"네 할아버지는……."

알리치아가 망설이며 말문을 열었다.

"별로 좋은 사람이 아니야. 상당히 화려하게, 발을 구르면서 우리 인생에서 사라졌어. 그렇게 나가서 다시는 안 돌아왔어."

"죽은 거 아니에요?"

마리안나가 묻는 목소리에는 희망이 서려 있었다.

"아니면 기억상실이거나?"

"살아 있어, 살아 있어. 그리고 내가 아는 한 기억상실은 아냐."

알리치아가 씁쓸하게 웃으며 말했다. 마리안나의 표정을 보고 알리치아는 한층 더 진지해졌다.

"네 할아버지가 그런 사람이고, 네가 한 번도 만난 적이 없어서 미안하다. 사실은 네 할아버지가 미안해해야 할 일이지."

알리치아가 의미심장하게 마리안나를 쳐다보았다.

마리안나는 코를 킁킁 울렸다. 그런 뒤에 말했다.

"할머니는 절 별로 안 좋아하시잖아요."

"당연히 널 사랑하지."

"제가 받은 인상하고는 좀 다른데요?"

"사랑하지, 아주…… 많이."

마리안나가 빤히 쳐다보았다. 알리치아는 마치 초등학생으로 돌아가 자신의 진실성을 증명해야 하는 것처럼 느꼈다. 어렸을 때 동급생 중에 그런 친구가 있었다. 이름이 크리샤였는데, 알리치아에게 아침마다 이렇게 물었다.

"네 절친은 누구야? 나야, 마르타야?"

그러고는 알리치아가 "너야, 크리샤, 너."라고 대답할 때까지 놓아주지 않았다. 『빨간머리 앤』을 읽고 나면 모든 여자아이

상실

들이 앤과 다이아나처럼 되고 싶어했다.

요즘의 친구관계는 어떤가? 같은 편이라는 사실을 증명하기 위해 마리안나와 똑같은 매듭 팔찌를 만들어 껴야 하나? 인스타그램에 계정을 만들고 마리안나의 사진 아래 조그만 하트를 남겨야 할까? 똑같은 립글로스를 사다가 학교 화장실에서 함께 화장해야 하나?

"마리안나, 그렇게 보일 수도 있다는 거 나도 안다만……."

목소리를 낮추었다. 사실 알리치아는 뭐라고 말해야 할지 알지 못했다. 왜 다른 방식을 알지 못하는 걸까?

"내가 널 싫어해서 야쿱보다 엄하게 대한다고 생각하는구나. 네 인생이 야쿱보다 더 힘들다는 걸 알아. 그래서 널 위해 뭔가 준비해주고 싶은 거야."

마리안나는 눈을 몇 번 깜빡거렸다.

"여자애들이 더 힘드니까."

알리치아는 부드럽게 말을 이었다.

"나중에 너도 알게 될 거다."

마리안나의 눈썹이 높이 치켜올라갔다. 신경을 써야지. 자꾸 이러면 이마에 주름살이 생길 수 있다. 피부는 어렸을 때부터 잘 관리해야 한다.

"아, 감사해요."

마리안나가 말했다.

"하지만 걱정 안 하셔도 돼요. 야쿱한테 더 다정하게 대해 주신다고 생각하지 않아요."

그보다 더 나중에 목소리를 잃었다. 어쩌면 이것이 더 이상 아무것도 예측할 수 없게 되는 순간이었을까?

벌써 2월이었다. 크리스마스도 새해도 지났다. 봄방학이 지났지만 봄까지는 멀고, 여름방학까지는 더욱더 멀었다. 그날은 눈이 내렸다. 마리안나는 다른 그 어떤 것도, 그 어떤 사람도 생각하지 않고 오직 프라이다만 생각했다.

겨울이 올 때마다 얼마나 기뻐했던가! 신나게 눈더미에 파묻히고 아파트 건물 아래 회색으로 변한 얼음 위를 굴러다니고 눈 속에 코를 파묻고 새 먹이—땅콩, 소시지 조각, 마른 빵 같은 것을 끄집어냈다.

10월부터 프라이다를 만나지 못했다. 거의 다섯 달이다. 프라이다를 데려간 사람들은 이제 사진을 보내지 않았다.

알리치아의 아파트에서 삶은 자기 나름의 속도로, 냉장고가 웅웅거리는 소리, 야쿱의 휴대폰 소리, 가끔 문이 열리거나 닫히는 소리의 박자에 따라 흘러갔다. 그리고 외풍이 불었다.

마치 가족이 겨울잠에 빠져든 듯 졸립고 어두웠다. 알리치아의 부엌은 늘 어둠 속에 잠겨 있었다. 그리고 레인지 위에는

상실

항상 냉동만두를 요리하기 위한 물이 끓었다.

마리안나는 문자메시지를 쓰기 시작했다. 처음에는 방해해서 죄송하다고 사과했다. 아랫입술을 깨문 채 엄지를 화면 아래로 밀어 문자메시지 이력을 훑어보았다. 거의 다 똑같은 내용이었다. 답변은 3분의 1로 줄었다.

결국 '취소' 버튼을 찾아 길게 누른 뒤 짜증을 내며 휴대폰을 밀어놓았다. 야쿱이 쳐다보았다. 알리치아는 무슨 일이 일어났는지 알아채지도 못했다. 창문을 열고 멘톨 필터가 든 담배에 불을 붙였다. 부엌 안으로 찬바람이 들어왔다.

언뜻 보면 세 명 모두 느긋하게 쉬는 것 같았다. 다정한 가족의 저녁시간, 냉동만두 광고, 식사를 앞에 놓고 모인 세대 간의 대화.

마리안나는 한숨을 내쉬었다. 야쿱을 슬쩍 바라보았다. 야쿱도 마리안나처럼 계속 벽에 걸린 유선전화기를 흘끔거렸다. 저녁시간은 언제부터인가 항상 이런 모습이었다. 유선전화기가 아파트의 중심적인 지점이고, 저녁 프로그램의 핵심이었다.

'항상'은 다섯 달 전에 시작되었다.

전화벨이 울리기 직전에 부엌은 완전히 조용했다. 마치 시간이 멈춘 것 같았다. 이번에도 똑같았다. 전화기가 떨리더니 금속성 벨소리를 내기 시작했다. 알리치아는 막 담뱃불을 끈

참이었다. 일 초만 일찍 껐다면 알리치아가 먼저 전화를 받았겠지만, 야쿱이 잽싸게 달려가 수화기를 붙잡더니 빙 돌아서서 마리안나의 눈을 쳐다보았다. 의기양양이 스민 두 눈의 반짝임, 미소를 참는 듯한 입 주위 근육의 미세한 떨림.

"네, 여보세요, 여보세요!"

야쿱이 수화기에 대고 소리쳤다. 마리안나는 동생의 얼굴을 들여다보았다. 자신과 저토록 다른 인간이 유전자를 상당 부분 공유하고 있다는 사실이 가끔은 진심으로 놀라웠다.

아주 어렸을 때부터 마리안나는 한눈에 동생의 기분과 심리상태를 가늠했다. 지금도 마찬가지였다. 동생의 얼굴에 기쁨과 놀라움이 번갈아 흘러나오더니 다시 기쁨, 그 뒤에는 어떤 두려움, 마리안나를 재빨리 바라보는 겁먹은 눈길, 다시 미소. 그러나 이 미소는 흐려졌고 의기양양하지 않다. 뒤이어 야쿱이 말했다.

"네, 바꿀게요."

팔을 뻗어 누나에게 수화기를 내밀었다. 마리안나는 침을 삼켰는데도 목구멍이 바짝 마른다.

마리안나의 얼굴은 동생의 얼굴과는 달리 많은 것을 드러내지 않았다. 어쩌면 동공만 조금 더 커졌는지도 모른다. 전화기에서 웅얼거리듯 흘러나오는 문장들에 귀를 기울이고, 그

상실

말소리는 수도물이 똑똑 떨어지듯 새어나와 부엌을, 아파트를, 마당과 도시를 휩쓸어버렸다.

말을 배운 순간부터 마리안나의 입은 닫힐 새가 없었다. "얘, 또 떠드는구나.", "마리안나, 자리 바꿔야겠다.", "조용해, 애들아, 정신 사납잖아.", "거어기 조용히 해애애." 떠들고, 떠들고, 떠든다. 꺅꺅거리고 논평하고 대답하고 질문한다. 언제나 입 속에 단어가 있다.

그러나 오늘은, 지금은 아니었다. 가만히 듣고 고개를 끄덕인다. 입술을 움직이지만 입속에는 댐이 가로막혀 있었다.

+++

그날 저녁 마리안나는 저녁밥을 다 먹고 목욕을 한 뒤 재빨리 자기 방으로 갔다. 겉으로 아무런 티도 내지 않았다. 숙제가 많아서, 아주 많아서, 작문도 써야 하고, 할머니와 야쿱과 함께 앉아 있을 수 없었다. 알리치아가 조용히 침실로 들어가 문을 닫는 소리가 들리는 순간까지 몇 시간이나 방에서 나오지 않았다. 이것은 통행금지 신호였다. 마리안나는 이것을 기다렸다. 이불을 젖히면 옷을 다 입고 있었다. 시간이 늦었지만 잠이 오지 않고 머릿속은 오래 달린 뒤처럼 웅웅거렸다.

일어선다. 복도로 나왔다. 마룻바닥의 느슨한 부분이 있어서 시끄럽게 삐삐거리는 판자를 밟지 않도록 조심해야 한다. 마리안나의 방에서는 벽을 따라 걸어간 뒤—가볍게!—현관으로 건너뛰어야 한다. 이렇게 해서 마리안나는 아무런 소리도 내지 않고 신발장에 도달했다.

동생 방은 문이 살짝 열려 있었다. 아직 너무 어려서 문을 닫아둘 이유를 모르는 것이다. 반대로 마리안나는 자기 방을 갖게 된 후로 마치 인생의 첫 십오 년간 부모님과 동생과 개와 공간을 공유하면서 사생활이라고는 전혀 없었던 시간을 보상받으려는 듯 방에 들어가자마자 바로 문을 닫았다. 그저 헤드폰을 끼고 침대에 누워 있을 뿐이라도 문을 닫고 있는 쪽이 더 좋았다.

동생의 방안을 엿본다. 방안은 어둡고 창가에 야쿱이 직접 장식한 트리 전구만 빛났다. 알리치아가 고개를 저으며 전기를 잡아먹는다고 말했지만 결국은 포기하고 말았다. 야쿱은 어둠을 좋아하지 않았고, 부모님이 떠난 뒤로는 그 증세가 더 심해졌다. 가끔씩 한밤중에 소리지르며 깨어나 방에서 뛰어나왔다. 처음에 마리안나는 동생이 자기 침대로 기어들어와 잠을 깨워서 화가 났다. 두 번째는 야쿱이 자신이 아니라 알리치아에게로 가서 또 화가 났다.

상실

어렸을 때 둘은 자주 싸웠다. 마리안나는 동생에 대해 어느 정도 포기했는데도 가끔씩 신경이 곤두섰다. 한번은 야쿱이 마리안나의 종아리를 물어서 며칠 동안 다리에 둥그런 잇자국이 남았다. 둘은 공간을 차지하기 위해, 부모님의 관심을 차지하기 위해 싸웠다. 때로는 그저 재미로, 지루해서 싸우기도 했다. 마리안나는 단 한 순간이면 야쿱을 쓰러뜨릴 수 있다고 생각했지만 언제나, 심지어 가장 화가 난 순간에도 동생에게 나쁜 짓을 해서는 안 된다는 것을 의식하고 있었다. 그래서 주먹을 휘두르는 동생을 그저 손을 내밀어서 막곤 했다. 그러다 동생이 제풀에 지치면 놓아주었다.

그러나 그것은 오래전의 일이었다. 알리치아의 아파트에서 살게 된 후로 둘은 싸울 생각조차 하지 않았다.

"누나?"

안 잔다. 명백히 이 집에서는 아무도 제시간에 잠들지 않는다.

트리 램프 불빛으로 야쿱의 베개 위에 거뭇한 얼룩이 보였다. 야쿱이 잠옷 소매로 볼을 문질러 닦았다.

마리안나는 방문을 닫고 곁눈으로 현관 앞에 놓인 자기 배낭을 보았다. 갑자기 배낭이 마치 해변에 가는 표를 한겨울에 책 속에서 찾아낸 것처럼 상황에 맞지 않아 보였다. 멀고 먼, 흐릿하고 약간은 어이없는 추억처럼.

마리안나는 동생의 침대에 앉았다. 야쿱의 이마가 뜨겁고 축
축했다. 또 뭔가 꿈을 꾸는 듯했지만 이번에는 깨어나지 못한
것 같았다.

동생이 코를 들이마시더니 팔꿈치를 받치고 몸을 반만 일으
켰다. 마리안나는 야쿱이 진정할 때까지 잠시 앉아 있었다. 동
생의 이마를 가볍게 토닥인 후 방에서 나왔다.

마리안나는 자기 방으로 돌아가 잠옷으로 갈아입고 침대에
쓰러졌다. 그리고 바로 잠들었다.

✦✦✦

야쿱은 여전히 마리안나와 경주하지만, 마리안나는 이미 진
짜 경주가 아니라는 것을 안다. 전화벨 소리가 울리면 언제나
하듯이 둘 다 뛰어가고, 양말이 리놀륨 바닥에 스치지만 도중
에 어딘가에서 야쿱이 한순간 속도를 늦추어 마리안나가 이기
게 해 준다. 그리고 마리안나는 혼자서 전화기를 들고 있게 되
고, 전화기가 손바닥을 뜨겁게 태운다.

이런 식으로 이기는 건 정말 아무도 원하지 않는다.

그 외에도 변화는 더 많아서 하나씩 따로 헤아리기는 거의
불가능하다. 마치 8월 말에 아직도 태양이 빛나지만 어떤 알

상실

수 없는 이유로 사람은 이미 가을이 다가오고 있으며 이제 곧 점퍼를 입고 학교에 가야 할 것이라고 느끼는 것과 같다. 어쩌면 빛이 다른 방식으로 비추는지도 모르고, 어쩌면 저녁이 약간 더 서늘해지는지도 모른다. 딱 집어 말할 수는 없지만 그래도―안다.

그렇게 뛰다가 속도를 늦추는 것, 그 망설임. 그리고 동생이 마리안나의 방에 와서는 아무 말도 하지 않는 것이다. 책장에서 책을 꺼내 훑어본다. 침대에 앉는다. 엇, 중학교 1학년 생명과학 교과서를 찾아냈다. 양서류의 배설기관에 매혹당한 척 연기하지만 잘되지 않는다. 그러나 야쿱은 마치 자연과학에 굉장한 흥미를 가진 양 그림을 열심히 들여다본다. 공기가 침묵으로 떨린다.

"할머니가 우리 둘이랑 산책가면 좋겠대. 숙제 다 하면."

마리안나는 천장을 보고 한숨을 쉰다. 야쿱은 물러서지 않는다.

"누나, 진짜, 가도 좋잖아. 사실 우리는 손해볼 거 없어. 할머니도 그렇게까지 나쁘지 않아. 그리고 할머니가 우리를 받아 줬잖아."

마리안나는 양말만 신고 축축한 웅덩이로 들어선 듯 몸을 부르르 떤다.

가끔 마리안나는 동생이 삶을 대할 때의 순진한 믿음이 부
럽다. 자신과 누나의 할머니니까 당연히 자신을 사랑한다, 단
순하다. 마리안나는 알리치아의 시선 아래에서 언제나 긴장했
다. 마리안나에게는 그저 야쿱과 함께 임시로 같이 살아야 하
는 낯선 아줌마에 불과했다. 그러니까 야쿱에게는 정말로 임
시다. 그러나 마리안나에게는?

"그러지 마, 누나. 할머니하고 얘기 좀 해봐. 왜 안 해?"

마리안나는 시선을 들어 동생을 본다. 야쿱은 더 이상 아무
말도 할 필요가 없다.

+++

그날 마리안나는 학교를 나와 원래 계획했던 곳과는 전혀
다른 곳으로 마치 줄에 끌린 듯 걷기 시작했다.

오른쪽으로 가서 언덕을 올라가는 대신 진흙투성이 길을 따
라 왼쪽, 공원 쪽으로 걸어갔다. 가게를 지날 때 계단 위에 안
나 아줌마가 서서 담배를 피우고 있었다. 마리안나가 "안녕하
세요." 하고 인사를 건네자 안나 아줌마는 고개를 끄덕여 답했
다. 매일 인사하는 사람이 너무 많아서, 말은 가장 중요한 사
람을 위해 아껴두는 것이다.

상실

공원에서 굵은 참나무를 지났는데, 그 아래 언젠가 오래전에 야쿱과 함께 체리 씨앗을 심었다. 그런 뒤에 매일같이 함께 가서 그 자리에 물을 주다가 결국 지겨워져서 그만두었다. 체리는 자라지 않았고, 애초에 그곳은 너무 어두워서 좋은 장소가 아니었다. 지금은 땅이 갈라져서 먼지로 덮였지만 그나마 참나무는 단단히 버티고 있었다.

계속 걸으면서 보이는 장면들을 눈에 담았다. 등 뒤로 천천히 어둠이 내렸다. 해는 이미 졌고, 마리안나는 걸음을 재촉했다.

집 앞에 와서야 실수했다는 걸 깨달았다. 이 창문이 아니고, 이 벽이 아니고, 이 철문이 아니고, 이 나무가 아니다. 눈을 감으면 이 광경을 기억 속에 그대로 재구성할 수 있을 것이다.— 갈색 돌로 덮인 거친 벽, 통유리창 옆 계단, 그리고 층층이 차례대로 1층에는 더러운 커튼, 2층에는 빨래, 5층 창가에는 털북숭이 개, 그리고 더, 더 위층에는 좁은 하늘빛 틈 사이로 깃털 같은 구름이 흘러간다.

어두운 4층 창문을 쳐다보았다. 그들의 방이다. 야쿱이 다섯 살이었을 때 아침 7시에 창가에 서서 이웃에게 외쳤다.

"밤새 어딜 그렇게 싸돌아다녀요?"

이웃은 크게 소란을 부렸다.

오른쪽 창문, 부엌이다. 마찬가지로 어둡지만 분명히 안에 나비 무늬가 있는 커튼이 걸려 있었다. 마리안나는 부모님이 집에 없을 때 창가에 앉아 거리를 내다보곤 했다. 수프를 데워 먹고 나중에는 숙제를 하거나 드라마를 보았다. 그 조용함, 여기저기 긁힌 식탁보, 커튼을 통해 비치는 마지막 햇살이 좋았다.

추워졌다. 마리안나가 점퍼를 여미고 돌아서서 가려 했을 때 부엌에 불이 켜졌다. 나비 무늬 커튼이 마치 마리안나에게 인사하듯, '이리 와.'라고 말하듯 펄럭였다. 점퍼를 입었는데도 마리안나는 몸을 떨었다.

세입자들은 분명히 나갔을 텐데. 처음에는 오랫동안 불평을 하더니 나중에는 계약을 해지하고 이사가 버렸다. 알리치아가 꼼꼼하게 정산을 하고 열쇠를 받아왔다.

비밀번호를 입력하자 무거운 문이 삐걱거리면 열렸다. 마리안나는 계단을 달려 올라갔다. 문손잡이를 잡으려다 잠깐 망설였다. 열쇠가 없지 않은가. 문손잡이를 돌려보았다. 문은 열려 있었다. 안으로 들어갔다.

현관에서부터 친숙한 냄새가 덮쳐왔다.—마룻바닥, 먼지, 또 어떤 것.

정확히 짚어 말할 수 없는 어떤 것. 집은 그런 냄새가 났다.

상실

마리안나는 어두운 현관에 서서 눈이 따갑다고 느꼈다.

이게 뭐지? 달걀부침? 누군가 부엌에서 돌아다니며 그릇 부딪치는 소리를 냈다. 마리안나가 어떻게 해야 할지 생각하고 있을 때 부엌에서 사람이 걸어나왔다. 허리부터 위는 나체였다. 허연 크림치즈 색깔의 튀어나온 배가 얼룩투성이 운동복 바지 위로 늘어져 있었다. 산발한 머리는 너무 긴 데다 기름져 보이고, 얼굴은 며칠간 수염을 깎지 않았는지 지저분했다.

마리안나는 몸이 뜨거워지는 것을 느꼈다.

남자는 현관에서 살인마라도 본 듯 깜짝 놀라 몸을 획 돌렸다. 마리안나를 보고 그의 얼굴에 잠깐 서렸던 안도감이 순식간에 사라졌다.

"마리안나아아아!"

아빠는 마리안나가 야쿱과 함께 컴퓨터 화면 앞에 있는 아빠를 놀라게 했을 때처럼 너무 큰 소리로 말했다. 그리고 달걀부침을 재빨리 신발장 위에 올려놓았는데, 노른자가 조금 터져 흘러서 엄마 단화 위로 방울져 떨어졌다.

"그러고 있지 말고 제대로 인사 좀 하자!"

아빠는 양손을 바지에 문질러 닦고는 마리안나에게 다가와 끌어안고 정수리에 뽀뽀를 하려 했다. 그러기엔 마리안나가 너무 커져서 실패하고, 딸이 자신의 두 눈을 똑바로 쳐다보고 있다는 데 놀라서, 아빠는 마리안나의 눈과 코 사이에 뽀뽀한다. 아빠가 가까이 다가왔을 때 마리안나는 뭔가 들척지근하고 역겨운 냄새, 기름내와 담배 냄새를 느꼈다.

이건 꿈일 것이다. 꿈속에서 현실은 누군가 트레이싱 용지를 놓고 따라 그린 듯이 약간 비사실적이니까. 그러다 어느 순간 아빠의 손이 떨렸는데, 그 작은 움직임이 꿈속의 세상을 무너뜨렸다. 여기도 마찬가지로 모든 것이 평범해 보였다. 아버지, 아파트, 반가워하는 인사말과 꼭 껴안는 몸짓. 그러나 근본적으로 뭔가 잘못되었다. 비명을 지르며 깨어나고 싶었다.

두 사람은 부엌으로 갔다. 마리안나가 제일 좋아하는 컵에 차가 가득 담겨 얼룩진 식탁보로 덮인 식탁에 놓여 있었다. 그 위에는 주간지와 접시들이 있었는데, 접시는 다 여러 번 사용한 듯 더럽고 끈적끈적했다. 한쪽에는 청어 기름, 다른 쪽에는 치즈케이크 한 조각이 남아 있었고, 그 옆에는 차에 담갔다 꺼낸 레몬 조각과 양념으로 보이는 가루가 흩어져 있었다.

아빠가 이야기하기 시작했다. 엄마와 함께 목적지에 도착했다는 것, 지낼 곳에 문제가 생겼다는 것, 일하는 곳마다 고용주들이 속여먹으려고 들었다는 것, 하마터면 죽을 뻔한 위험한 상황에서 몇 번이나 가까스로 벗어났다는 것.

"그러면 창구에서 표를 사는 건 쉬웠을 것 같냐? 그랬으면

상실

얼마나 좋았겠어!"

아빠가 흥분하며 계속해서 이야기했다. 창구에서 근무하는 여자가 폴란드인을 싫어해서 표를 팔려 하지 않았다는 것, 분명히 알아듣게 표를 달라고 했는데도, 완벽한 영어는 아니었을지 몰라도 아빠가 갔던 창구의 여자도 영국 태생은 아니었으니까 좀더 이해해 줄 수도 있었을 텐데.

마리안나는 절반쯤부터 한쪽 귀로만 흘려듣고 있었다. 차마 무서워서 입밖에 낼 수 없는 말을 허공에 쓰듯이 접시 위에 포크를 돌려대었다. 포크가 도자기 접시 표면에 긁혀 삑삑 소리를 냈다.

아빠가 말하다 말고 멈추었다. 잠시 후에는 좀더 차분하게 말했다.

"금방 너희한테 전화할 생각이었어. 자리가 좀 잡히고 정리가 되는 대로 곧바로. 너도 보다시피 내 꼴이 지금 여행에서 돌아온 그대로 이 지경이야. 청소도 좀 하고 이발도 좀 하고, 그러려고 했어. 너도 보다시피……."

마리안나는 아빠를 가만히 바라보았다.

아빠가 한숨을 쉬었다.

곧이어 아빠가 몇 가지 물어보았다.

"할머니는 어떠셔?"

"야쿱은 어때?"

"학교는 어때?"

그러나 마리안나의 대답을 기다리지 않고 바로 다음에 무슨 얘기를 할지 궁리하는 것 같았다. 마리안나가 말할 틈을 주지 않았다.

마침내 아빠는 이제 시간이 늦었으니 집에 가라고 했다.

"깜깜해지고 나서 돌아다니면 안 돼. 작은 도시가 대도시보다 더 위험할 수 있거든. 대도시는 거리에 항상 사람이 있단 말이야. 여러 가지 활동도 있고, 순찰도 돌고. 난 여기 청소를 해야 해서 데려다주진 못하겠다."

아빠가 팔을 넓게 벌려 부엌을 가리켰다.

마리안나는 뭔가 기다리듯 아빠를 쳐다본다. 그러나 아빠는 더 이상 아무 말도 하지 않고 마리안나를 부드럽게 밀어 현관으로 데려갔다. 거기서 마리안나에게 배낭을 건네주었다.

"당분간은 할머니하고 야쿱한테 말하지 마라. 내가 곧 찾아갈게."

마리안나는 황급히 시선을 들지만 더 이상 질문할 시간이 없었다. 아빠는 마리안나를 복도로 밀어내고 문을 닫았다.

"잘 가! 무슨 일 있으면 문자 보내. 번호는 똑같으니까."

마리안나는 코로 깊이 숨을 들이마셨다. 아마 삼십 분 만에

처음인 것 같았다. 위를 올려다보았다. 부엌에 불이 켜져 있지
않았다.

✦✦✦

그날 저녁 마리안나는 생각에 잠겨 있다가 9시가 훨씬 넘어
서야 알리치아의 아파트로 돌아왔다. 어디에 있었느냐고 아무
도 묻지 않았다. 부엌에서 웃음소리가 들렸다.

"이것 봐, 뚜껑을 덮으면 훨씬 빨리 익어."

"그건 무슨 비밀의 지혜 같은 게 아니에요, 할머니."

야쿱이 킥킥거렸다.

"하지만 감사합니다, 감사합니다. 잘 활용하겠습니다."

알리치아와 야쿱은 가스레인지 앞에 서 있었는데, 야쿱이
냄비에 든 파스타를 젓는 중이었다.

"요리하는 법을 배우는 중이야."

알리치아가 말했다.

"야쿱은 이미 내 부엌에서 뭔가 먹을 수 있는 걸 찾으리라는
희망을 버린 것 같다."

"배우고 싶다고요. 나도 언젠가 영국에서 일하게 될지도 모
르잖아요."

야쿱이 덧붙였다.

"엄마 아빠를 도와드리면 더 빨리 돌아오실 거예요."

알리치아와 마리안나는 눈이 마주쳤지만 곧 둘 다 시선을 돌렸다. 야쿱은 당장이라도 떠날 기세였지만, 마리안나는 우선 학교를 졸업해야 했다.

"아빠가 혹시 연락했어?"

야쿱이 묻고, 마리안나는 귀를 긁는다.

"아니, 거기 새 물류센터에서 일이 많대. 밤에는 일하고 낮에는 잔대."

알리치아는 마치 자기 아들이 천장을 기어다니며 마룻바닥에 전구를 설치하고 있다는 말이라도 들은 듯 믿을 수 없다는 표정으로 고개를 저었다. 마리안나는 할머니를 쳐다보았지만, 알리치아가 뭔가 아는 눈치는 아니었다. 그게 가능할까?

마리안나는 이 두 사람이 모르는 진실을 안다. 마리안나는 거짓말을 못했다. 언제나 그랬다. 쪽지시험을 보면서 커닝을 할 때는 얼굴이 빨개지고 눈길이 저절로 옆으로 가곤 했다.

한번은 엄마에게, 자신은 왜 동급생들처럼 선생님을 똑바로 쳐다보면서 거짓말하는 능력이 없는지 물어본 적이 있었다.

"자라면서 거짓말하는 법을 배우는 거야. 역겨운 일이지."

야쿱이 끓고 있는 냄비를 레인지에서 들어올린 뒤 채반에

상실

파스타 면을 부었다.

"좀 너무 익었다."

알리치아가 말했다.

"할머니는 이런 거 잘 아시는 줄 알았어요."

야쿱이 냉큼 말대답을 했다.

"우리 집에서 파스타 먹어본 적 있니?"

알리치아가 되받아쳤다.

"마리안나, 배 안 고프니?"

마리안나는 어깨만 으쓱해 보였다.

그러고는 식탁 위의 과자 봉지를 움켜쥐고 방에 가서 틀어박혔다.

+++

할머니 댁에서 보낸 몇 달, 매끄러운 리놀륨 바닥, 가구 광택제 냄새, 박박 닦은 싱크대, 아침의 토크 FM 라디오와 텔레비전 뉴스를 보며 먹는 저녁식사, 전화기 앞에서의 기다림, 프라이다의 사진을 보내 달라는 애원, 동급생들과의 불화.

어째서 이 모든 일을 겪어야 하지?

언젠가 놀이터에서 어떤 여자애가 그네에서 떨어져 큰 소리로 울기 시작했다. 여자애는 목청껏 소리 질렀고, 마리안나는 엄마에게 물었다. 내가 가서 도와줄까?

엄마는 다정하게 미소지으며 말했다.

"아마 저 애 엄마가 어디 가까운 데 있을 거야. 아이들은 누가 들어줄 사람이 있는 걸 알 때만 저렇게 울거든."

✦✦✦

마리안나가 여섯 살이나 일곱 살쯤 됐을 때, 가족 전체가 알리치아의 생일파티를 하고 돌아오는 길이었다. 알리치아가 체리 보드카를 크리스탈 술잔에 넉넉하게 부어 손님들에게 돌려서 아빠는 흠뻑 취했다. 마리안나가 피곤해하자 아빠가 업어주었다. 아빠에게서 애프터셰이브와 구운 닭고기와 술냄새가 났다. 아빠의 부드러운 머리카락이 마리안나의 코를 간질였다. 아빠의 등에서 마리안나는 키가 아주 커졌다. 다른 사람들보다 훨씬 높은 곳에서 세상을 내려다보았다.

유리병에 든 수천 개의 촛불로 환하게 밝혀진 공동묘지를 지날 때 아빠가 말했다.

"난 네 나이 때 공동묘지 돌아다니는 걸 좋아했어."

"흠." 하고 마리안나는 대답 대신 말했다. 마리안나는 공동묘

상실

지가 무서웠다. 특히 어두워진 뒤에는 더 그랬다. 절대로 귀신을 만나고 싶지 않았다.

"좋아했지, 좋아했어."

아빠가 반복해 말하며 걸음을 넓게 떼자, 마리안나는 낙타를 탄 듯 위아래로 오르락내리락했다. 혹시라도 아빠가 넘어지면 자신도 땅에 쿵 떨어질 것 같아서 약간 무섭기도 했다. 손가락으로 아빠 이마를 꽉 움켜쥐었다. 아빠가 말했다.

"무덤에 들꽃과 초를 바쳤어. 우리 아빠가 어딘가 누워 있진 않은지 찾아다녔지."

마리안나는 뭐라고 말해야 할지 알지 못했다. 아직 대화의 주제를 바꾸는 법을 모르던 때였다.

"하지만 아빠."

마리안나가 참을성 있는 목소리로 말했다.

"할아버지는 살아 있잖아요!"

마리안나는 한 번도 만난 적이 없었지만 할아버지가 어딘가 살아 있다는 건 알고 있었다. 아빠는 아무 말도 하지 않은 채 마리안나를 좀더 세게 위아래로 흔들었다.

"아, 너도 아는구나. 난 아빠가 죽었다고 믿는 쪽이 좋았어. 우리가 아주 예쁜 묘비를 세워줄 거라고 상상했지."

마리안나는 숨을 죽였다. 무슨 말이라도 하면 이 순간을 망칠 것 같아 두려웠다. 이것은 중요해서, 너무 중요해서 공기가 에너지로 가득 차는 것 같았다. 마리안나는 목구멍이 바짝 말랐다.

그러나 다음 순간 뭔가 변했다. 어쩌면 바람 한 점, 아빠의 신발 아래 나뭇가지 부러지는 소리 때문이었는지도 모르고, 어쩌면 그렇게 되어야만 했는지도 모른다. 마리안나는 마치 정말로 시멘트 바닥에서 밤을 보내야 하는 듯 크게 패닉에 빠졌다. 더 이상은 아무것도 할 수 없었다. 아빠도 더 이상 아무 말도 하지 않았다. 그들은 그냥 계속 갔다. 곧 집에 도착할 것이다.

죄책감이 들었지만 이유는 알 수 없었다.

나중에 모두 다 이 대화를 마리안나가 상상 속에서 지어냈다고 말하게 될 것이다. 엄마, 알리치아, 심지어 아빠도. 그러나 마리안나는 이 대화를 잘 기억하고 있었다. 어른은 아이를 설득해서 뭐든지 믿게 할 수 있다고 생각한다. 아이들의 뇌는 너무 작아서 새로운 정보가 더 오래된 정보를 매번 다 밀어낸다고 말이다.

+++

방안에서, 닫힌 문 안에서 알리치아가 전화 통화를 하고 있

상실

다. 불안할 정도로 오래. 상대가 제발 담임선생님은 아니기를. 학부모 모임이 다가오고 있었지만, 마리안나는 알리치아에게 말하지 않을 작정이었다. 성적은 기회가 닿는 대로 최대한 빨리 올릴 것이고, 그 누구도 괜히 걱정시킬 필요가 없었다.

마침내 문이 조금씩 열렸다. 알리치아는 읽을 수 없는 표정을 짓고 있었는데, 마리안나는 일부러 알리치아가 누구와 통화했는지 관심이 없는 척했다. 그러면서도 귀를 한껏 곤두세웠다.

"좋은 소식이야."

알리치아가 말하기 시작했다.

"엄마가 주말 끼고 며칠 동안 지내러 온대."

야쿱이 의자에서 튕기듯 일어나 부엌을 껑충껑충 뛰어다니기 시작했다. 환호성을 지르며 알리치아를 껴안고 뛰어다니고 양팔을 휘둘렀다.

마리안나는? 글자 그대로 입이 딱 벌어졌다.

10월부터 이날만을 기다렸다. 마리안나가 상상하기로는 이랬다. 가족 모두 알리치아의 집에서 나와 자기 집으로 가는 거다. 야쿱은 자러 들어가고, 아빠는 소파에서 잠들고, 엄마와 마리안나는 부엌에 앉아 함께 민트차를 마신다.

마리안나는 알리치아의 집에서 얼마나 절망적으로 살았는

지, 알리치아와 얼마나 가까워지고 싶지 않았는지 엄마에게 이야기할 것이다. 부모님이 그토록 멀리 있다고 생각하면 공부를 전혀 할 수 없었던 것도.

엄마처럼 귀기울여 들어주는 사람은 없다. 마리안나를 쳐다보고 고개를 끄덕이고, 가끔은 좀더 자세히 물어보기도 하지만 말을 자르지는 않는다. 그런 뒤에 엄마는 잠시 눈을 감는다. 뭔가 할 말이 있을 때 딸의 모습을 보면 잘 집중할 수 없다는 듯. 그리고 결국은 정확히 마리안나가 필요로 하는 말을 해준다.

전화로는 그렇게 되지 않는다. 카메라를 켤 수도 있지만 화면으로 보는 것과는 약간 다르다.

그렇게 오래 기다렸는데, 지금은 자신이 정확히 무엇을 느끼는지 알 수 없었다. 눈이 뜨거워지고 목구멍이 따가웠다.

"누나 운다!"

야쿱이 소리치자 알리치아는 고개를 저었다.

'이 애들은 너무 예민하다니까. 엄마가 온다고 감동해서 마리안나가 울다니.'

사실 마리안나는 드디어 엄마를 만나게 되었다는 생각을 하는 게 전혀 아니었다. 이제까지의 모든 이상한 사건들, 아빠와 마주친 것, 엄마가 갑자기 돌아오는 것, 부모가 돌아온다는 얘기를 직접 하지 않고 피하는 것―그 이유는 단 한 가지밖에

상실

없었다. 부모님이 이혼하는 것이 틀림없었다. 엄마가 오는 이유는 그 사실을 알리고, 아마도 기회가 되면 야쿱을 런던으로 데려가기 위해서일 것이다.

갑자기 누군가 혈관에 얼음물을 부은 것 같은 느낌이 들었다. 당연한 일이었다. 야쿱은 엄마와 함께 떠나고, 자신은 고등학교를 졸업할 때까지 아빠와 함께 아파트에 남겠지. 기름에 전 달걀부침 냄새가 코에 느껴졌다.

마리안나는 의자에서 벌떡 일어나, 앞에 서 있는 야쿱을 밀치고 싱크대에 토한다. 간신히 고개를 들자 알리치아와 야쿱의 놀란 눈으로 쳐다보았다.

마리안나는 손등으로 입술을 문질러 닦았다.

그런 뒤 마치 아무 일도 없었다는 듯 청소를 하기 시작했다.

어차피 이번엔 자기 차례이기도 했다.

+ + +

마리안나는 평온하다.

두 번째는 좀더 쉽다.

엄마는 마리안나를 낳게 되었을 때 아주 무서웠다고 말했다.—출산의 고통도, 몸을 통제할 수 없게 되는 것도, 갓난아기를 어떻게 돌보아야 할지도, 혹시라도 실수로 아기를 다치게 할 수 있다는 것도. 그런데 야쿱이 세상에 태어나게 되었을 때는 집안 살림과 두 살짜리 마리안나를 돌보아야 했으므로 무서워할 시간이 없었다. 많은 일이 잘못되겠지만 어떻게든 해나갈 수 있다는 걸 알고 있었다. 그리고 그렇게 되었다.

이제는 마리안나가 끝까지 가야 한다.

야쿱은 알아서 잘할 것이다. 알리치아와 이야기해서 풀어갈 것이다. 학교는 괜찮다. 그리고 또 아빠가 있다.

마리안나는 준비하기 시작했다. 배낭을 비웠다. 서랍장 맨 아래 서랍을 꺼내 티셔츠를 밀고 공책과 책을 집어넣은 다음, 다른 물건들로 덮었다.

이제 짐을 쌀 때가 왔다.

배낭에 넣을 물건 :

다람쥐 그림 밑에 'Sometimes I go nuts'라고 적힌 까만 셔츠. 엄마와 함께 브로츠와프에서 산 것으로 모자가 달려 있어서 따뜻하다. 게다가 자신에게 잘 어울렸다.

칼. 천막칠 땅을 다듬을 때 필요할지도 모른다.

혀 내민 이모티콘 모양의 작은 쿠션.

공책과 파란색 볼펜 두 자루. 회고록을 써서 나중에 할리우드 영화 제작자들에게 팔 것이다. 젠다야가 마리안나 역을 맡

상실

을 것이다.

'라이코닉' 크래커 한 팩.

햇빛을 가릴 스카프, '안녕'이라고 적힌 파란색 야구모자.

속옷 여섯 벌, 양말 다섯 켤레, 짝이 맞지 않는 양말 두 켤레.

소설『잘못은 우리 별에 있어』.

이어폰.

금붕어 펜던트가 달린 금줄 목걸이.

마커 세트.

머리 묶을 고무줄 세트.

머리핀 두 개.

치약, 칫솔, 세숫비누, 화장솜.

보조배터리, 충전케이블.

접착테이프 한 롤.

바람막이용 소형 천막, '케추아' 상표. 아니다, 자리를 너무 많이 차지하고 눈에 띈다. 천막을 침대 아래 쑤셔넣는다.

에펠탑이 그려진 마음에 드는 머그잔.

'상테' 상표 뮤즐리 한 봉지.

작은 손소독제 한 병.

치실.

생리대.

배낭이 점점 차고 있었지만, 길 떠나는 사람의 짐으로는 보이지 않았다. 마리안나는 고개를 젓고는 다시 물건을 분류하기 시작했다. 절반이 넘는 물건이 책상 위, 아니면 침대 밑으로 돌아갔다.

그러면서 마리안나는 바깥의 소리에 귀를 기울였다. 만약 누군가 방에 들어오면 학교에 가려고 책가방을 싼다고 말할 생각이었다. 그러나 아무도 들어오지 않았다. 집안이 조금씩 조용해졌다.

알리치아가 엄마의 귀환을 앞두고 대청소를 기획했다. 집안이 더 이상 깨끗해질 수 없을 것 같았지만, 알고 보니 알리치아의 '깨끗하다'는 손자손녀가 생각하는 깨끗함과는 완전히 차원이 다른 의미였다. 모든 틈새를 레몬즙과 베이킹소다로 닦아내고, 부엌 찬장은 물론 냉장고를 깨끗이 비워 선반과 서랍을 모두 씻어냈다.

야쿱도 할 수 있는 한 참가했다.—먼지를 털고 거울을 씻고 싱크대를 비우고 세탁기를 돌렸다. 알리치아는 창문을 전부 닦고 장을 보고 큰방 카펫을 빨았다. 마리안나는 이 모든 일이 자신과 아무 상관도 없는 척하고 싶었지만, 알리치아가 뚫어지게 바라보았으므로 과장되게 열성적으로 일에 착수했다.

마리안나는 유리컵을 닦으면서 계획을 짰다. 행주의 거친 표면으로 유리잔 가장자리를 문지르면서 또 뭘 가져가야 할지 생각했다. 유리잔을 찬장에 도로 넣었다. 어느 쪽으로 가야 할까? 걸어갈까? 버스를 탈까? 아니면 자전거?

마리안나는 생각에 잠긴 채 차근차근 일했다. 뭔가 바뀌고 있다고, 혹은 이미 바뀌었다고 느꼈다. 아직 아무도 눈치채지 못했고, 오로지 그녀만이 느끼고 있었다. 홀로 비밀을 간직하고 있기에, 마치 렌즈를 낀 것처럼 시각이 날카로워졌다.

야쿱이 젖은 대걸레를 타고 미끄러져 달리다가 현관 신발장에 쿵 부딪히고는 다시 시도했다. 알리치아는 음식을 가지고 노는 것과 청소를 하면서 장난치는 것을 좋아하지 않았지만 이번에는 아무 말도 하지 않았다. 야쿱은 언제나 참 작아 보였다. 반에서 가장 말랐고, 키도 계속 가장 작을 듯했다. 동급생 여자아이들 중에는 벌써 가슴이 나오기도 하고, 한 명이 화장실 거울 앞에서 눈썹 그리는 모습을 야쿱이 본 적도 있었다.

마리안나는 다음 유리잔을 닦아서 찬장에 넣었다. 시선을 들어 알리치아를 보니, 커튼을 바꾸는 중이었다. 사실은 원래 달려 있던 커튼도 완벽하게 괜찮았다. 무슨 이유에서인지 알리치아는 엄마의 귀환을 위생 검사관 방문처럼 여기고 있다.

알리치아는 요리를 하지 못하는 데다 유머감각이 없었지만 그렇게까지 최악은 아니었다. 알리치아 덕분에 마리안나뿐 아니라 야쿱도 아주 기본적인 음식을 요리하는 법을 배웠다. 채소 위에 달걀을 스크램블해서 얹은 것, 토마토 통조림을 얹은 스파게티, 프렌치토스트, 냉동만두. 처음에 마리안나는 음식 조합을 궁리하고 싶지 않아서 초콜렛이나 과자를 사거나, 최악의 경우에는 밥을 굶은 채 잠자리에 들었다.

그러나 시간이 지나면서 지저분한 주전부리가 지겨워져서―설마 그럴 수 있으리라고는 한 번도 생각하지 않았지만―야쿱과 함께 부엌에서 이것저것 시도하게 되었다. 집에서는 엄마가 가스레인지를 마치 셋째 아이처럼 단단히 지키고 있어서 그럴 기회가 조금도 없었다.

맞다, 좋은 점도 있었다.

그러나 이제는 이 모든 것이 끝났다. 야쿱, 알리치아, 학교도 마찬가지다. 뭔가 새로운 것이 시작되었다.

청소를 마치고 나서 마리안나는 알리치아에게 다가가 팔을 두드렸다. 알리치아는 도저히 믿을 수 없다는 듯, 마치 이것이 무슨 음모일까 걱정하는 양 눈살을 찡그렸다. 마리안나는 활짝 웃었다.

내일은 이 모든 사람에게 보여줄 것이다.

지금으로서는 그냥 귀를 기울인다. 그리고 알리치아가 자기 침실 문을 닫으면, 마리안나는 배낭에 반으로 자른 초콜렛

상실

을 집어넣는다. 강가의 어느 버려진 나무 오두막에 있는 자신을 상상한다. 먼지투성이 창문을 통해 집안으로 따뜻한 햇빛이 쏟아져 들어오고, 마리안나는 친해진 설치류들과 함께 건초 더미에 파묻혀 솔잎으로 배를 채우고, 오랫동안 계속 잠을 잔다.

+++

한나.

나는 비행기에서 내리자마자 폴란드라는 걸 알아차렸다. 마치 누가 눈에 안경을 씌워준 것 같았다. 빛이 좀 흐린 듯 다르게 보였다. 볼에 서늘한 공기가 닿았다. 바람이 얼굴을 후려치며 이렇게 말하는 것 같았다.

"집에 온 걸 환영해. 벌써 잊었어? 여기선 이렇게 살아."

그러나 그보다 더 일찍, 비행기 문이 열리기도 전에 폴란드에 왔다는 걸 실감했다. 폴란드인들은 안전벨트 경고등이 꺼지기도 전에 자리에서 벌떡 일어나 나가려고 줄을 섰다. 다들 진정해요. 일 분 먼저 나가는 게 정말로 그렇게까지 큰 차이예요?

아, 짜증. 이것이 폴란드다.

어쩌면 훨씬, 훨씬 더 일찍, 비행기가 승객들을 태우려고 기

248 · 249

다리고 있을 때부터 시작되었는지도 모른다. 영국 공항 속 조그만 폴란드. 서로 뒤엉키고 밀쳐대는 것, 면세점에서 산 술병이 비닐봉지 안에서 쨍그랑거리는 것, 예의바른 미소를 가면처럼 뒤집어쓰고 옆 승객과 수다 떠는 것.

짜증낼 것 없다. 곧 아이들을 만날 것이고, 너무 빨리 자란다고 불평할 것이다. 선물을 주고 오 분 동안 기뻐하는 모습을 바라보겠지. 아이들을 꼭 껴안는 것―그것도 폴란드다.

아이들이 어떤 모습을 하고 있을지 궁금하다. 나는 모자를 고쳐쓰고 빠른 걸음으로 도착 출구로 걸어갔다.

대략 이 주쯤 전에 야쿱과 전화 통화를 했을 때, 나는 갑자기 다른 누군가의 인생에 대한 영화를 보는 것 같다고 느꼈다. 안 그래도 집주인이 따지러 와서 힘든 날이었다. 직장에서는 이른 아침 근무였는데, 갑자기 펑! 하고 폴란드의 아파트로 순간이동한 뒤 야쿱의 체육시간에 무슨 일이 있었고, 어째서 「콜 오브 듀티」가 「마인크래프트」보다 나은지 이야기하는 걸 들었다. 보통은 그렇게 떠드는 걸 듣고 있으면 마음이 뭉클해지지만, 주변의 모든 것이―얼룩 묻은 카펫, 더운물과 찬물이 나오는 두 개의 수도꼭지, 꼭 닫히지 않는 창문, 바깥에서 들려오는 거리의 소음―수런거리고 있었다.

세상에 대한 이야기를 소근거렸지만, 그 안에 내 아이들도

상실

없었고 내 과거도 없었다. 마치 어느 호숫가에 나를 기다리는 사람들을 모두 남겨놓고 호수 한가운데로 떠내려온 것 같았다. 그것은 바닥을 느낄 수 없다는 공포이기도 했지만, 또한 내가 용기를 냈다는, 그래서 흘러가고 있다는 흥분이기도 했다.

어느 삶이 내 것인가? 어느 한나가 진짜인가?

날씨에 익숙해질 수 없었던 한나인가, 혹은 몇 주가 지나자 벌써 해가 조금이라도 비치는 날에는 햇빛을 쪼이러 나가는 한나인가? 아침이면 아이들을 깨워 학교에 보내기 위해 벌떡 일어나던 한나인가, 아니면 아이들이 멀리 있다는 사실에 안도하며 다시 베개 위에 쓰러져 버리는 한나인가?

나는 익숙해졌다. 날씨에도, 지하철 가는 길에 사는 커피에도, 채소가게 주인의 미소에도 결국은 익숙해진다. 처음에는 그러면 안 된다고 생각해서, 그것은 배신이라 생각해서 원하지 않더라도.

그러나 그제고시는 익숙해지지 않았다. 거기서 모든 일이 시작되었다. 내가 그제고시에게 더 이상 익숙하지 않게 되었고, 그가 힘든 하루를 보낼 때마다 매번 달래서 기분을 가라앉혀주고 싶지 않게 되었다. 망할, 어쨌든 남편도 어른 아닌가.

좋아, 지금은 아니다. 그제고시는 나중에 신경쓰자, 오늘은 아니다. 애기들, 우리 아이들이 중요하다. 오늘은 아이들을 위한 날이다. 짐이 나오기를 기다리는 사람들을 지나쳐서 이제는 내가 밀어대며 출구로 걸어갔다. 여권을 보여주자, 끝에 감사합니다, 그리고 문이 양쪽으로 열린다.

여행가방, 어깨에는 핸드백, 여권이 든 작은 가방. 좋아, 전부 다 있다. 물, 물을 충분히 마셔야 한다. 신문 파는 가게로 재빨리 뛰어갔다. 세상에, 물 한 병이 대체 얼마야? 10즈워티? 런던이 더 싸다고 외치지 않기 위해 억지로 참았다. 아니, 난 그런 사람이 아니다. I'm better than that. 영국인 흉내는 별로 잘 내지 못하지만 입안까지 올라온 말을 참는 데는 성공했다. 돈을 낸다. 물을 마시며 생각한다.

아이들은 하나씩 돌아가며 관심을 받는다. 마치 서로 약속이라도 한 것 같다. 최근 몇 년간은 야쿱이 관심의 대상이었는데, 가장 어린 데다 잔병이 많고 늘 소란스러웠기 때문이다. 그러나 오늘은 마리안나가 더 걱정이 된다. 젠장, 힘든 나이다. 십대 여자애들은 구원이 없다.

그건 아직도 기억한다. 딸 대신 내가 걱정하고 내가 돌봐주고 싶었다. 이 시간이 지나가고, 이 년만 지나도 지금의 친구들이나 지리 시험 망친 것 따위는 기억도 안 난다는 걸 내가 잘 알기 때문이다. 그러나 나는 아무것도 못하고, 딸을 어떻게 도와줘야 할지도 모르겠다. 그래서 정말로 억장이 무너진다.

상실

오히려 야쿱이 좀더 쉽다. 마리안나는 야쿱이 어떤지 살피다 필요하면 끼어들지만, 사실 마리안나가 정말로 필요할 때는 거의 없다. 반면에 야쿱이 누나를 위해 해줄 수 있는 일이 뭐가 있을까? 그 애기가? 너무 어려서 그 애는 모른다. 아직 아무것도 모른다.

분명히 이삼 년 뒤에는 제 누나하고 비슷한 시기가 와서 지금과는 다른 눈으로 바라보겠지만, 그때가 되어도 누나를 온전히 이해하지는 못할 것이다. 그런 시기에는 누구나 몸이 변해서 겨드랑이에서 냄새가 나고 턱에 여드름이 돋아나는 것이 자기만의 경험이라고, 세상에 자기 혼자뿐이라고 생각하니까.

아유, 그래. 아무것도 아니다. 나는 그냥 가만히 있다가 아이들이 도와 달라고 할 때 달려가면 된다.

나는 과연 도움을 청했던가? 음, 아마 아니었던 것 같다. 그래서 더 걱정이 되는 거다. 그 일로 이마에 주름이 생기는 게 느껴질 때마다 인터넷에 나오는 대로 마사지를 해서 편다. 내가 도움을 청하지 않았으니까 마리안나도 도와 달라고 하지 않는 거다. 내가 물어보고 도와주겠다고 달려들면 '엄마, 그만 해애애애. 내가 알아서 할게.' 하고 소리치겠지.

영국에서는 십대 소녀가 홀로 음식점에 있거나 산책하는 걸 보면 달려가서 괜찮은지 물어보고 싶은 마음이 불쑥불쑥 들었다, 미친 여자처럼. 정말로, 절대로 그런 엄마가 되고 싶지 않았다. 사실 폴란드에 있을 때는 그렇지 않았다. 하지만 애들하고 멀리 떨어져 있으니 남의 애들이 그만큼 더 가깝게 느껴져서, 마치 거대한 전세계 엄마 모임이라도 존재하는 것 같았다. 내가 너의 아이를 돌봐줄 테니 너도—만약에 마주치면—내 아이를 도와줘.

오케이, 머릿속이 뒤죽박죽이 되어 그리움과 죄책감과 또 뭔지 모를 것들이 다 뒤섞였다. 어쩌면 그냥, 젠장, 잠을 못 자서 이런지도 몰라. 일을 해도 해도 끝이 없으니까. 휴가를 얻어서 아이들을 볼 수 있게 돼서 얼마나 다행인지. 안 그랬으면 벌써 홱 돌아서 뚜껑이 열렸겠지. 도저히 못 버텼을 거야.

하지만 그 애들이 내가 '우리 애기들'이라고 생각하는 걸 알았으면 화냈겠지. 지금도 애기들인걸. 이건 순전히 엄마니까 머릿속에서만 돌리면서, 불에 기름을 들이붓지 않기 위해 입을 꼭 다물고 있는 거야. 자기들이 다 컸다고 믿고 싶으면 그렇게 생각하도록 내버려둬야지. 그게 필요하다면.

우리 애기들.

자, 시간 됐다. 여행가방, 핸드백, 작은 가방, 출구.

문이 양옆으로 열리자 또다시 볼에 추위가, 추위와 스모그와 함께 느껴졌다. 그러나 이제는 집에 더 가까워졌고, 내 아

상실

이들과 같은 하늘 아래 있다. 이제 금방, 오케이, 대략 두 시간 뒤에는 아이들과 함께 있을 것이다.

택시 승강장 쪽으로 가서 택시 타고 시내로 들어간 뒤 거기서 집까지 버스 타려고 했는데, 유리 너머의 뭔가 때문에 걸음이 느려지다가 결국 서버리고 말았다. 외투 앞섶을 열어젖힌 여자가 담배를 너무 빨리 피워서 마치 먹는 것처럼 보였다. 머리카락을 머리 한가운데 동그랗게 묶었고, 신발은 온통 진흙투성이였다. 불안한 얼굴로 게걸스럽게 담배 피우는 모습이 마치 수술실 앞에서 수술 결과를 기다리는 보호자 같아 보였다. 나는 그 여자를 멍하니 바라보면서 이해하려 애썼다.

마치 선 채로 잠들었던 듯 나는 정신을 차리려 애쓴다. 여행가방, 핸드백, 작은 가방, 휴대폰, 여권, 전부 다 있었다. 숨을 고르면서 생각에 잠겼다. 택시가 어느 쪽이었더라? 택시 말고 버스를 탈까? 더 싼데. 시내 교통상황이 그리 나쁘지 않으니까. 언젠가 버스 탔던 게 기억이 있었다. 그게 언제였더라. 왜 공항에서 집으로 갔지?

나는 넋을 잃고 걷다가 여행가방이 화분에 부딪히자 그제야 몸을 돌렸다. 다시 보고서야 처음부터 명백했던 것을, 매우 당연했던 것을 알게 되었다. 그 여자는 시어머니 알리치아였다. 그리고 바로 지금 나를 알아보았지만 내 쪽으로 오지 않고

담배를 또 하나 피워 물고는 그저 바라보기만 했다. 그냥 바라
보고 있었다.

+++

몇 시간 전 아침, 야쿱은 일어나서 아침을 먹고 난 뒤에 몹
시 꾸물거렸다. 야쿱을 재촉하면서 마리안나의 방문을 두드렸
다. 아무 대답이 없었다. 가끔가다 한 번씩 뭔가 기분이 상해
서 대답을 하지 않을 때가 있기는 했다. 분명히 이불 속에 파
묻혀서 학교에 안 가려 할 것이다. 때때로 아프다, 생리한다,
배가 아프다고 핑계를 대곤 했다.

"저, 집에 있어도 돼요, 할머니?"

거짓말할 때만 알리치아를 '할머니'라고 불렀다. 그래서 알
리치아는 이불을 벗기고 라디오를 틀고 아침을 만들어야 한다
는 걸 알아차렸다.

문을 한 번 더 두드렸지만 여전히 대답은 0이었다. 알리치
아는 한숨을 쉬었다. 엄마가 몇 달 만에 드디어 집으로 온다.
야쿱도 분명 집에 있고 싶을 거다. 차에 살그머니 숨어들어 공
항까지 알리치아를 따라가서, 휴 그랜트가 영국 총리 역할을
했던 그 영화의 한 장면처럼 문이 양쪽으로 열리고 한나가 걸

상실

어 들어오는 순간 달려가 껴안고 싶을 것이다.

그러나 그건 안 된다. 그렇게는 안 된다. 다들 자기가 해야만 하는 일이 있는 법이다. 때로는, 사실은 자주 싫어도 해야 하는 일이 있는 법이다. 예를 들어 알리치아는 다른 사람의 아침밥을 만들어주는 것을 몹시 싫어한다. 사실은 자기 아침식사도 만드는 게 싫어서 아침을 먹지 않는다. 그러나 아이들에게는 아침을 먹여야 한다. 그러니까 야쿱은 지금 학교에 가야만 한다. 알리치아는 손자를 현관문 밖으로 밀어냈다.

다시 마리안나의 방문을 두드렸다. 만약 마리안나가 알리치아와 함께 집에 있고 싶다면 그만큼 규율을 더 잘 지켜야 한다. 오늘은 벌써 힘든 날이고, 앞으로 어떻게 될지 알 수 없다. 성질머리가 자기 엄마를 꼭 빼닮았다. 그건 정말 확실하다.

"마리안나."

아무 대답이 없다. 고요, 침묵.

"마리안나!"

언성을 높이는 것은 언제나 최후통첩을 뜻한다. 그러나 이 것조차도 효과가 없었다.

알리치아는 더 위협적으로 보이고 싶어서 양손을 옆구리에 올리지만, 주변에는 그녀를 봐줄 사람이 아무도 없었다. 토요일에 7시 전에 일어나 옷을 입고 머리를 빗고 부모님에게 커피를 만들어주고, 부모님이 오늘은 유치원에 가지 않는 날이라고 하니 울음을 터뜨리던 그 조그만 여자아이는 대체 어디로 간 것일까?

알리치아는 천천히 문손잡이를 돌렸다. 아픈 기억이 있는데, 언젠가 아무 생각 없이 그제고시의 방에 들어갔다가 한나와 함께 있는 모습을 보았다. 지울 수 없는 장면들, 노력하면 할수록 빨간 체리가 그려진 한나의 속옷이 더 선명하게 기억났다.

그런데 문 안쪽에서 항의의 목소리가 들리지 않았다. 알리치아는 손잡이를 더 세게 돌린 뒤 안으로 들어섰다.

마리안나는 방에 없었다. 침대가 말끔하게 정리되어 있었다. 벌써 나갔나? 이렇게 빨리?

주머니에서 휴대폰을 꺼내 전화를 걸어본다. 신호가 잡히지 않았다. 평소보다 집에서 더 빨리 나간 걸 보면 과외 수업이나 배구 경기가 있는지도 몰랐다. 그건 아주 평범한 일이다.

그러나 이 방 분위기에는 알리치아의 불안을 자극하는 뭔가가 있었다. 알리치아는 거의 뛰다시피 방을 나와 야쿱의 방과 거실, 자기 침실, 화장실, 부엌을 차례로 확인했다.

없다.

휴대폰을 꺼낸다. 친구들, 분홍색 리본을 단 그 조그만 여자

상실

애와 그 다른 친구. 전화번호를 모른다.

학교. 학교 전화번호는 분명히 인터넷에 있다. 찾는다. 전화한다.

행정직원은 놀란다. 9시도 채 되지 않은 시각에 알리치아가 재촉하자 행정직원이 마리안나의 수업시간표를 확인한다. 지금 학교에 있을 시각이 맞는데, 혹시 교실에 있는지 확인하기를 원하는지 물었다.

그렇다, 알리치아가 원하는 게 바로 그거였다. 머릿속에서 욕설이 끓어올랐다.

"끊지 말고 기다리세요. 확인하고 바로 말씀드릴게요."

알리치아는 전화기를 손에 들고 기다렸다. 목구멍이 마르고 온몸의 물기가 끓어올라 머리로 몰려서 두피가 축축해지는 기분이었다.

전화기를 손에 든 채 마리안나의 방으로 돌아왔다.

책상 위는 난장판이었다. 메모장, 화학 공책, 주기율표, 색색의 암기카드와 형광펜들. 알리치아는 노란색 형광펜을 집어 손에서 굴렸다. 침대 위에 널려 있는 빨랫감, 셔츠와 바지 몇 벌. 알리치아가 서랍을 열자 공처럼 돌돌 말린 옷가지, 서로 얽힌 바지, 블라우스, 색색가지 티셔츠들이 눈에 들어왔다. 배낭이 없었다. 현관 쪽으로 나가려다 아직도 손에 형광펜을 쥐고 있다는 걸 깨달았다. 형광펜을 다시 책상 위에 놓은 다음, 책상의 가로선과 수직이 되게 정리한 뒤 메모장과 공책도 나란히 줄을 맞춰 놓았다.

"마리안나가 교실에 없네요. 하지만 걱정하지 마세요. 그 나이 아이들은 가끔 수업을 빼먹으니까요."

"체육선생님은요?"

"네?"

"경기에 나가잖아요. 배구요. 체육선생님은 뭔가 아시지 않아요?"

행정직원이 한숨을 쉬었다.

"어머님, 오늘은 경기가 없어요. 그리고 샤드코프스카 선생님은 지금 학교에서 수업하고 계세요."

알리치아는 온몸의 기운이 쭉 빠지는 것을 느꼈다. 의자에 털썩 주저앉았다.

"알겠어요. 혹시……, 혹시 무슨 일 있으면 저한테 전화해 주세요."

빨간색 수화기를 전화기에 눌러 꽂았다.

알리치아는 자신의 젊은 시절을 딱히 기억하지 못했다. 빠른 결혼과 아이. 그렇게 어느 날 갑자기 더 이상 젊은 여자가 아니라 엄마이고 아내였다. 젊은 시절에서 딱 한 가지는 분명

상실

히 기억했다. 아주 사소한 일—가까운 사람과 말다툼을 하거나 성적이 떨어지거나 그런 일로도 세상이 끝나는 듯 돌이킬 수 없이 무너졌다고 느끼던 일이다.

그런 뒤 이혼, 그리고 이유는 알 수 없지만 마음이 상한 친구와의 절교, 부모님의 죽음, 수많은 후회와 슬픔, 실패 등 크고 작은 비극을 겪었다. 그러나 하늘이 곧 무너져 자신을 벌레처럼 으깰 것이라고는 절대로, 절대로 느끼지 않았다. 그런 느낌이 드는 것은 세상이 아주 작을 때, 교실과 운동장과 두세 명의 친구 혹은 가족으로 한정되어 있을 때다. 그럴 때는 불쾌한 단어 하나하나가 폭탄의 무게를 갖는다. 삐딱한 시선이 마음을 갈기갈기 찢는다.

혹시 마리안나가 야쿱과 싸운 걸까? 아이들은 무슨 일로 다투어 놓고선 다음 날이면 대체 무슨 일이 있었는지 제대로 말하지도 못한다. 그러나 알리치아는 왠지 이것이 자기 때문이라는 생각이 들었다.

여기에 너무 가끔씩 들어왔다.

부모님이 일하러 가면서 열쇠만 주고 나갈 때, 알리치아에게 괜찮은지 아무도 묻지 않았다. 부모가 춤추러 가면서 밤새 그녀를 집에 혼자 남겨두었을 때도. 한번은 창문으로 도망쳐서 시장 광장으로 나가 술집 앞에 서서는 모르는 사람들을 붙잡고 안에 엄마가 있는지 물었다. 그래서 누가 신경을 써 주었던가? 도리어 집에서 부모님에게 혼이 났다. 어쩌면 몇 대 맞았는지도 모른다. 알리치아는 그저 집에 있으면서 밤이 되면 자야 했다. 아무도 여기에 대해 두 번 생각하지 않았다.

마리안나가 아주 어렸을 때, 그러니까 몇 년 전에 알리치아가 그제고시를 만나러 왔을 때 어른들의 대화 자리를 떠나 마리안나와 야쿱의 방에서 아이들이 재잘거리는 소리에 귀를 기울인 적이 있었다. 한두 번은 침대에 앉아 조그만 마리안나가 블록으로 집을 지으며 생쥐들과 이야기하거나, 아주 못생긴 데다 코에서는 대단히 현실적인 녹색 콧물이 흘러내리는 인형의 옷을 갈아입히는 모습을 가만히 지켜보기도 했다. (대체 누가 어린애한테 저런 장난감을 사주었을까?)

마리안나가 대여섯 살쯤 되었을 때였다. 알리치아는 이 아이가 벌써 자기 세계, 즉 자기가 좋아하는 장난감(당연히 콧물 흘리는 인형도 그중 하나였다. 그렇게 지저분한 장난감을 아이들은 가장 좋아하기 마련이다.)과 자기만의 동네 친구를 가지고 있다는 사실이 믿을 수가 없어서 아주 흥미로웠다. 혹시 이 방에 더 오래 있어 주었더라면, 우습게 들릴까 봐 두려워하지 않고 용기를 내서 질문을 해보았더라면.

지금은 이미 늦었다. 알리치아는 마리안나를 따라잡을 수

상실

가 없었고, 마리안나는 자기 인생을 다른 이에게 열어보일 생각이 없었다.

알리치아는 한숨을 쉬고 의자에서 일어서서—정말로 불편한 의자였다.—자기도 모르게 문 쪽으로 걸어갔다. 다시 한번 뒤를 돌아보며 뭐라도 흔적이 남아 있는지 찾아보았다.

한나가 한 시간 반 뒤에 도착할 예정이어서 공항으로 출발해야 했다. 처음으로 알리치아는 며느리를 만나는 것이 두려웠다. 며느리의 눈을 바라보아야 한다는 사실이 가장 두려웠다.

두 사람은 침묵 속에 알리치아의 차를 타고 집으로 향했다. 그 침묵을 깨는 것은 방향지시등이 깜빡거리는 소리와 엔진의 조용한 소음뿐이었다. 벌판에 서리가 내리고 땅은 얼어붙었지만, 여기저기에서 어린 식물들이 싹을 내밀기 시작했다. 봄은 어딘가 부적절한 것, 이런 상황에 너무나 안 어울리는 것처럼 느껴졌다. 어머니인 자연은 좀더 눈치 있게 굴 수도 있었다. 한나가—풍요의 여신 데메테르처럼—딸을 찾고 있을 때 자연이 지상에 재앙과 죽음을 내려줄 수도 있었을 것이다.

요르다누프 앞에서 차가 막혀 멈춰섰다. 알리치아와 한나는 계속 입을 다물고 있었다. 그 침묵은 마리안나로 가득했다.

"그럼 아직……?"

한나가 물었다.

"아직 없어."

알리치아가 대답했다.

한나는 내부 컴퓨터에 누군가 프로그램을 한꺼번에 너무 많이 구동시킨 것처럼 보였다. 얼굴이 금세라도 울음을 터뜨릴 듯 일그러졌다가 다시 웃음이 터지려는 걸 참는 듯이 변했다. 알리치아는 어떤 상황인지 너무도 잘 이해했다.

오래전 아버지 장례식에서 그렇게 정신 나간 듯 웃음을 터뜨린 적이 있었다. 그 웃음은 물 흐르듯 자연스럽게 경련으로 이어졌다. 눈을 가늘게 뜬 채 한나를 쳐다보지 않으려 애썼다. 그 외에는……. 양손으로 운전대를 세게 움켜쥐자 손가락이 하얗게 변했다. 세게, 더 세게 힘을 주었다.

알리치아는 마리안나와 함께 살았던 최근 몇 달을 떠올렸다. 마리안나의 얼굴, 잠이 제대로 깨기도 전에 아침부터 상처로 가득했다. 그 뒤에는 아주 완벽하게 무관심한 태도를 취했다.

이것은 처벌인지도 모른다. 손녀를 깊이 사랑하지 않았기 때문이다. 감정을 보여주지 않았기 때문이다.

알리치아는 고개를 저었다. 자신이 이렇게 생각한다는 사실이 몹시도 불안했다.

십대 청소년은 사랑하기 힘들다. 고마운 줄도 모르고, 사랑을 쏟아도, 무관심해도 언제나 분노로 반응한다. 무관심에도 마찬가지다. 그래도 어쨌든 그 옆에서 버티면서 필요한 순간이 오면 다른 사람의 존재를 눈치채고 도움을 청할 것이라 믿아야 한다.

마리안나는 그렇게 하지 않았다.

"폴라한테 전화해 보셨어요?"

한나가 물었다.

알리치아는 고개를 끄덕였다. 이미 두 시간 전보다 더 현명해졌고, 학교 행정직원도 그런대로 쓸모가 있었다. 행정직원이 학부모 연락처를 모아두었는데, 부모들이 자기 아이들 연락처를 공유해 주었다. 알리치아는 공항 가는 길에 내내 전화를 걸었다.

"폴라, 야드비가, 마이카에게 전화했지, 그리고 그 쌍둥이도. 그런데 아무것도 몰라. 체육선생님한테도 전화했어. 담임선생님한테도."

골목으로 방향을 꺾으며 덧붙였다.

"폴라하고는 이미 끝났다더라."

한나는 믿을 수 없다는 표정으로 알리치아를 돌아보았다. 알리치아가 한숨을 내쉬었다.

"무슨 일인지 몰라도 싸웠나 보더라. 야쿱도 그렇게 말했어."

한나는 생각에 잠긴 채 고개를 끄덕였다.

"그리고 아무 말도 안 했어요? 그냥 이렇게 사라졌어요?"

알리치아는 전방을 주시하며, 한나가 벌써 열 번째 같은 말을 하고 있지만 짜증을 내서는 안 된다고 생각했다.

"정말로 아무 말도 안 했어."

마지막 저녁식사에 대해 이야기했다. 마리안나가 최근에 조용해졌다는 것, 성적이 떨어졌다는 것, 그리고 한나가 돌아온다는 얘기를 들었을 때 이상하게 행동했다는 것도.

뭔가 떠올랐다는 듯 잠시 생각했다가 말한다.

"그제고시가 너랑 같이 돌아오지 않는다고 했더니 이상한 표정을 짓더라."

한나는 깊이 공기를 들이마시고 숨을 멈추었다. 얼굴이 금방 창백해졌다가 새빨개졌다.

이상하다. 갑자기 알리치아는 한나가 그제고시에 대해 한마디도 하지 않았다는 사실을 깨달았다. 딸이 없어졌다는 사실을 알았을 때 남편에게 전화를 하지도 않았다. 아무것도 하지 않고, 마치 남편이 더 이상 첫 번째 비상연락처가 아니라는 듯이 행동했다.

"걔가 왜 그러는지, 넌 혹시 짐작가는 게 있니?"

알리치아는 천천히 묻는다. 그리고 앞을 보던 고개를 돌려

상실

한나를 쳐다보았다.

그러나 한나는 눈을 감고 그저 고개만 끄덕였다.

+++

처음 한순간 한나는 자신이 실수를 했다고, 딴생각을 하다가 한 층을 지나쳐 이웃집 문을 열었다고 생각했다. 깜짝 놀라 물러나서 다시 계단으로 가 알리치아의 아파트 문을 찾으려 했다. 그러나 아니었다. 눈이 곧 어둠에 익숙해졌다. 이곳에서만은 금지된 엉망진창의 상태로 눈을 한 번 두 번 깜빡이자 알리치아의 집 물건들이 눈에 들어오기 시작했다.—조각된 신발을 보며 언제나 그제고시와 함께 웃었다. 현관에는 불그스름한 러그가 깔려 있었고, 화장실 문에는 작은 스테인드글라스 유리창이 있었다.

이 집이 지저분했다는 얘기가 아니다. 마룻바닥은 깨끗이 닦여 있었고, 어디에나 먼지의 흔적조차 없었다. 신발은 신발장에 가지런히 들어가 있었다. 그 점은 조금도 변하지 않았다. 알리치아는 늘 일정한 수준 아래로 내려가지 않았다. 그러나 아파트는 분명한 변화를 겪었다. 마치 누군가 리모델링 계획을 거꾸로 돌린 것처럼—조화와 질서에서 시작해 발전된 무질서에서 끝났다.

야쿱의 보라색 스웨터가 쭈그러진 채 옷걸이에 걸려 있었는데, 누가 걸어놓은 게 아니라 허공에서 멈출 거라 믿고 던진 것 같았다. 문이 제대로 닫히지 않은 신발장은 신발로 가득 차 있었고, 문 위쪽에는 마리안나의 베이지색 워커화가 삐죽 튀어나와 있었다. 그리고 또―잃어버린 한 조각 때문에 몇 번이나 우는 경험을 해본 사람의 훈련된 눈에만 보이는, 조그만 레고 블록 하나가 러그 위에 놓여 있었다.

알리치아의 방 세 개는 여전히 이전의 위엄과 평온을 뿜어냈다. 너무 밝지도 너무 덥지도 않아서 빛과 열까지도 이상에 맞게 조절된 것 같았다. 그곳은 베토벤이나 모차르트의 음악이 들려오는 그런 아파트였다. 월요일 저녁이면 텔레비전으로 고전 연극을 볼 수 있는 그런 아파트. "교향악 공연 보러 간다."는 문장이 세상에서 가장 자연스럽게 들리고, 평생토록 교향악을 한 번도 본 적이 없을 뿐만 아니라 오페라와 다른 점을 알지도 못하는 평범한 사람은 자신이 어딘가 잘못된 게 아닐까 생각하게 되는 그런 아파트.

지금 아파트에는 완전히 다른 기운이 흘러넘쳤다. 한나는 자기 아파트와 분위기가 약간 비슷하다는 사실을 깨닫고 놀랐다. 알리치아가 무질서를 훨씬 더 잘 통제한 것만은 틀림없었다. 분명히 낮이나 밤이나 쓸고 닦았겠지만, 이 아파트의 청결함은 마치 노끈으로 엮은 나뭇가지로 댐을 만들어 홍수를 막으려 한 듯 초인간적으로 노력한 결과라는 인상을 지울 수가 없었다. 알리치아 인생의 재난은 의심할 바 없이 한나의 아이들이었을 것이다. 한나는 지금 그 점을 분명히 보았다.

한나 부부도 처음에는 질서를 유지하려고 작정했다. 일주일에 두 번 진공청소기를 돌리고 창문을 닦고 설거지를 하지 않으면 잠자리에 들지 않았다.

아이들이 태어나자 이 계획은 모두 망각 속으로 사라졌다. 색색가지 숫자매트는 그 위에 아기가 앉든지 말든지 상관없이 몇 달이나 바닥에 깔려 있었다. 아기 의자도 마찬가지였다. 콧물흡입기가 찬장에 굴러다니고, 그 옆에는 체온계가 있었다. 세탁기는 논스톱으로 돌아갔다. 한나가 마리안나를 낳기 전에는 친환경 천기저귀를 쓸 것이라고 자신했다. 천기저귀는 시도조차 하지 못했고, 실제로 썼다면 기저귀용 세탁기를 하나 더 사야 했을 것이다.

그들의 인생에 프라이다가 나타나자 드디어 탓할 존재가 생겼다. "집에 개가 있으니 너저분할 수밖에 없어."라고 한나는 말하곤 했다. 그러나 사실은 개가 열 마리 있었다고 해도 그들의 인생을 마리안나와 야쿱만큼 어지럽히지는 못했을 것이다.

한나는 마리안나의 방에 들어갔다. 책상 위에 있는 공책을 집어들고 눈으로는 코르크 게시판을 훑어보지만—수업시간표, 불규칙동사표, 경기 날짜—아무것도 없었다. 그녀를 불안하게 할 만한 것도, 딸이 어디로 사라졌는지 실마리를 줄 만한 것도 전혀 없다.

그녀는 계속 꿈을 꾸는 느낌이었다. 공항에서 보낸 불면의 밤, 런던에서 일어난 일들을 머릿속에서 떨칠 수가 없었다. 알리치아가 뜻밖에도 마중을 나온 데다 이런 소식까지—마리안나가 밤사이 집에서 도망쳤고, 연락도 전혀 없다는 것이다.

그녀의 딸이? 그녀의 마리안나가? 알리치아가 뭔가 잘못 알아듣고 혼동한 것이 분명했다. 마리안나가 어딘가로 여행을 갔거나……. 좋다, 어쩌면 학교를 빼먹었을지도 모른다. 그것조차도 한나에게는 매우 불가능한 일로 보이지만, 어쨌든 그 이상은 절대 아니다. 집에서 도망친 건 아니다. 그럴 이유가 없었다.

그러나 알리치아가 그제고시에 대해 말한 것이 마음에 걸렸다. 혹시 알아낸 걸까……? 하지만 어떻게? 그제고시는 빚을 갚는 것만큼이나 불편한 대화도 효율적으로 회피했다. 남편이 아이들에게 전화해서 모든 것을 인정했으리라고는, 그것도 자신에게 묻지도 않고 그렇게 했으리라고는 상상할 수 없었다.

상실

남편은 지금 전화를 받지 않아서 문자메시지를 스무 개쯤 보냈다. 아마 전원을 끈 모양인지, 전화를 걸어도 음성사서함으로 바로 넘어가는 안내만 나왔다.

알리치아는 한나와 함께 경찰서로 가서 실종신고를 했다. 그것은 제대로 연기하는 배우를 고용할 돈이 없는 아마추어 영화의 한 장면이었다. 지루해하는 여성 경찰관이, 아마 한나 정도 나이인 것 같은데, 하루에 몇 번이나 자녀 실종신고가 들어온다고 말했다. 그리고 대부분의 경우, 신고 후 몇 시간 이내에 찾는다는 것이다. 경찰의 도움 없이 말이다.

"하지만 어떤 아이들은 못 찾지."

다른 남자 경찰관이 혼잣말처럼 중얼거렸다. 머리에 남성용 머릿기름을 잔뜩 바른 젊은이로, 컴퓨터 앞에 앉아서 화면으로 세계 체스 챔피언 대회라도 보는 듯 지루해하는 표정이었다.

"저런 말은 듣지 마세요."

여성 경찰관이 한 손을 휘젓고는 설명을 이었다.

실종자 수색에는 세 단계가 있다. 마리안나는 열네 살에서 열여덟 살 사이의 미성년자이며, 처음 가출한 경우이므로 2단계라고 했다.

"처음이죠, 그렇죠?"

"네."

한나는 성실한 운전자였지만, 경찰이 멈추어 세울 때면 자신도 모르게 식은땀을 흘리며 신음을 뱉었다. 지금도 경찰 앞에서 자신을 변호하고, 자신의 잘못으로 일어난 일이 아니라고 해명해야 할 것처럼 느껴졌다. 벌써 다섯 달째 딸과 함께 살지 않고, 인터넷으로만 대화를 했을 뿐 딸을 직접 만나지는 못했다고 말해야 하는 순간 얼굴이 빨갛게 달아올랐다. 이것은 임시방편이라고 설명했지만, 여성 경찰관이 이미 수첩에 적은 뒤였다.

미성년자가 할머니 댁에서 거주.

여기서 논쟁할 일이 뭐가 더 있겠는가. 그것이 사실이었다.

이제 한나는 미국 영화에서 연기를 하듯, 마리안나의 물건들을 훑어보며 방안을 돌아다녔다.—무슨 증거? 마리안나는 이런 종류의 영화에서 여성 주인공들이 하듯이 분명히 어떤 실마리를, 즉 주소가 적힌 종이나 비밀스러운 친구의 전화번호나 암호화된 메시지 같은 걸 남겼을 것이다.

"나, 왔다."

등 뒤에서 나는 소리를 듣고, 한나는 깜짝 놀라 펄쩍 뛸 뻔했다. 알리치아가 아파트 앞에 주차를 하면서 한나만 먼저 위

상실

층으로 보냈다.

둘은 평생 처음 함께 부엌에 앉는다.—두 사람만, 그제고시
도 아이들도 없이. 날씨에 대해 얘기하지도 않고, 언제쯤 끝내
고 집에 갈 수 있는지 시계를 들여다보지도 않는다. 한나가 알
리치아의 얼굴—눈 주위의 가느다란 주름살과 손의 검버섯,
아무렇게나 하나로 묶은 가느다란 머리카락을 바라본다. 있는
그대로의 알리치아를 본다.—지치고 늙어가는, 겁에 질리고
죄책감에 찢긴 모습.

"오후 2시까지는 시간이 있고, 그 뒤에는 야쿱이 집에 올 거
예요."

"스타셰크 집에 가라고 문자 보낼게."

"네, 좋아요."

알리치아가 휴대폰을 꺼내 메신저 앱을 연 다음 글자를 하
나씩 찍어 문자를 보낸다. 한나는 이런 모습을 여지껏 본 적이
없었다. 아이들이 할머니에게 '새로운' 기술의 세계를 발견하
도록 강요한 것이 틀림없었다.

이제까지 두 사람은 팬케이크 같은 별것 아닌 문제에서도
언제나 의견이 어긋났다. 한나는 설탕을 뿌려먹는 것을 좋아
했는데, 알리치아는 사워크림과 소금을 약간 얹어서 먹었다.
두 사람은 무엇에든 동의하지 않았고, 이제까지 그냥 그랬으

며, 세상이 그렇게 돌아갔다.

그러나 지금 두 사람은 서로 쳐다보기만 하고도 아무 설명 없이 야쿱이 집에 오게 해서는 안 된다는 것을 알아차렸다. 야쿱이 학교에서 돌아오면 둘 사이를 오가며 울거나, 누나에 대해 꼬치꼬치 캐묻거나, 지난 한 학기 동안 그린 그림을 보여주거나, 게임에서 얻은 성과를 자랑할 것이다.

한나는 당장이라도 알리치아의 아파트에서 뛰어나가 한순간도 멈추지 않고 학교로 달려가 야쿱을 꼭 안아주고 싶었다. 아이들 중 하나가 위험에 처했을 때 다른 아이를 보고 싶어하는 동물적인 욕구였다. 그러나 동급생들이 전부 보는 앞에서 야쿱을 숨막히도록 꼭 안아주는 것은 나중으로 미루어야 했다.

알리치아의 말로는 아들과 사이가 좋았다. 최소한 이미 오래전부터 아들 나름의 삶을 살게 내버려둘 만큼은 사이가 좋았다. 알리치아는 아들을 혼자 키웠고, 남편은 그제고시가 태어나고 얼마 지나지 않아 지평선에서 사라졌다. 오랫동안 두 사람은 떨어질 수 없는 사이였다. 알리치아는 자신만이 아들을 이해하며, 그에게 무엇이 필요한지 자신만 안다고 여겼다.

그러나 아들의 인생에 한나가 나타나자 알리치아는 물러나야 한다는 것을 알았다. 어느 날인가 아들에게 전화했다가 뒤에서 "또 어머니네."라는 말이 들려왔다. 빈정거림과 냉소가

상실

섞인 투였다. 마치 그녀가 아들에게 전화하는 것이 농담의 소재인 것 같았다. 그래, 좋다. 아들은 다 컸으니 이제 더 이상 엄마가 필요하지 않았다.

절대로 소리내어 그렇게 말하지 않았고, 절대로 그렇게 생각조차 하지 않았다. 어째서 아들이 자신과 한 조각도 안 닮았을까? 자기 아빠를 닮지 않은 것은 매우 다행이었다. 하지만 그러면 누구를 닮은 걸까?

알리치아는 아들이 법률 분야로 나가기를 원했다. 그랬다면 그 세계에 들어서도록 기꺼이 도와줬을 것이고, 어쩌면 언젠가 함께 법률사무소를 운영했을지도 모른다. 그렇지만 아들이 원하지 않았다. 그래도 괜찮았다. 알리치아는 끼어들지 않았다. 아들은 민속학을 선택했는데, 그것은 돈 많은 부모를 둔 아이들이 대학시절을 재미있게 보내고, 그러는 김에 세상에 대해서도 뭔가 알게 되기를 원할 때 선택하기 좋은 전공이었다. 그러나 아들은 그조차도 제대로 끝마치지 않았다.

"더 이상 느낌이 오지 않아요, 엄마."

아들이 그녀에게 말했다.

그래라, 하고 그녀는 생각했다.

인생의 모든 결정을 이렇게 감정에 맡기는 것은 모두 한나의 영향이었다. 알리치아는 그렇게 여겼다.

한나가 그의 인생에, 그들의 인생에 나타난 것은 고등학교 때였다.

한나가 찾아온다는 것은 매번 대청소를 뜻했다. 마루를 닦고, 심지어 창문까지 닦을 때도 있었다. 한나는 진흙투성이 신발을 신고 알리치아의 아파트에 뛰어들어와 윤이 나는 마룻바닥에 자국을 남겼다. 점퍼를 옷걸이 옆에 아무렇게나 던져놓았다. 문을 쾅쾅 여닫고 창문을 제대로 닫지 않아 커튼이 건너편 아파트까지 휘날렸다.

한나가 다녀간 흔적을 남기지 않아도 알리치아는 여자친구가 아들을 만나고 갔다는 사실을 언제나 감지했다. 조그만 불완전함이 생겨났다. 원래 상태와 비교했을 때 아주 작은 차이만 쫓아가 보아도 충분히 알수 있었다. 마치 누군가 무슨 수를 써서 알리치아가 스스로 미친 게 아닌지 고민하도록 만들려는 것 같았다.

그제고시의 사진을 장식장이 아니라 텔레비전 위에 얹어 두었던가? 헨리크 셴키에비치[1] 소설 3부작 중 2권만 미츠키에비

---

1 헨리크 셴키에비치(Henryk Sienkiewicz, 1846~1916)는 폴란드의 소설가. 1905년에 노벨 문학상을 수상했다. 3부작은 『불과 검(Ogniem I mieczem, 1884)』, 『대홍수(Potop, 1886)』, 『보워디요프스키 씨(Pan Wołodyjowski, 1888)』. 아담 미츠키에비치(Adam Mickiewicz, 1798~1855)는 폴란드의 국민 시인으로, 대표작은 『타데우슈 씨(Pan Tadeusz, 1834)』이다.

츠 시 전집과 같은 선반에 꽂아두었나?

또 알리치아의 팔에 털이 곤두서게 만든 일도 있었다. 발코니 문에 다섯 개의 손가락 자국이 선명히 남아 있었던 것이다. 언젠가 한나가 발코니 문의 작은 유리창을 밀어 문을 닫는 모습을 보았다. 알리치아는 이 증거를 그 자리에 사흘간 남겨두고서 아들이 분명히 눈치챌 것이라고 믿었다. 결국은 유리에 찍힌 손가락 자국을 더 이상 참을 수 없어서 베란다 문의 작은 창을 닦고 말았다. 유리창을 닦기 전에 잠시 자기 손을 그 자국에 대 보았다. 그러고는 몸을 떨었다.

한번은 한나가 나가고 나서 알리치아가 화장실을 소독하는데, 그제고시가 그 모습을 본 적이 있었다. 그제고시는 그냥 문가에 서서 보기만 했다. 그 모습에 알리치아는 이유없이 발끈했다.

"난 항상 이렇게 하잖니?"

알리치아가 말했다.

이건 그냥 한때라고, 알리치아는 한나의 숨막히게 진한 향수냄새를 몰아내기 위해 환기를 하며 자신에게 말했다. 그제고시에게도 이런 시기는 지나갈 것이다. 모든 사람에게서 결국은 지나가니까, 모두. 정말로 모든 사람이 지금 생각하면 부끄러운 연애를 한 번씩은 해보았을 테니까. 멀리서 찾을 필요도 없었다. 알리치아 자신의 전 남편은 집배원에게조차 소개하고 싶지 않은 사람이었다.

사랑을 믿지 않는 것은 아니었다. 그러나 오랜 세월의 경험을 바탕으로 알리치아는 사랑에도 유효기간이 있다고 확고하게 믿었다.

그런데 그제고시에게는 이 시기가 지나가지 않았다. 나무에 꽃이 피었다가 떨어지고, 잎마저도 낙엽이 되어 떨어졌다. 알리치아의 여자친구들이 새해가 되기 전에 분명히 헤어질 것이라고 장담했지만 둘은 대학도 같이 갔다.

그제고시는 입학식을 위해 특별히 산 정장을 입었고, 한나는 까만 원피스에 나이가 들어 보이게 진한 화장을 했다. 어깨에는 터키 옥색 숄을 걸치고 눈화장도 터키 옥색으로 파랗게 칠했다. 그제고시가 터키 옥색 포켓치프를 원했을 때 알리치아는 말없이 사주었다. 그저 시간이 해결해 주기를 기다렸다. 그러나 포켓치프는 숄 색깔과 어울리지 않았다. 한나는 미소를 지어 실망을 감추었다. 그제고시와 팔짱을 끼고, 앞에 펼쳐진 것이 흠집투성이 계단이 아니라 넓은 궁궐 복도인 듯 함께 나아갔다.

대학 2학년인지 3학년부터 둘은 같이 살기 시작했다. 알리치아는 이미 더 이상 할 말이 없었다. 둘은 이제 어른이었다.

상실

그제고시는 놀랍게도 일자리를 찾았고, 햄버거를 뒤집는 일을 하면서 돈을 벌었다. 새벽이면 내다버려야 하는 튀긴 돼지고기와 감자튀김을 먹어치워서 살이 쪘다. 그 외에는 자기 앞가림을 아주 잘했다. 최소한 알리치아가 관찰한 바로는 그랬다.

그런데 그 뒤로 삶은 따라잡기 힘들 정도로 빠르게 흐르기 시작했다. 실제로 삶을 사는 것이 아니라 앨범의 사진을 보는 것처럼 굉장한 속도로 모든 것이 변해 갔다. 커다랗게 배가 부푼 한나, 그 옆에 선 그제고시, 둘 다 어떤 역할을 연기하는 것처럼 아주 긴장하고 있었다. 결혼식 때 한나의 배는 하얀 레이스 무더기 아래 가렸다. 첫돌을 맞은 마리안나, 세 살짜리 통통한 마리안나, 그 옆에는 포대기에 감싸인 야쿱이 소파에 누워 있었다. 학교에 입학한 마리안나.

알리치아는 언제나 옆으로 약간 물러나 있었다. 알리치아는 아이들 생일 전에 부모에게 전화해서 아이들이 뭘 좋아하는지 기껏 묻고는 결국 돈을 가져오는 그 친척이었다.

마리안나의 세 번째 생일 즈음에 알리치아는 그만 방향을 잃었다. 아직도 이유식만 먹는지, 아니면 당근을 먹기 시작했는지? 굴착기를 좋아하는지, 아니면 강아지 봉제인형을 원하는지? 드디어 알겠다고, 붙잡았다고, 따라잡았다고 생각할 때마다 알고 보면 그녀는 그 이전 단계에 머물러 있었다. 한 달

전까지만 해도 최고의 히트였다고 맹세할 수 있는 그 요정 색
칠공부 책을 아이는 애저녁에 구석으로 던져 버렸다.

알리치아는 교향악단 전체에서 혼자만 다른 곡을 연주하는
단 하나의 악기였다. 다들 들으면서도 괜찮은 척했다. 그 미묘
한 거짓이 거슬린다고 누가 생각하겠는가. 다 함께 연주하는
일이 그토록 드문데.

어느 해인가 겨울에 알리치아가 그제고시의 집에 커피를 마
시러 들렀다. 계획에 없던 일이기는 했다. 알리치아는 계획 세
우는 것을 좋아하고 뜻밖의 상황을 좋아하지 않았지만, 할머니
가 찾아오기 전에 미리 옷을 갈아입히고 머리를 잘 빗긴 모습
을 보고 싶은 게 아니라 그냥 손자손녀의 있는 그대로의 삶에
참여하고 싶었다.

입구에서 인터폰을 눌렀지만 오랫동안 대답이 없었다. 집에
없다고 생각하고 돌아가려는데 누군가 대답을 했다. 무시무시
한 소란과 고함과 함께, 그 뒤에서는 누군가 두꺼운 도구로 바
닥을 부수는 듯한 둔중한 소리가 들렸다. 개들의 식사시간에
보호소를 방문하거나 TVN24 채널에서 정치인 토론 프로그램
을 틀어놓은 것 같은 분위기였다.

또다시 가려고, 더 정확히는 도망치려고 하는 순간 알리치아
는 우물 바닥에서 들리는 듯한 한나의 목소리를 들었다. 어떤

알 수 없는 힘에 떠밀려 정문을 열고 들어가 계단을 올라갔다.

문을 열어준 사람은 며느리였는데, 다소 놀란 듯했지만 미소를 지으며 안으로 들어오라고 했다. 사실 알리치아는 며느리를 한눈에 알아보지 못했다.

알리치아의 집에 방문할 때, 한나는 언제나 가볍게 화장한 얼굴에 잘 다린 옷을 입고 아이들도 깔끔하게 씻긴 모습이었다. 여기, 자신의 자연적인 서식처에서 만난 한나는 마치 중환자실에서 의사가 출산을 돕고 뼈를 맞춘 다음 죽어가는 환자의 손을 잡아주며 가까스로 근무를 마친 뒤의 모습과 같았다. 운동복 바지는 정체를 알 수 없는 얼룩투성이였다. 상의는 레이스 장식이 달린 까만 블라우스였는데, 하의와 전혀 어울리지 않는 걸로 보아 마지막 순간에 아무렇게나 입은 것 같았다.

블라우스는 가슴께가 벌어져 회색으로 변한 브래지어와 늘어진 끈이 보였다. 머리카락은 새집 같았는데, 인터폰이 울린 뒤부터 알리치아가 위층에 올라올 때까지의 시간 동안 남의 눈에 보일 만한 머리 모양을 만들려고 절박하게 시도한 결과임이 분명했다.

집안으로 들어서자 후끈한 열기가 알리치아의 얼굴을 때렸다. 한나는 뭔가 요리를 하고 있었던 듯 인사를 하자마자 부엌으로 달려갔고, 그쪽에서 솥이나 냄비가 부딪치는 소리, 가스

불에서 뭔가를 내리고 다른 뭔가를 올리는 소리가 들려왔다. 생산, 생산, 시간이 모자라니 낭비할 수 없다. 공기에서 이상한 냄새가 났는데, 마치 누군가 기름을 바꾸지 않고 밤낮으로 양파를 튀긴 것 같았다.

현관 옷걸이에는 빈 고리가 하나도 없어 외투를 걸 수가 없었다. 알리치아는 잠시 고민한 뒤, 신발장 위에 외투를 내려놓으며 엉망진창인 집의 모습에 온몸으로 불편감을 느꼈다. 모든 세간살이가 얇은 기름층으로 덮인 것처럼 보였다. 무엇을 만지든—커피잔, 손잡이, 야쿱이 손에 쥐여준 캠핑카 장난감—핸드백에서 물티슈를 꺼내지 않으려고 힘겹게 자신을 억제해야 했다. 한나가 언젠가 그들의 집은 '예술적으로 무질서'하다고 지나가듯 말한 적이 있었다. 알리치아는 부드럽게 웃었다. 집안에 예술가가 한 명도 없으면, 그것은 그냥 평범한 난장판일 뿐이다.

야쿱이 현관으로 달려오더니 알리치아를 보고 울음을 터뜨렸다.

"요즘 애가 이래요. 낯선 사람을 무서워해요."

한나가 아들을 안아올리며 말했다.

"어머, 죄송해요. 무슨 뜻인지 아시죠?"

바로 이렇게 덧붙였다.

상실

야쿱은 곧 진정했다. 엄마의 레이스 장식에 파묻힌 채 그저 가끔씩 콧물을 훌쩍훌쩍 들이마셨다. 그런데 야쿱의 눈에는 뭔가 알리치아의 심장을 움켜잡는 것이 있었다. 알리치아는 재빨리 작별인사를 하고 밖으로 나왔다. 외투는 곧바로 세탁소에 맡겼다.

한나, 한나. 알리치아의 그 조용한 아들이 언제나 자기 세계에 빠져든 채 옆에 있었다. 그제고시에게는 모든 일이 그저 일어나기만 하고, 그는 유일한 관객처럼 그 어떤 것도 결정하지 못했다. 아마도 그녀, 알리치아의 잘못일 것이다. 왜냐하면 언제나 엄마 탓이기 때문이다. 그러다 한나는 이것을 곧 스스로 확신할 수 있었다.

처음에 그제고시는 알리치아를 자주 찾아갔다. 가끔은 빨랫감을 가져오거나 셔츠를 다려 달라고 부탁했다. 알리치아는 이럴 때면 마음이 뭉클해졌다. 다리미판에 셔츠를 올려놓고 조금씩 체계적으로 주름을 다려 펴는 것을 좋아했다.

그제고시는 그동안 자기한테 무슨 일이 있었는지 이야기했는데, 두 사람은 주로 정치 얘기를 하거나 이웃사람들에 관한 소문을 숙덕거렸다. 한 시간, 혹은 한 시간 반 동안 알리치아는 예전처럼 지낼 수 있다고, 어쨌든 둘이 가장 가까운 관계라고 느꼈다. 그러나 세월이 흘러 한나와의 일상이 안정되자, 그제고시는 더 이상 알리치아의 집에 들러 함께 토크쇼를 보지 않았다. 아이들이 태어나고 나서는 그제고시가 집에서 잠시라도 나와 있기가 더 힘들어졌다.

한번은 그제고시가 "이제 집에 왔어요."라고 메시지를 보냈는데, 알리치아는 마음이 무척 아팠다. 아들에게 '집'은 이제 다른 곳이며, 그게 당연하다고 그녀는 스스로를 꾸짖었다.

알리치아는 커피잔을 도자기 잔받침에 내려놓았다. 곁눈으로 보고 잔과 잔받침이 맞지 않는 것, 자신이 서로 다른 세트에서 꺼내왔다는 것을 알았다. 손톱으로 칠판을 긁는 새된 소리처럼 몹시 거슬렸다. 이런 부주의라니.

한나는 커피잔도 잔받침도 신경쓰지 않은 채 건성으로 마시고는 잔과 잔받침을 바닥에 내려놓았다. 마리안나의 공책을 훑어보며 어떤 흔적, 편지, 뭐라도 좋으니 실마리를 찾으려 애썼다. 공책을 한 권씩 주르륵 넘겨보고는 옆으로 밀어놓았다. 다음 공책도, 그다음 공책도.

마치 마리안나가 스파이라서 암호화된 메시지를 숨겨놓은 듯, 공책 더미 위로 몸을 숙인 채 페이지를 마구 넘기며 제본된 곳까지 샅샅이 살폈다.

"그림이 하나도 없어요."

“응?”

“항상 그림을 그렸어요.”

한나가 공책을 집어들었다.

“마지막 장에요. 거의 대부분 개였어요. 선으로 그린 개, 원으로 그린 개. 그런 식으로 여러 가지 아이디어가 있었어요.”

알리치아는 여기에 대해서 전혀 몰랐다. 대략 칠 년쯤 전에 마리안나에게서 ‘할머니의 날’ 선물을 받은 후로 마리안나의 그림을 본 적이 없었다. 사실 기억 속의 그 그림은 아주 형편없었다. 가족 전체를 그렸는데, 아무도 실물과 비슷하지 않았다. 어린 미술가는 가족 구성원의 가장 못생기고 가장 거부감이 드는 특성들을 강조하려 애쓴 듯했다.

야쿱은 뚱뚱한 난장이 같았고, 한나는 다리가 막대기 같았으며, 그제고시는 겨울이 지나간 뒤의 산등성이처럼 반들반들한 대머리였다. 알리치아도 몸통은 굵고 다리는 가느다란데, 머리만 유독 커서 호두와 막대기로 만든 인형이나 꿀벌 같았다. 마리안나가 특별히 자신을 그런 방식으로 그려서 비웃고 있다는 인상을 지우기가 어려웠다.

“우아, 할머니 임신했다.”

알리치아는 자신의 모습을 가리키며 하하 웃었다. 일부러 즐거운 척했지만 아이는 무안했는지 코에 주름을 잡았다. 그

러고는 그 '상장'을 가져가서 몇 년이나 지난 지금 알리치아의
아파트에서 자신의 방이 된 그 방에 숨겼다. 원래 그렇게 흘러
가는 법이다. 결국 과자인지 콜라인지를 주고 달래서 작품을
돌려주게 했다.

알리치아는 마리안나가 그 그림을 집에 가지고 돌아갔다 해
도 반대하지 않았을 것이다. 그런 아이들의 창조물에 마음이
쏠렸던 적은 한 번도 없었다. 심지어 그제고시가 어렸을 때에
도 유치원에서 열 개의 어린 목구멍이 가느다란 목소리로 '우
리의 해님'에게 얼굴을 보여 달라고 무자비한, 혹은 인정사정
없는 가짜 몸짓을 하면서 소리치는 발표회나 공연에 조금도 열
광하지 않았다.

학부모를 위한 장기 자랑, 그러니까 그제고시가 아주 엄숙
하게 '공연'이라고 말한 것을 보기 위해 직장에서 조퇴를 하고
갔지만 실제로는 아들의 대사가 단 한 문장뿐이었다. 반쯤 말
하다가 긴장한 나머지 얼굴이 빨갛게 되어 더듬기 시작하면
프롬프터와 연출가 역할을 동시에 하는 담임선생님이 개입해
서 구해 주었다.

한나는 이미 서랍을 털기 시작하자, 마리안나의 방은 종이
류를 무척 좋아하는 도둑이 다녀간 듯한 모습으로 변하기 시
작했다. 그러나 머릿속으로는 계속 그림에 대해 생각하며 이

상실

리저리 곱씹다가 결국은 묻고 말았다.

"어머니 댁에 있는 동안 그림을 안 그렸나요?"

알리치아는 대답 대신 고개를 저었다. 마리안나가 무엇을 하며 지냈던가? 대체로 휴대폰을 손에 들고 앉아 있거나 헤드폰을 끼고 침대에 누워 있었다. 그리고 공부를 했다. 아마 그랬을 것이다. 숙제가 많다고 하면서 몇 시간씩 문을 닫고 방안에 틀어박혀 있었다.

그러다 알리치아는 갑자기 몸 안쪽, 심장 아래 어딘가에 까만 구멍이 열려 몸안의 모든 것을 빨아들이기 시작하는 느낌이 들었다. 이건 너무 불공평했다.

알리치아는 진정하기 위해 창가로 다가가 찻잔에 남아 있는 차를 화분에 부었다.

한나는 마치 알리치아의 생각을 들은 듯, 마치 다 아는 듯 입을 꼭 다문 채 입술을 가느다란 선으로 만들었다.

"말씀해 주실 수도 있었잖아요. 그러니까, 그, 아이들을 맡고 싶지 않으셨으면요. 그러셨으면 저희가 뭔가 다른 방법을 생각해 봤을 거예요."

한나는 공책의 가장 마지막 장을 펼쳐서 마치 법정의 증거처럼 치켜들었다.

알리치아는 고개를 저었다. 여기에 대해서 아무 할 말이 없었다.

그 후 그들은 교대로 전화를 걸었다. 한번은 알리치아가, 한번은 한나가. 가끔은 동시에. 서로 이름과 성, 별명을 교환했다. 배구를 같이하던 그 친구가 혹시 뭔가 알지 않을까? 어쩌면 담임선생님이 뭔가 생각해내지 않을까?

+ + +

마침내 둘 다 기운이 빠졌다.

"전부 훑은 것 같다."

알리치아가 확정하듯 말했다.

한나는 어깨를 으쓱했다. 누군가 빠뜨린 것 같고, 뭔가 중요한 일을 잊은 것 같은 느낌이었다. 창밖에는 천천히 어둠이 깔리고, 이른 봄의 어둠이 한나에게는 불길해 보였다. 낮에 해가 비칠 때는 날씨가 아주 따뜻했다. 지금은 기온이 일 분 일 초가 다르게 내려가는데, 그녀의 아이, 어린 딸이 바깥 어딘가에 있다. 한나는 딸의 친구 이름을 한 명씩 떠올리며 머릿속의 앨범을 넘겨 딸 친구들의 얼굴을 하나씩 들여다본다.

"혹시…… 동네를 좀 둘러볼래?"

한나는 좋은 생각이라고, 즉각 동의했다. 생각할 시간이 있

상실

었더라면 자신이 너무 지쳤다는 것과 잠을 못 자서 머리가 말을 안 듣는다는 것을 느꼈을 것이다. 폴란드로 돌아올 시간을 벌기 위해 최근에 직장에서 추가 근무를 했다. 폴란드로 돌아오는 저가 항공사 비행기 안에서 접이식 주머니칼 같은 자세로 앉아 있었기 때문에 등이 아팠다.

차안에서 알리치아가 물었다.

"학교 앞?"

"아뇨, 아뇨. 걔가 뭐하러 학교 앞에 앉아 있겠어요."

한나는 이마에 주름을 잡고 잠시 창밖을 바라보았다.

"대도시요. 가출 소녀들은 대도시로 가요."

"브로츠와프?"

"네."

두 사람이 탄 차가 브로츠와프 쪽으로 달려갔다. 알리치아는 몇 시간 전에 공항에 가려고 이 길을 달렸다는 사실을 생각하지 않으려 애썼다.

"그런데 넌 그걸 어떻게 아니?"

"뭘 알아요?"

"가출한 여자애들이 대도시에서 뭘 하는데?"

한나는 미소를 지었다. 이곳에 도착한 뒤로 처음인 것 같았다.

"가출해 봤니?"

“아뇨, 한 번도 안 해 봤어요. 하지만 항상 원했어요. 내가 사라지면 주변 사람들이 모두 나한테 못되게 굴었던 걸 후회할 거라고 상상했어요.”

침묵 속에 차가 달렸다.

“우리가 못되게 굴어서 마리안나가 가출했다고 생각하세요?”

한나는 산타클로스가 그래도 존재한다는 대답을 기대하는 아이처럼 물었다. 알리치아는 어른이고, 아이들한테 언제나 진실을 이야기할 필요는 없다는 걸 안다. 최소한 지금은 그렇다는 걸 잘 안다.

“아냐, 그럴 나이라서 그래. 괜히 반항하는 것뿐이야. 애를 찾으면 우선은 꼭 안아주고 그다음에는 벌을 줘야겠어.”

“연말까지 집 밖으로 못 나가게 해요.”

“너무 평범해.”

“목에 GPS 추적기를 걸어줘요.”

“니코틴 패치처럼 몸에 딱 붙여야지.”

“패치라니, 좋은 생각이네요.”

두 사람은 안도하며 웃었다. 미래의 처벌을 상상하는 것으로 그들에게 통제권이 돌아온다. 두 사람이 다시 주도권을 잡는 것이다. 괜히 화가 나서 엄마와 할머니를 남겨두고 도망친

상실

바보 같은 십대 여자아이가 아니라…….

그러나 잠시 후에 한나는 더 이상 웃지 않았다. 끅끅거리기 시작했다.

알리치아는 처음에 이것을 눈치채지 못하고 계속 혼자 웃었다. 마침내 깨달았을 때 한나는 통곡하고 있었다.

"그 애를 실망시켰어요. 우리 모두 다, 어른들이!"

한나가 블라우스 소매로 코를 닦았다.

"어머니!"

알리치아는 상황이 어찌됐든 운전에 집중하려 애썼다. 모든 재앙에 이렇게 반응했다. 갈 길을 계속 가는 것. 아직 좀더 가야 한다, 좀더.

"어머니!!!"

한나가 소리쳤다.

"정신 차리세요! 마리안나를 돌봐 달라고 했잖아요! 소장님이 뭐라고 했는지 들으셨잖아요! 가정 붕괴라고요!"

"그럼 그 가정이 왜 붕괴했니, 응? 그 생각은 해봤어?"

알리치아는 방향을 틀어 국도로 내려갔다.

"큰길로는 안 가겠지. 만약에 애가 여기로 왔다면 말이다."

"저는 떠나야만 했어요."

"그야 그랬겠지."

"어머니는 아무것도 모르세요. 그제고시가……."

"그래, 안다. 내가 모르는 것 같니? 그 애는 거의 매달 나한테 돈 달라고 찾아왔어. 관리소장이 알게 돼서 개 차가 주차장에 있는 걸 보면 나한테 전화해서 대비하라고 하더라. 돈을 안 주면 자기가 가져간 적이 몇 번 있어서."

"네?"

한나는 믿지 못한다.

"이간질하지 마세요!"

"이간질 안 해도 너희가 알아서 잘 싸우더라."

한나는 침묵한다.

"가져가다니……, 어떻게요?"

"강제로 그런 건 아냐."

알리치아가 차분하게, 너무 차분하게 말했다.

"하지만 내가 어느 서랍에 현금을 넣어두는지 알거든. 내 마음이 편하기 위해서 현금을 여기저기 나눠서 보관하기 시작했어. 여기에 천, 저기에 오백. 하지만 그 애는 그걸 무슨 보물찾기놀이처럼 생각한 모양이더라. 어디에 숨겨놔도 안전한 곳이 없었어. 인터폰이 울려서 받으러 가면 그걸로 끝이었지. 아니면 부엌에서 뭐가 끓기 시작해서 불 끄러 가거나. 한번은 집배원이 와서 내 차가 밖에 있는 걸 보고 초인종을 오랫동안 울리

상실

더라. 나는 마비된 것처럼 앉아 있었어. 그제고시가 나를 비웃듯이 쳐다보았어. '안 나가 보세요, 엄마?' 하고."

"저한테 왜 말씀 안 하셨어요?"

"우리가 절친은 아니었잖니?"

"저희, 파산했어요. 그거 아세요? 런던에 간 게 마지막 기회였어요. 그리고 이젠 손쓸 방법이 전혀 없어요. 그제고시한테 소송 걸겠다고 위협하는 채권자들한테는 아마 갚을 수 있을 거예요. 하지만 그보다 적은 액수를 빌려준 사람들은 수십 명, 어쩌면 수백 명일지도 몰라요. 그이가 사방에서 꾸어쓰고 사방에 곧 갚겠다고 약속했다고요."

알리치아의 얼굴에는 아무런 감정도 나타나지 않았다. 그저 아랫입술을 깨문다. 한나의 무릎 위로 한 손을 뻗어 글러브 박스에서 담배 한 갑을 꺼냈다. 시거잭 라이터로 불을 붙인 뒤 창문을 조금 열었다.

"밑 빠진 독이에요."

두 사람 다 아무 말도 하지 않은 채 이미 했던 말들을 곱씹으며 분석했다. 알리치아는 담배를 빨아들였다가 'ㅇ' 모양으로 입술을 오므려 연기를 내뱉었다. 한나는 델마와 루이스 같다고 생각했다. 차가 피아트 판다가 아니라 뚜껑을 여는 이인승이었다면.

"어쩌면 그래서 내가 너희 애들을 받아들일 준비가 안 됐는지도 모르겠다."

알리치아가 말했다.

"내 아이는 전혀 어른이 되지 않았으니까. 그리고 네가 무슨 말을 하려는지 안다."

한나는 아무것도 할 말이 없었지만, 알리치아가 손짓으로 한나를 조용히 시켰다.

"내 탓인 거 나도 알아. 내가 그 애 엄마니까. 이미 오래전에 돈 주는 거 그만뒀어야 한다, 그런 것 말이다."

"그이는 어른이에요."

한나가 나직이 말했다.

"그이의 선택은 어머니 책임이 아니에요."

"바깥 좀 내다볼래?"

"네, 그런데 너무 어두워서 뭘 볼 수가 없네요. 애가 야광봉을 달고 나간 것도 아니고."

두 사람은 몇 번 정도 누구를 봤다고 생각했다. 그리고 실제로 이쪽 국도와 저쪽 골목 사이에 누군가 걸어가고 있었는데, 왼쪽 오른쪽으로 비틀거리거나 자꾸 멈춰서는 것으로 보아 불편한 신발을 신은—남자였다. 자전거를 탄 여성 두 명과 색색가지 레깅스를 입은 좀더 큰 자전거 그룹도 지나쳤다.

상실

그중에 마리안나는 없었다.

"그제고시가 나간 거 알고 계세요?"

"뭐?"

이번에 놀라는 사람은 알리치아였다. 담배꽁초를 창밖으로 내던지고 혹시 잘못 들은게 아닌가, 생각하는 듯 잠시 한나를 쳐다보았다. 이전에는 세상 그 어떤 것도 알리치아를 놀라게 하지 못했던 것만 같았다.

한나가 고개를 끄덕였다.

"새해가 지난 직후에요. 저는 두 배 세 배로 일해서 아이들을 떼어놓았던 시간을 만회하려고 애쓰는데, 그이는 짐을 싸서 사라져 버렸어요. 그 이후로 안 보여요. 어머니한테 그이가 얘기 안 했어요?"

"안 했다."

"일도 그만뒀어요."

이번에는 한나가 글러브박스를 열고 담배를 꺼냈다.

"드릴까요?"

둘 다 담뱃불을 붙이고 함께 연기를 내뿜었다. 한나가 기침을 했다.

"안 피운 지 오래됐어요."

"그 애가 일을 그만둔 게 확실하니?"

“그이 사장이 저한테 전화했어요. 그 천재가 제 번호를 비상 연락처로 적어냈으니까요.”

한나가 어깨를 으쓱해 보였다.

“크리스마스 전날이 창고에서 그이 마지막 근무였어요. 그 뒤로 계속 무단결근하고 아무한테도 연락을 안 했어요. 그이가 아픈 것 같다고 제가 둘러대기는 했지만, 진단서 같은 증빙 서류가 없으니까 사장도 속지 않는 것 같았어요. 저는 폴란드에서 아는 사람 통하면 진단서를 얻을 수 있지 않을까 생각했지만 영국에서 폴란드 진단서는 아무 쓸모도 없더라고요. 게다가 영국에서 병이 났는데 무슨 수로 갑자기 폴란드 의사를 찾아갔겠어요? 전혀 도움이 되지 않았을 거예요.”

알리치아는 믿을 수 없다는 듯 고개를 저었다.

“나한텐 거의 안 왔다. 하지만 찾아올 때는 항상 선물을 가져왔어.”

알리치아가 어조를 바꾸어 말했다.

“예쁜 초콜릿이라든가 고급 과자 같은 거. 어디서 구했는지는 몰라. 그걸로 매번 나를 매수했지. 세상에, 내가 대체 무슨 말을 하는 거니? 수천 즈워티를 떼먹고서 초콜릿을 가져다주다니. 무슨 거래가 그 모양이니? 하지만 최소한······.”

알리치아가 목소리를 낮추었다.

상실

"최소한······?"

한나가 물었다.

"최소한 찾아오기는 했지. 아이들은 거의 데려오지 않았어. 애들이 바쁘다거나 할머니 집을 지루해한다거나 그런 핑계를 댔지. 아마 그 말도 맞았을 거야. 그래도 나는 그 애가 주는 초콜릿이라도 받았지. 저녁이면 앉아서 책을 보다가 그 초콜릿을 들여다보았어. 그리고 아주 가끔만 생각했지. 사실 난 초콜릿을 그렇게 좋아하지도 않는데."

"썩을 인간."

한나가 거칠게 내뱉었다.

"이런, 죄송해요."

두 사람은 울면서 웃었다.

"그 애가 나한테 계속 연락한 거 아니?"

"어떻게요? 지금도요?"

"그래, 계속."

한나는 이 말을 곱씹었다.

"그래서 뭐래요?"

알리치아는 운전대를 놓고 양손을 들어 옆구리에 얹었다.

"대부분 같은 얘기야. 애들이 어떻게 지내는지 묻고, 일이 쉽지 않다고 하고."

“일이 그렇게 힘들 리가 없죠. 출근을 아예 안 하는데.”

한나가 빈정거렸다.

“그리고 또 나한테 자기 계획을 말하더라……. 이젠 나도 모르겠다.”

알리치아는 말할 의지를 잃었다.

“말씀하세요, 말씀해 주세요.”

“돈이 생길 거라고 하더라. 저축을 하고 있다고.”

한나가 콧방귀를 뀌었다.

“그 애가 런던에서 네 돈을 가져갔니?”

“가져가려고 했을 거예요.”

한나가 말했다.

“그러니까 제 말은요. 죄송해요, 그런 뜻이 아니었어요. 저한테서는 돈을 받아낼 수 없지만 어머니한테서는 받을 수 있다고 생각한 거예요.”

알리치아가 슬프게 미소를 지었다.

“그래, 알았다. 그제고시는 우리 둘의 공통문제지만, 그 애 걱정은 일단 나중에 하기로 하자.”

“네, 옳으신 말씀이에요.”

두 사람은 또다시 길을 둘러보면서 조그만 마을과 텅빈 버스 정류장을 지났다. 이런 곳에서는 이 시간에 고작해야 맥주

상실

정도 마실 수 있을 뿐이었다.

"공원 같은 데는 어때?"

알리치아가 물었다.

"정자요?"

"그런 거. 머리 위에 지붕이 있고 추위를 피할 수 있는 곳."

"그것도 좋은 생각일 것 같아요. 하지만 여기에 공원이 몇 개나 있는지 아세요?"

"경찰에 얘기할 수도 있잖니?"

"네, 경찰에 둘러보라고 하죠. 하지만 어머니하고 저하고 둘이는……. 저도 모르겠어요. 마음이라도 편하게 브로츠와프까지 가보기로 해요. 그래봤자 마음은 안 편할 것 같지만요."

"그래."

길이 점점 넓어지고 불빛도 더 밝아졌다. 브로츠와프 톨게이트에 다가갔다. 여기서는 찾을 데가 없었다. 차가 너무 많이 다녀서 갈라지는 길이 너무 많았다. 그만큼 마리안나가 숨어 있을 만한 장소도 많았지만, 당장 경찰에 신고할 만큼 나빠 보이는 곳은 딱히 없다. 마리안나라면 아마도 비엘라니에 있는 이케아에서 하루종일 침대에 누워 있다가, 직원들이 불안해하면 엄마가 곧 돌아올 거라고 둘러댈 것이다.

"난 애들하고 얘기하는 법을 몰랐어. 특히 마리안나하고는.

개한테 그런 얘기를 했지……."

알리치아가 말문을 열었다. 한나는 온몸으로 긴장해 있었지만 알리치아가 눈치채지 못하게 하려 애썼다. 손을 깔고 앉아 주먹을 꽉 쥐었다.

"여자애들은 사는 게 더 힘들다고 말했어."

"어째서요?"

"그거야, 그냥. 사실이잖니?"

알리치아가 말했다.

"애들이 사는 세상은 이젠 달라요!"

"다르긴 뭐가 달라?"

"마리안나네 교실을 보셨어요? 세 명이 넌바이너리예요. 페미니스트가 여섯 명이고요. 중학교에서 말이에요!"

"그래서 뭐가 달라지니?"

"어머니, 정말로 지금 세상을 이해 못 하시는 거예요, 네? 좋아요, 사실은 저도 완전히 이해하진 못해요. 전 저 자신을 위해서 싸우는 법을 몰랐어요. 하지만 그렇게 시작부터 애의 날개를 잘라버리면……."

"애들을 나한테 맡기기 전에 이런 대화를 했으면 좋았을 것 같구나. 반년 전에!"

"어머니 아들만 아니었으면 저도 그럴 필요가 없었을 거예

상실

요……."

"……네 남편이기도 해!"

한동안 그들은 말다툼을 하며 점점 언성을 높였다. 지금이라도, 당장이라도 한나가 차에서 내려 문을 쾅 닫고 브로츠와프 비엘라니 한가운데로 뛰어나가 고속도로에서 히치하이킹을 시작할 것만 같았다. 이 지옥 같은 피아트 판다 안에서 이 끔찍한 여자와 함께 있는 것만 아니라면 어디든 좋을 듯했다.

갑자기 알리치아가 찢어지는 타이어 소리를 내며 브레이크를 밟았다. 불빛이 번쩍이더니 차가 돌연히 미끄러졌다. 한나도, 알리치아도 몸이 앞으로 튀어나가려던 걸 안전벨트가 붙잡아주었다. 누군가 경적을 울렸고, 타이어 타는 냄새가 공기 중으로 퍼져나갔다.

빨간불이 켜진 교차로로 돌진할 뻔했다. 왼쪽과 오른쪽 차로에서 화물트럭과 승용차가 빠르게 지나가며 경적을 크게 울렸다. 큰일날 뻔했다.

"괜찮니?"

알리치아가 물었다.

"괜찮아요, 어머니는요?"

"나도 괜찮다."

"다행이에요."

신호등이 바뀌었다. 알리치아가 시동을 켜고 기어를 1단에 놓자 차가 서서히 움직였다.

"죄송해요, 운전하실 때 말다툼하는 게 아니었어요."

"서로 목 따려고 덤비는 건 마리안나를 찾고 나서 하자."

"어, 네."

한나는 잠시 입을 다물었다가 덧붙였다.

"어머니 말씀이 옳은 것 같아요."

"무슨 말?"

"여자애들이 더 힘들다는 거요. 여자들은 정말 힘들어요."

"반에 페미니스트가 그렇게 많이 있어도?"

한나가 한숨을 쉬었다.

"그건 첫걸음일 뿐이에요. 그 어린 페미니스트들마저 없으면 아무것도 바뀌지 않아요."

"그럴지도 모르지."

알리치아는 주차장으로 차를 몰고 들어갔다가 방향을 돌렸다. 한나는 반대하지 않는다. 어차피 시내를 전부 뒤지고 다니는 건 불가능했다. 마리안나가 잘 아는 장소로 돌아가는 편이 나았다. 어쩌면 친구 중 누군가가 몰래 재워주지 않을까?

한나는 이 년 전 휴가 때 캠핑을 가기로 했을 때 마리안나가 보였던 반응을 기억했다. 마리안나는 우선 벌레가 싫고, 추

상실

울까 봐 겁나고, 땅바닥에서 자는 게 불편할 거라며 영 내키지 않아 했다. 야쿱도 마찬가지였다. 별로 기뻐하지 않았고, 특히 실내 화장실이 없는 걸 걱정했다. 옆 캠핑장에 돈을 얼마쯤 내면 샤워도 할 수 있고 화장실도 쓸 수 있다고 말해도 역시 싫어했다.

그런 마리안나가 지금 와서 야외의 하늘 아래에서 밤을 보내려 든다는 건 상상할 수 없었다. 그때는 8월이었다. 너무 더워서 그제고시가 며칠이나 연달아 발코니에 나가서 잠을 잤다. 지금은 점퍼를 입어도 창틈으로 흘러들어오는 강력한 한기로 추위를 느낄 수 있었다.

"어머니 말씀에 그 애가 충격을 받았을 수는 있다고 생각해요. 자기가 여자애라는 이유만으로 사는 게 더 힘들 거라고 생각하실 뿐만 아니라 집에서도 적극적으로 더 힘든 상황을 만들려고 하신다는 점에서요."

"걔도 그렇게 말하더라. '가부장제 실험실'이라고."

"네?"

"그렇게 표현하더라고. 내가 가부장적 현실에 너무 익숙해져서 일상생활에도 가부장적 규범을 끌고 들어온다고. 작은 규모로 그걸 되풀이한다고 말이다."

한나는 미소를 지었다. 알리치아는 한나를 쳐다보며 대답을 기다렸다.

“저는 딸애가 자랑스러워요.”

마침내 한나가 말했다.

알리치아는 담배를 꺼냈다. 담뱃갑은 텅 비어 있었다.

“아무 말씀 안 하세요?”

한나가 장난스럽게 물었다.

“한나.”

알리치아가 초조한 목소리로 말했다.

“난 늙었어. 알겠니? 내 세대는 그런 얘기를 하지 않았단 말이다.”

알리치아가 한숨을 쉬었다.

“사랑한다는 말도 겨우 할까 말까 했다. 그러니 ‘네가 자랑스럽다’느니 ‘어떤 심정인지 이해한다’느니 하는 건 말할 필요도 없지. 그 애가 어떤 심정인지 내가 어떻게 아니? 내가 어떤 심정인지는 그 애가 알기나 하니? 그 애 혼자만 힘든 게 아닌데?”

“하지만 어머니는 어른이시잖아요.”

한나가 대꾸했다.

“나도 안다. 그걸 굳이 나한테 또 알려줄 필요는 없어.”

알리치아가 쏘아붙이듯 덧붙였다.

상실

"교통사고로 죽지 않게, 운전하는 동안에는 말다툼을 안 한다고 하지 않았니? 곧 와기에브니키로 들어갈 거야. 기차역에서 나오는 길에 위험한 교차로가 있어."

"그러면 기차역에 잠깐 들러요. 사람들한테 물어보게요."

"그래, 그러자."

알리치아는 곧 오른쪽 방향지시등을 켜고 기차역으로 들어갔다.

창구에는 '교육생'이라는 배지를 단 젊은 남자애가 서 있었다. 마리안나보다 몇 살 많지도 않아 보였다. 그러나 아무것도 모르고, 어제는 근무를 하지 않았다. 어쩌면 동료가 알지도 모른다. 아니, 동료도 혼자 다니는 십대 소녀는 전혀 못 보았다.

"하지만 좀더 알아보세요."

젊은 남자애의 여성 동료가 말했다.

"다른 데서 누가 봤을지도 모르니까요. 두 분 혹시 시식용 과자 드시겠어요?"

여성 직원은 교육생이 과자를 내주지 않았다고 팔꿈치로 쿡쿡 찔렀다.

한나와 알리치아는 차로 돌아왔다. 안전벨트를 매고 다시 출발했다.

"그런데 말이다. 너네, 정말 왜 헤어졌니?"

한나는 여기에 대해서만큼은 아무것도 이야기할 수가 없었다.

정말로 못 할 것이다.

시어머니에게 모든 일을 이야기할 수는 없는 노릇이었다. 아이들에게도 마찬가지였다. 심지어 그제고시에게도. 사실 그건 말도 안 되고, 그제고시야말로 진실을 알아야 하지만, 그래도 다 이야기할 수는 없다.

그리고 그제고시는 어느 정도 진실을 알고 있었다. 그제고시도 자신이 모을 수 있는 선에서 현실의 조각들을 이어붙였다. 벌어진 상황들에 대해 자기 나름대로 해석도 했을 것이고, 아마도 충분히 고통스러울 것이다. 무엇하러 더 나쁘게 만든단 말인가?

+++

"그냥 잘 안 됐어요."

한나가 말했다.

알리치아는 며느리를 일이 초가량 들여다보았다. 그리고 섭섭했던 일을 전부 잊기로 했던 것 자체를 벌써 후회하기 시작했다.

상실

+++

한나는 알리치아를 언제부터 신뢰하지 않게 되었는지 기억하고 있었다. 마리안나가 알리치아의 집에서 하룻밤 자게 되었을 때였다.

마리안나는 다섯 살이었는데, 그때는 '과일사탕'을 '가이사탕'이라고 발음했다. 좋아하는 표현 중에는 "요주문 이런 맛 내기 십찌 아나."가 있었다. 그때부터 이미 눈빛이 이상하게 어른처럼 진지했다. 한나는 자기 딸에 대해 누군가 "아이가 참 조숙하다."고 말할 때마다 민망해서 등에 소름이 돋곤 했다.

딸이 인형놀이를 하면서 어떤 대화를 지어내는지도 들었고, 동생에게서 버터 바른 빵조각을 얼마나 고집스럽게 빼앗는지도 보았다. 마리안나는 어렸을 때부터 우수에 찬 아이였다. 마리안나의 눈에는 첫 가을날의 분위기가 서려 있었다. 아직은 따뜻하다고 스스로 속이지만, 사실은 가장 좋은 날은 이미 끝났다는 것을 알고 있는 그런 분위기. 대체 어디서 그런 걸 배웠을까? 알 수 없는 일이었다.

그날 마리안나가 왜 할머니 댁에서 잤을까? 그 이유에 대해서는 벌써 잊었다. 아마도 야쿱 때문에, 병이 났거나 아침 일찍 야쿱을 어딘가에 데려가야 해서 누군가, 어쩌면 그제고시가

“마리안나는 어머니 댁에서 하룻밤 재우지.”라고 했을 것이다.

처음으로 다른 집에서 보내는 하룻밤. 한나는 아이의 잠옷과 분홍색 칫솔, 인형, 조그만 베개를 챙기면서 불안감을 느꼈다. 그리고 그런 자신을 스스로 꾸짖었다. 한나는 아이가 혼자 학교에 가게 두는 척하면서 사실은 뒤를 따라가서 횡단보도를 건널 때마다 양쪽을 다 살피는지 지켜보는 그런 엄마가 되고 싶지 않았다.

한나는 마리안나가 독립적이기를, 진심으로 독립적으로 자라기를 원했다. 마리안나가 강하게 성장하기를, 어떤 상황에 놓이더라도 스스로 헤쳐나갈 수 있기를 바랐다.

다음 날 불안감은 완전히 사라졌다. 한나는 자신을 둘러쌌던 두려움을 생각하며 웃었다. 그날 오후 마리안나를 데리러 갔을 때는 중천에 뜬 해가 땅을 뜨겁게 달구어 아스팔트에서 김이 났다. 그때 알리치아의 아파트 앞 덤불숲에서는 참새들이 먹이를 쪼고 있었다.

부엌으로 들어갔을 때 알리치아는 괴로워 보였다.

“마리안나는 어디 있어요?”

“놀라지 마라.”

그래서 당연히 한나는 반대로 했다.

“무슨 일이에요?!”

상실

그 순간 마리안나가 방에서 뛰어나왔다. 볼에 반창고를 붙이고 있었다. 한나는 패닉에 빠지지 않으려, 아이에게 뭔가 잘못되었다는 걸 내보이지 않으려 애썼다. 그러나 알리치아의 고통스러운 얼굴이 뭔가 굉장히 잘못되었다는 것을, 마리안나의 반창고 아래에는 심한 피투성이 상처가 있다는 것을 알려주었다.

알리치아는 마리안나를 공동묘지에 데려갔다고 했다. 정상적인 사람이라면 대체 누가 다섯 살짜리 아이를 공동묘지에 데려가겠는가? 아이가 지루해하더니—이건 이미 짐작가능한 일이었다.—묘비 사이를 뛰어다니기 시작했다. 아주 잠깐 사이에 마리안나가 넘어지면서 미처 손을 뻗지 못하고 볼을 대리석 묘비에 부딪히고 말았다. 피가 쏟아져 나오자, 알리치아는 울부짖는 아이를 안아들고 응급실로 뛰어가 상처를 소독하고 반창고를 붙였다.

한나는 그날 머리끝까지 화가 난 채 집으로 돌아왔다. 물론 자신이 지켜볼 때도 마리안나는 무릎이 까지거나 소파에서 떨어지거나 쭉 뻗은 길에서 넘어지는 일이 있었다. 그게 문제가 아니었다. 한나는 알리치아를 믿었다. 그런데 첫 번째 시도에서 이미 뭔가 잘못되고 말았다.

한나는 그것을 용서할 수가 없었다.

마리안나의 볼에서 가느다란 흉터를 볼 때마다 한나는 그때 일을 생각했다. 그 뒤로 마리안나는 절대로 알리치아의 집에서 자고 오지 않았다. 야쿱도 마찬가지였다.

+++

한나는 알리치아의 차가 마치 타임머신인 양 뭔가를 더 기억해 냈다.

마리안나가 다섯 살 무렵, 그러니까 유치원에 다닐 때였다. 어린 마리안나는 길가에서 돌멩이를 주워 재킷 주머니에 넣기 시작했다. 크고 단단한 돌멩이만 골랐다. 엄마는 사실 여기에 딱히 신경 쓰지 않았다. 어쩌면 아이가 혼자 노는 게 기뻤던 것인지도 모른다. 마침내 마리안나가 너무 무거워서 두 손에 들고는 똑바로 서기도 힘든 큰 돌덩이를 주웠을 때, 엄마가 무슨 일인지 물었다.

"엄마는 아무것도 모르는구나. 내가 무거우면 바람에 날려가지 않을 거잖아요."

상실

✦✦✦

알리치아는 계속 침묵을 지켰다. 한나는 알리치아가 기다리고 있다는 것을, 런던에서 대체 무슨 일이 있었는지 꼭 알아야겠다고 생각하는 것을 안다. 마치 거기에 마리안나를 찾는 일의 성패가 달려 있기라도 하다는 듯.

한나는 한숨을 쉬었다.

✦✦✦

첫날. 첫 말다툼. 공항은 사람들로 바글바글했다. 폴란드인이 많긴 했지만 체코 사람들과 스페인 사람들도 있다. 입국심사 줄이 어찌나 긴지, 한나는 엄마가 공산주의 시절에 고기를 사려고 줄서서 기다리곤 했다는 이야기를 떠올렸다.

출입국 심사관이 한나의 여권을 엄격한 눈빛으로 들여다보다가 겨우 통과시켜 준다. 그제고시는 시내로 가는 버스요금이 일인당 40즈워티가 넘는다고 얼굴을 잔뜩 찌푸린 채 불평을 늘어놓았다. 절약이 어쩌고저쩌고하면서 계속 중얼거렸다, 훌륭하군. 한나는 반박의 말을 입안에서 삼키며 머릿속으로 남편과 말다툼을 하지 않으려 애썼다. 사람이 너무 많았다. 한나는 그제고시의 불평을 듣지 못한 듯 일부러 미소를 지었다.

"여기선 운이 좋을 거야."

한나가 말했다.

그제고시는 건성으로 들으면서 혹시라도 아내가 자신을 비웃는 건 아닌지 고민했다. 만약의 경우를 대비해서 못 알아들은 척하며 아내를 자기 쪽으로 당겼다. 곧 버스가 출발했다.

그제고시는 몇 번이나 계산을 다시 했다. 그러면서도 주위를 살피며 목에 건 주머니를 바짝 조였다. 그 안에 든 두 사람의 여권을 지키려 그러는 것이었다. 한나는 이런 그를 좋아한다. 여행 가이드처럼 든든한 느낌이 들었다.

겉으로 농담을 던지고 있었지만 한나 자신도 긴장하고 있었다. 야쿱이 오늘 밤에 잠을 잘 잘지 걱정이 되었다. 학교에서 수학여행이나 캠핑을 갈 때면 언제나 새 잠옷을 사주었다.─바르셀로나 색깔에 여러 가지 동물 무늬와 자동차 무늬. 아들이 집을 떠올리게 하는 뭔가를 입고 잠들 것이라 생각하면 흐뭇한 기분이 들었다.

이번에는 새로운 것을 아무것도 사지 못했다. 사실 절약해야 한다는 그제고시의 말이 옳았다. 지난번 휴가 때 가져갔던 파란 잠옷은 바짓단이 약간 짧아졌지만 조그맣게 접어서 아들의 가방에 넣어주었다.

상실

그들은 밤 10시가 넘어서야 아파트에 도착했다. 또 기다려야 했다. 한나의 사촌은 자정이 넘어야 일을 마치기 때문에 짐가방과 함께 문 앞에서 기다렸다. 동네가 불쾌한 인상을 풍겼다. 여기가 영국이라고? 튀르키예 가게와 음식점밖에 없다.

넓은 아파트에서 부엌에 붙어 있는 작은 방을 얻었다. 부엌은 어둡고 창문이 없었다. 더러울 게 분명해서 한나는 굳이 둘러보지 않았다. 닳아빠진 카펫 위에 매트리스가 바닥에 그대로 놓여 있다. 이상한 냄새가 나서 한나는 역겨워하며 이 매트리스에서 대체 몇 명이나 잤을지 생각한다.

사촌에게서 침대시트와 이불잇, 베개커버 같은 것들을 얻었다. 다른 방에는 이탈리아인 부부와 러시아에서 온 두 자매, 스코틀랜드 남자, 아일랜드 남자가 살았다. 한나는 러시아 여자들이 하는 말만 알아들었다. 스코틀랜드인과 아일랜드인의 영어 발음은 들어도 영어 같지 않았다.

아파트는 언뜻 비어 있는 것만 같았다. 2교대나 3교대로 연달아 일을 하든지, 아니면 파티를 하거나 가게에 가거나 관광을 다니거나, 어쨌든 다들 뭔가 다른 일을 하는 듯했다. 소용돌이 같은 삶―한나는 놀라움을 감추지 못했다. 어쩌면 자신이 더 젊었다면, 아이들이 태어나기 전에 여기에 굴러들어왔더라면 그렇게 밤낮으로 달리는 삶이 마음에 들었을지도 모른다. 한나는 절대로 너무 많은 일을 하지 않겠다고 맹세하며 그들의 삶을 비판했다. 그러다 보니 자신이 바로 그 속으로 빠져들었을 때는 미처 깨닫지를 못했다.

다행히 일자리를 쉽게 구했다. 카페 종업원이 되어 매일 열 시간 일하고 중간에 한 시간을 쉬었다. 쟁반을 들고 이리저리 뛰어다니며, 뭐 더 필요한 게 없는지 묻고, 커피를 만들다가 손을 데고, 카푸치노 위에 얹을 거품 만드는 법을 몰라 손님들이 화를 내고, 다시 한번 배운다. 가장 힘든 일은 싱크대에서 여섯 시간 동안 쉬지 않고 그릇을 씻는 것이었다.

배가 고파서 손님이 반납한 접시의 감자튀김을 주워먹고는 뒤늦게 부끄러움을 느꼈다. 아파트로 돌아와 찬물로 씻은 뒤 더러운 매트리스 위에 쓰러져 꿈도 꾸지 않고 잠을 잤다. 쉬지도 못하고 마치 계속 숙취에 시달리는 것처럼 어제와 똑같이 지친 채 일을 하러 갔다.

두 사람은 아예 짐을 풀지 않았다. 여행가방 두 개가 나란히 서 있었는데, 매일매일 두 사람은 그 안에서 옷을 끄집어냈다. 옷장이 있었더라면 짐을 푸는 쪽이 쉬웠을 것이다. 공용 공간에 서랍장 같은 것이 있었지만, 한나는 자기 물건을 다른 사람들이 열어볼 수도 있다는 생각에 마음이 편치 않았다.

그러다 결국은 새롭게 기운을 차리기 시작했다.

상실

아무도 도중에 침실에 들어오지 않고 부모와 함께 자도 되냐고 묻지 않는다는 것을 확실히 알게 되면 섹스가 다시 매력을 되찾는다. 매트리스는 더럽지만 방은 조용했다. 어쩌면 힘은 조금 떨어질지 몰라도 두 사람은 함께 있는 데 만족해했다.

그제고시가 창고에 일자리를 얻으면서 힘들어지기 시작했다. 대체로 밤에 일했는데, 그쪽이 시급이 더 좋기 때문이었다. 그제고시는 한나보다 돈을 많이 벌었지만 일이 정말로 고되었다. 상자나 배달물품 같은 걸 옮기는 일이어서 도매상에서 일했던 경험이 도움이 되었다. 하지만 지금은 자기가 사장이 아니라는 게 유감스러울 뿐이었다.

둘의 시간이 서로 어긋나기 시작했다.

새벽에 한나가 화장할 때 그제고시는 부엌 식탁에 앉아 있었다. 커피를 마시며 한나에게 일은 어떤지 물었다. 한나는 대답한다. 눈화장을 마치고 작은 거울을 내려놓고 나서, 그제고시가 앉은 채로 잠든 것을 본다.

그런데 데리크, 즉 두 번째 방에 사는 스코틀랜드 남자가 술에 잔뜩 취해서 한나의 방문을 두드리기 시작했을 때 그제고시는 집에 없었다. 한나는 파비올라와 류바와 함께 신발도 신지 못하고 잠옷 바람으로 밤거리로 도망쳤다. 그제서야 세 여자는 안도하며 자기 자신의 모습에, 겁에 질린 자신의 얼굴에, 그 멍청이 데리크를 무서워했다는 사실에 웃음을 터뜨렸다.

가게의 나이 든 튀르키예 사람이 여자들을 불러 진하고 달고 따뜻한 차를 끓여주었다. 튀르키예 남자는 자기 이름이 아슬란이며, 런던에서 사십 년째 살고 있다고 말했다. 한나는 이탈리아 여자와 러시아 여자와 함께 한밤중에 튀르키예 남자의 가게에 앉아 웃고 울며 자기 나름의 유럽 연수 프로그램을 경험하고 있다고 생각했다. 서른을 훌쩍 넘겼어도 언제든 가능한 법이다.

- 우린 다 괜찮아. 너희는 어때?

마침내 새벽에 아파트로 돌아갈 수 있게 되었을 때, 한나는 마리안나에게 메시지를 보냈다. 화장을 하고 일하러 갔다. "다 괜찮아요."라고 마리안나가 답장을 했다.

한나는 아파트에서 수도가 고장나 더운물이 나오지 않을 때도 일하러 갔다. 그럴 땐 전날 입었던 하얀 셔츠를 다시 입어야 했다. 커피 얼룩이 진 곳에 브로치를 달았다. 화장실 휴지가 변기 필터를 막아서 배설물이 넘쳤을 때도 일하러 가고, 그 때문에 수건과 침대시트를 희생했다. 그리고 교육포털에서 마리안나의 성적이 떨어지고, 담임선생님이 부모님에게 연락해 달라고 요청한 것을 보았을 때도 일하러 갔다. 그리고 숨을 쉴 수 없고 당장이라도 질식해서 여기, 낯선 나라에서, 외진

상실

아파트에서 죽을 것 같을 때에도 일하러 갔다.

데리크는 결국 아파트에서 쫓겨났다. 그의 방이 비어 있는 동안, 한나는 그제고시가 새벽에 퇴근해서 돌아왔을 때 자신을 깨우지 않도록 그 방에서 잠을 잔다.

+++

그게 전부인가?

서로를 위한 시간을 가질 수 없었다는 것만으로 모든 것이 무너져 버렸는가?

한나는 고개를 저었다.

+++

거짓말도 있었다. 아직 폴란드에 있을 때 남편이 빚진 것을 그녀에게 숨겼을 때, 몇 주 동안이나 모든 것이 괜찮다고 했지만, 그녀와 마찬가지로 아이들도 그게 사실이 아니라는 걸 알고 있는데도 아이들을 설득해야 했다. 한나는 남편 말을 듣고 상황이 해결되고 있다고 믿었다.

나중에 한나가 이런저런 계좌와 이체 내역을 들여다보기

시작했을 때, 은행에 전화했을 때, 그 이상한 전화를 떠올렸을 때, 이 모든 것을 하나로 맞춰보았을 때―그녀는 자신의 인생이 전부 거짓이라는, 가짜 토대 위에 삶을 쌓아올렸다는 느낌을 받았다. 그것은 세상에서 가장 이상한 느낌이었다.

그제고시의 눈, 짙은 점이 있는 회색 눈동자는 가끔은 파랗고 가끔은 바닷속을 들여다보는 듯 깊은 남색이었다. 한나는 그 눈빛을 거울에 비친 자신의 눈보다도 더 잘 알고 있었다. 그런데 지금은 그 눈빛이 자신을 속였다는 것을 깨달았다.

두 사람은 멀어지고 있었다. 한나는 한쪽 방향으로 나아갔는데, 그녀의 움직임은 다소 혼란스러웠다. 때로는 길을 잘못 들었다는 것을 알고 도로 돌아가거나, 아니면 계속 헤치고 나아가야만 했지만, 최소한 앞으로, 지그재그로 가든 빙빙 돌든, 앞으로 두 걸음 뒤로 세 걸음이든 어쨌든 계속 갔다. 그런데 그는?

언젠가 한나는 남편에게 이렇게 물었다.

"여기가 자유롭다고 느껴? 폴란드보다 더 자유로워?"

그는 컴퓨터 화면에서 고개를 들었다. 생각이 다른 데 가 있어서 무슨 말인지 알아듣지 못하는 모습이었다.

"그거야 모르지. 괜찮은 것 같아."

"나도 그래."

상실

한나는 까만 원피스를 입어보는 중이었다.

"그건 출근 복장으로 좋은 옷이 아닌 것 같은데."

남편이 말했다. 서로 너무 오래 알고 지냈기 때문에 한나는 그 말이 무슨 뜻인지 쉽게 알아차렸다.

"난 이게 딱 좋다고 생각해."

그 말에는 빈정거림도 반박도 없었다. 그 단계는 이미 둘 다 지나왔고, 최근에 한나는 남편과 말다툼조차 하고 싶지 않았다. 그저 사실을 말했을 뿐이었다.

섹스는 안전하지 않다. 몸은 범죄의 희생물이 될 수 있다.

이제까지 한나는 그렇게 생각했다. 실제로 그렇다. 까만 원피스는 출근 복장으로 걸맞지 않았다. 다리가 너무 많이 드러나는 데다 가슴도 좀 파였다. 누군가의 관심을 끌 수도 있다.

한나가 대략 열 살, 많아야 열두 살 정도, 그러니까 지금의 야쿱 또래였을 때다. 그땐 그냥 아이였다. 여자친구들과 아파트 마당에서 놀고 있었는데, 이를테면 소꿉놀이나 데이트놀이 같은 것이었다. 발가벗은 바비 인형을 발가벗은 켄 인형 위에 올려놓고 "우리, 사랑할까?"라고 물어야 했다. 켄은 바비의 남편이었다.

그때 거리에 어떤 여자가 지나갔다. 그 여자는 아이들 무리에 신경을 쓰지 않았지만, 아이들은 그 여자를 아주 주의깊게 바라보았다.

"저기, 엉덩이 돌리는 거 봐. 난 절대로 저렇게 걷지 않을 거야."

한나의 절친 모니카가 내뱉었다.

한나는 고개를 끄덕였다. 저렇게 걸으면 안 된다. 정확히 어째서인지는 알지 못했지만, 왠지 그게 나쁘다고 느꼈다. 남들의 관심을 끌면 결국 끝이 좋을 수 없다.

이십 년 이상 지났지만 한나는 내내 그 말을 몸으로 느끼고 있다. 걸을 때 골반이 좌우로 흔들리지 않도록 뻣뻣하게 힘을 주는 것이다.

가끔은 그게 다행이라고 생각했다. 폴란드에 있을 때 예전 사장이 회식에서 맥주를 몇 잔 마시고 그녀에게 이런 말을 한 적이 있었다.

"자넨 성적으로 폐색돼 있어. 걷는 걸 보면 알 수 있지."

몸은 범죄의 도구가 될 수 있다. 그렇기 때문에 그녀는 몸에서 모든 성적인 표현을 지웠다.

블라우스 아래로 젖꼭지가 비치기라도 하면 세상이 무너질 것처럼 느꼈다. 짧은 치마나 가슴이 파인 블라우스를 입으면 앞으로는 아무도 절대로 자신을 진지하게 대하지 않을 것이라고 생각했다.

상실

그러니까 예전 사장이 옳았던 건지도 모른다. 그녀는 폐색되어 있었다. 세상이 접근하지 못하도록 스스로를 차단했다. 그러나 무엇을? 이렇게 해서 그녀는 누구에게서 무엇을 빼앗고 있었던 것일까?

런던에서 한나는 평생 처음으로 배꼽티를 입어보았다. 그래도 세상은 무너지지 않았다. 게다가 아무도 그녀의 배, 그녀의 다리, 그녀의 젖꼭지에 상관하지 않았다. 엉덩이를 돌리거나 말거나.

그녀의 모습은 마치……. 그녀의 모습이 어떻든 대체 누가 상관한단 말인가?

"오늘도 잘해. 나, 늦겠다."

그러나 그는 이미 듣고 있지 않았다. 컴퓨터를 다시 쳐다보고 있는 그의 얼굴을 비추었다. 뭐든 좋으니 인터넷 쇼핑만 하지 말았으면. 그들은 돈을 꽤 잘 벌고 있었지만 생활비로 쓰는 돈이 결코 적지 않았다. 그녀는 그 사실을 잘 알고 있었지만, 그는? 한나는 별로 확신할 수 없었다.

오후 늦은 시간, 그녀는 저녁 근무를 하러 갔다. 집에서는 이 시간에 보통 마트에 장을 보러 달려가거나 아이들에게 밥을 차려주었다.

처음 몇 주 동안은 일을 하면서 마치 자신이 완전히 다른 세상에 내던져진 것처럼 느꼈다. 커피 세 잔을 한꺼번에 나르는 것, 매니저의 고함소리, 얼굴에 갖다붙인 미소, 일이 끝나고 나면 옷과 머리카락에서 역겹게 풍기는 샌드위치 냄새, 목에서 엉덩이까지 등 전체의 통증.

'이게 정말 내 인생인가?'

이렇게 스스로 물었다. 사무실에서 일하고, 큰 아이 두 명을 키우고, 아파트 앞에서 이웃의 청소년들이 "안녕하세요?" 하고 인사하던 그 한나는 대체 어디로 사라졌을까? 아무도 고함치지 않고, 방금 간 후추나 차에 탈 자일리톨을 요구하지도 않고, 수프가 너무 묽다고 욕하지도 않고, 아무도 바보 취급하지 않던 그 존중받던 여성은 어디에 있는가? 돌이킬 수 없이 야만인으로 변해 버린 걸까? 전래동화 여주인공에게 일어나는 일이 그녀의 인생에서는 반대로 일어난 것일까? 예전에 공주였지만 나쁜 마녀가 신데렐라로 변하게 만든 것인가?

게다가 양심의 가책이 끊이지 않았다.

야쿱은 알레르기 약을 먹어야 하는 데다 면역요법 치료를 꼬박꼬박 받아야 했다. 그렇게 하지 않으면 알레르기가 천식으로 발전할 수 있다고 의사가 겁을 주었다. 게다가 마리안나의 눈도 이 주 뒤에 안과 검진을 받아야 했다. 집에 있을 때는 영양제를 잔뜩 챙겨주었다.

상실

그런데 알리치아는…… 어쩔 도리가 없다. 한나는 알리치아가 그런 것까지 돌봐줄 거라고는 믿지 않았다.

그러나 지금은 믿어야 했다. 달리 방법이 없었다. 마음이 편할 새가 없었지만 알리치아를, 다른 사람도 아닌 바로 그 알리치아를 믿어야만 했다.

그제고시가 또 문제를 일으켰다고 좀더 일찍 인정하기만 했어도, 한나는 새로 일을 맡거나 뭘 어떻게 하든 폴란드에서 상황을 해결하려 애썼을 것이다. 부잣집 아이들에게 영어를 가르칠 수도 있었고, 문화센터에 수업을 하게 해 달라고 신청할 수도 있었다. 어딘가 학원 같은 데 일자리를 구할 수도 있었다. 그러나 한나는 마지막에야 알게 되었다, 언제나 그렇듯이. 또다시 안심시키는 미소, 어깨를 두드려주는 손길에 스스로 속아넘어간 것이다.

그제고시는 고등학교 때부터 변한 게 없었다. 지금까지도 똑같이 매력적이고 재미있고 칠칠치 못한 소년이랄까. 언제나 난감한 상황에 처할 뿐 아니라 뒤를 쫓아다니며 청소를 해주어야 하는 상황이지만 절대로 화를 낼 수가 없었다.

오랫동안 그녀는 그것으로도 충분했다. 하지만 이제는 그 조그만 소년이 더 이상 동급생이 아니었다. 마흔 살을 앞둔 남편이자 아이들의 아빠인 상황에서는 그녀도 더 이상 받아주기만 할 수 없다는 걸 인정해야 했다. 그는 다 큰 어른이었다. 대체 앞으로 몇 번이나 더 이 남자를 구해줘야 한단 말인가?

좀더 일찍 알아차렸더라면 어땠을까? 그제고시가 외국으로 떠나는 것 외에 달리 문제를 해결할 방법을 생각해냈더라면. 아니, 적어도 그의 어머니가 다른 사람이었더라면. 그렇다, 그랬으면 문제가 해결됐을 것이다.

그녀는 난데없이 멍청한 남편 옆에 붙어서 살아남기 위해 외국으로 이주하는 중년 여자가 되어 있었다. 그것도 아이들을 알리치아에게 맡겨둔 채로 말이다.

한나는 사람들과 인사한 뒤 옷을 갈아입으러 위층으로 뛰어 올라갔다.

"중요한 건 옷을 갈아입을 필요가 없는 직업을 가지는 거야."

한나의 할아버지는 이렇게 말하곤 했다. 할아버지 자신도 노동자였고, 후손들이 교육을 잘 받아 손을 더럽힐 필요가 없는 좋은 일자리를 갖는 것을 아주 중요하게 생각했다.

한나는 티셔츠를 갈아입고 앞치마 끈을 묶었다. 사람은 어떤 상황에서든 적응할 수 있다. 물론 그녀는 매일 저녁 아이들에게 전화했고, 하필 그 시간에 일을 하게 될 때는 다음 날 아침에 전화를 걸었다. 아이들에게 사진을 보내라고 하고, 성적에 대해 묻고. 한번은 야쿱의 담임선생님에게 전화해서 야쿱

상실

말대로 수학 동아리에 잘 다니고 있는지 확인하기도 했다.

어쩌면 이 새로운 상황이 그리 나쁘지만은 않은지도 모른다는 생각이 들었다. 또다시 그녀는 주도권을 가지고 있었다.

+++

이제까지의 삶은 전부 한 방향으로 일정하게 흘러갔다. 마치 헨젤과 그레텔이 빵조각을 따라서 나아가듯이.

첫 번째 빵조각 : 학교. 때맞춰 제출한 숙제와 모범적인 행실. 역사와 화학, 물리, 체육수업에서 언제나 만점.

두 번째 빵조각 : 고등학교 졸업시험. 밤마다 공부해서 시험 문제를 다 풀고, 논술에 쓸 모범적인 문장을 읽기 위해 신문을 샀다.

다음 빵조각 : 대학. 취업이 잘되는 전공. 불규칙동사 암기. 시험. 그렇게 사 년을 보내고 학위를 받았다, 제때에.

네 번째 빵조각 : 남편. 처음으로 일기장에 적은 사랑. 완전히 빠져들었다. 죽을 때까지. 아멘.

다섯 번째와 여섯 번째 빵조각 : 아이들. 처음에는 마리안나, 처음부터 다시 경험하는 인생. 도저히 해낼 수 없을 것 같다는 느낌. 산책할 때마다 한나는 두 명 이상의 아이를 데리고 있는 사람들을 놀란 눈으로 쳐다보았다. 그러나 그 뒤에는 한나 자신이 꺾이고 말았다. 두 살 터울은 이상적인 나이 차이라고 다들 말하니까 여자아이와 남자아이, 골고루 한 명씩 낳아서 인생의 길을 차곡차곡 채워나갔다.

한나는 그 빵조각들을 팩맨처럼 집어삼켰고, 결국 그 조각들이 목에 걸려버렸다.

런던에서 처음으로 옆길로 나아갔다. 카페에서 하는 일은 발전이 없기 때문이다. 커리어가 아니기 때문이다. 페이스북에 자랑할 수 없기 때문이다.

그것은 실패였다. 그러나 동시에 발견이기도 했다. 자동차 사고를 한 번 내면, 그 사람이 계속 무사고로 운전할 거라고 아무도 기대하지 않는 법이다.

+++

알리치아는 여전히 수긍하지 못했다. 알리치아가 옳았다. 왜냐하면 또 뭔가 있었기 때문이다.

상실

＊＊＊

그것은 참회여야 했다. 그제고시와 함께 지나가는 교차로여서, 그 길을 통해 잘못을 바로잡고 집으로 돌아갈 자격을 다시 얻어야 했다. 다른 시나리오의 존재는 상정하지 않았다. 런던에서는 괴로움을 참고 견디며 지낼 것이었다.

실제로도 최소한 처음에는 그랬다. 그는 도매상을 잃었고, 그녀는 마음이 내킬 때 지적 노동을 하는 특권을 잃었다. 힘들게 일했고, 발과 등이 아팠으며, 잠을 잘 자지 못했다. 집이 그리웠다. 불안했다.

먼저 무너진 쪽은 한나였다.

처음에 더 힘들었던 쪽도 한나였다. 나쁜 엄마라서.

신호 하나는 "사랑한다.", 신호 둘은 "나는 괜찮아, 너희는?"

외국에 나와서 사는 건 아무것도 아니라고 모두에게 증명해 보이고 싶었다. 특히 자기 자신에게.

고통스러운 몇 달을 연달아 참아냈다. 직장에서 일어난 불쾌한 일을 전부 이야기했다.—손님이 영어 할 줄 아는 사람을 불러 달라고 했을 때, 사장이 그녀에게 영국에 혼자 왔냐고 물었을 때, 접시를 너무 많이 들고 가다 구운 치즈샌드위치를 손님에게 쏟았을 때. 적대적인 손이 움켜잡아서 피부에 남은 흔적을 보여주듯이 그녀는 그렇게 이야기했다.

"너희를 위해서 하는 거야. 고생스럽지만 너희는 분명 그럴 만한 가치가 있으니까, 두말할 필요도 없이."

한나는 자신이 아이들을 가장 중요하게 여긴다는 것을 마리 안나와 야쿱이 알아주기를 원했다. 멀리 있는데 그걸 어떻게 알릴 수 있을까?

"이런 건 아무것도 아냐."

한나가 무너지기 시작했다는 첫 번째 징조는 블라우스였다. 영국에서는 '프라이마르크', 폴란드 이름은 '프라이마님'이라는 상표의 평범한 블라우스. 하얀색 바탕에 목깃이 둥글고 꽃모양 장식 단추가 달려 있었다. 한나는 이 블라우스를 입으면 고통받는 순교자 역할을 잠시나마 한옆으로 밀어놓는 것처럼 느꼈다. 그 블라우스를 입고 출근하면 아파트에 또 더운물이 안 나와서 회색 블라우스를 그대로 입고 나온 동유럽의 가난한 친척 같다고 느끼지 않을 수 있었다.

그제고시는 그 블라우스를 흘겨보고는 그저 "비싸?"라고 물었을 뿐이다. 한나는 고개를 저었다. 할인판매 중이어서 고작 5파운드밖에 내지 않았으니, 거의 공짜나 마찬가지라고 말했다. 실제로는 10파운드를 냈지만 그렇게 말할 수밖에 없었다. 그런데 그렇게 돈을 계산하고 고민하는 것이 한나는 이미 지

상실

굿지굿했다. 자신이 큰 샌드위치를 먹을 자격이 있는지, 아니면 작은 샌드위치만 먹을 자격이 있는지. 샌드위치를 할인판매하는 밤 11시 넘어서 사먹는 게 좋을지. 직장의 여자 동료들과 함께 펍에 가서 그냥 물, 그것도 가장 싼 수돗물이 아니라 맥주를 주문할 수 있는지.

최악의 순간을 경험한 것은 여자 동료들과 함께 뭔가 먹으러 나가서 스페인 음식점에 들어갔을 때였다. 동료들은 여러 가지 요리를 주문했는데, 한나는 음식 가격을 머릿속으로 계산하면서 매운 양념을 뿌린 감자튀김과 제일 작은 맥주를 주문했다. 무지무지하게 배가 고팠지만 스스로는 그런대로 만족했다.

그런데 종업원이 계산서를 가져왔을 때 동료 하나가 요리를 여러 가지 주문한 건 다 같이 나누어 먹기 위해서였으니 음식값을 똑같이 나누어 내자고 제안했다. 한나는 자기가 주문한 감자튀김만 먹고 군침을 삼키면서도 나머지 음식들은 바라보기만 했지만 다른 사람의 음식값을 내지 않겠다고, 차마 감자튀김과 맥줏값으로 7파운드만 내고 그 이상은 한 푼도 더 낼 수 없다고 말할 수가 없었다.

애초에 남편이 아니었으면 여기 있어야 할 이유가 없다는 생각이 들었다. 어째서 은둔하는 수도승처럼 살아야 하는가?

독일에 사는 그녀의 부모처럼. 식사는 오로지 집에서만 해야 하고, 생필품 외에는 절대로 사지 못한 채 1센트라도 아껴서 전부 유리병에 모아두고 말이다. 아니, 싫다. 그런 건 받아들일 수 없었다.

그제고시는 거의 나가는 일 없이 밤에만 일하다 보니 동료를 만날 여유가 별로 없었다. 게다가 잘 적응하지 못했다. 영국인들은 억양이 이상해서 아무것도 이해할 수 없다고 불평하곤 했다.

물론 그것은 과장이었다. 그제고시는 충분히 의사소통을 할 수 있었다. 다만 폴란드에 있을 때도 새로운 사람들을 만나는 것을 특별히 좋아하지 않았으니, 여기서는 더 말할 것도 없었다.

사람 만나는 데 대해서도 그제고시는 불만이 많았다.—한나가 밖으로 나다니는 데다 여자 동료들이 있고, 어쩌면 남자 동료들도 있다는 것. 그제고시가 무엇을 상상하든 한나의 유일한 남자 동료인 종업원 플라비오는 게이이고, 한나를 유혹할 생각이 전혀 없다고 해도 듣지 않았다. 그제고시는 식료품 가게의 아슬란도, 같은 아파트에 사는 남자들도, 심지어 같은 아파트에 사는 여자들도 의심했다.—한마디로 모든 것이 그에게 거슬렸다.

상실

한나는 기운이 다 빠질 때까지 일한 뒤에 폴란드 가게에서 사온 맥주를 그와 함께 마시며 대학 시절을 회상하는 것을 가장 좋아했다. 그에게 런던을 구경하러 다니자고, 잔디를 전부 똑같은 길이로 다듬어 놓은 수많은 공원들에 가보자고, 런던아이를 타보자고, 캠든에 산책을 가보자고 설득했다. 그러나 남편은 금전적인 면에서 몹시 불안해했고, 한나는 그것이 점점 거슬리기 시작했다.

그제고시는 이제 한나의 돈 씀씀이를 검사했다. 한나가 지하철을 타려 할 때도 꾸물거리며 잔소리했다. 교통카드를 충전한 지도 얼마 되지 않았는데, 그렇게 자주 지하철을 타면 얼마 안 가 또 충전해야 하지 않느냐는 것이었다. 런던은 거대한 도시여서 모든 곳에 걸어다닐 수는 없다고 그녀가 주장해도 듣지 않았다.─그는 자주 산책을 하고 싶어했는데, 산책은 공짜였기 때문이다.

그래서 둘은 산책을 하곤 했다. 그녀는 그 시간이 좀 아까웠다. 어쨌든 런던에 오래 머무를 계획은 아니었기 때문이다.

그러다 어느 날 그녀는 빨래를 하고 나서 옷을 여행가방에 넣지 않고 작게 접어서 매트리스 위에 올려놓았다. 일하러 갔다가 돌아와 보니 옷은 나갈 때 놓아두었던 그 자리에 여전히 있었다. 한나는 머릿속으로 '찬성'과 '반대'를 가늠하듯이 그 옷을 바라보았다. 마침내 한숨을 쉬고는 옷을 서랍장에 넣었다.

이렇게 그녀는 조금씩, 아주 조금씩 자기 길을 다지기 시작했다. 신문에서 잘라낸 조지아 오키프 전시회 그림들을 벽에 걸었다. 작은 일이지만 벽의 흉한 얼룩을 가리자 약간이나마 아늑한 느낌을 가질 수 있었다.

식료품 가게의 튀르키예 아저씨와도 친해졌다. 그리고 일터에서 멀지 않은 좋아하는 옷가게 '프라이마르크'도, 좋아하는 카페도 생겼다. 물론 자신이 일하는 카페는 아니었다.

그러나 아이들과 연락을 계속하고 문자메시지도 보냈다. 그리고 만두도! 그렇다, 심지어 만두도 챙겨서 보냈다. 그리고 크리스마스이브에는 아파트에 사는 여자들과 함께 동료 거주민들을 위한 저녁식사를 마련했다. 그제고시는 둘이 함께 술을 마시고 시내에 나가자고 처음이자 마지막으로 제안했다. 하지만 그녀는 그렇게 하는 건 아이들에 대한 배신이라고 느꼈다.

아이들은 폴란드에서 부모를 대신해 크리스마스이브의 빵을 자르고 보르시치를 먹고 통조림 과일로 만든 콤포트를 마시고, 크리스마스트리 아래 무슨 선물이 있는지 보고 있다고 생각하는 쪽이 마음이 편했다. 그들의 아파트에는 크리스마스트리는 당연히 없었지만, 나뭇가지 몇 개를 주워다 꽂고 둥근

상실

트리 장식을 걸어 꾸몄다.

자기 전에 두 사람은 말잇기놀이를 했다. 한나는 눈 아래에 축축한 자국이 생긴 걸 깨닫고 놀랐다. 분명 너무 많이 웃었기 때문일 것이다.

그런 다음에……, 그다음에는 새해가 왔다.

그리고 또 그다음에 한나는 누군가를 만났다.

그제고시와는 십여 년을 함께 보냈다. 아직 아이였을 때 만났기 때문이다. 고등학교 시절을 기억하고 함께 성장하고 그 뒤의 지점들, 결혼, 아이들, 집 장만을 공동으로 거쳐왔다는 것은 아름다운 일이었다. 그러나 마리안나가 첫 남자친구와 결혼하기를 바랐는지 묻는다면, 그건 아니다.

그 새로운 사람은 원인이 아니라 결과라고 생각하는 쪽을 선호했다. 런던에서 더욱 자신감이 생겼고, 누군가를 만날 준비가 되었으며, 그제고시와는 너무 멀어져서 이혼은 그저 형식일 뿐이었다.

+++

그 남자는 할아버지의 증조할아버지 때부터 영국인이었다. 직장 동료들과 함께 카페에 왔으며, 한나가 그의 테이블을 담

332 • 333

당하지도 않았는데 계속 쳐다보았다. 키는 그리 크지 않았다. 첫눈에 그녀보다 작아 보였으며, 눈도 머리카락도 짙은 갈색이었다. 계산하러 와서 그녀에게 명함을, 정확히 말하자면 영수증 뒷면에 자기 전화번호를 남겼다. 한나가 웃음을 터뜨리자, 그 남자는 부끄러웠는지 인사하고 재빨리 나갔다. 어째서인지 그런 모습이 그녀의 마음에 들었다. 그녀는 전화번호가 적힌 쪽지를 주머니에 넣었다.

그리고 잊어버렸다가 어느 날인가 빨랫감 속에서 찾아냈다.―잔뜩 구겨진 쪽지는 뭔가에 젖은 듯 글자가 번져 있었다. 그러나 번호를 읽어내는 데는 성공했다. 화장실에 들어가 문을 잠근 뒤 변기 뚜껑을 닫고 앉아 휴대폰을 꺼냈다. 결국은 문자메시지를 보냈다. 번호를 적은 쪽지를 찾았다고, 커피 마시러 오라고.

그러고는 민망해서 한숨을 쉬었다.

화장실을 나오자마자 휴대폰에서 진동음이 울렸다. 남자는 이렇게 답장했다.

- 사람 애태우는 법을 잘 아시네요.

화면을 쳐다보며 자신이 제대로 이해했는지 한참을 생각했다. 그때 휴대폰이 다시 한번 진동했다.

- 꼭 들를게요.

상실

그녀는 유혹이라는 섬세한 예술을 너무나 잘 아는 나머지, 그 남자가 나타나자마자 울음을 터뜨리며 자신에게는 남편과 아이들이 있다고 말한 뒤 주방으로 도망쳤다. 그 뒤에 동료가 따라와서 무슨 일이 있었느냐고 물었다. 한나는 마음을 가라앉히고 영국인이 사라졌을 거라고 생각하며 주방에서 나왔다. 그러나 그 남자는 테이블 앞에 계속 앉아 있었다.

그녀의 근무가 끝날 때까지 남자는 커피와 케이크를 앞에 놓고 앉아 있었다. 그다음에는 그녀의 일터가 아닌 곳에서 만나기로 약속했다.

이전에는 결단코, 그 어떤 시나리오에서도 누군가를 만나기 시작할 것이라고 상상해 본 적이 없었다. 그녀는 아무도 원하지 않았다. 빚과 아이들에 대한 그리움 말고, 그냥 뭔가 다른 이야기를 할 사람이 있다는 것은 위로가 되었다. 새로운 장소를 함께 발견할 수 있는 사람.

한나는 그와는 그냥 친구라고, 특히 처음부터 자신의 상황을 다 말했는데도 그가 그렇게 잘 들어주었으니 단순한 친구일 뿐이라고 오랫동안 생각했다. 그러던 어느 날, 산책을 하다가 그가 그녀의 입술에 키스했다.

며칠 동안 그녀는 그제고시를 피했다. 그가 창고에서 돌아오기 전에 일어나서 화장실에 들어가 문을 잠그고 있다가, 그가 샤워할 때 서둘러 출근해서 늦게 돌아왔다. 그러다 결국은 그에게 이렇게 털어놓았다.

그제고시는 한나가 다른 사람을 만나고 있다는 말을 듣고 그저 고개를 저었다. 산책과 키스 외에는 아무 일도 없었지만, 그제고시에게는 그것만으로도 너무 지나쳤다. 그녀는 그제고시의 마음을 이해했다. 입장이 바뀌었다면 그녀도 화가 났을 것이다. 그러나 그제고시는 그저 고개를 젓고는 그녀를 바라보며 마치 그녀가 반응하기를, 그가 이 상황에서 자신이 무엇을 해야 하는지 말해 주기를 기다리는 듯 서 있을 뿐이었다.

어쩌면 그녀는 그가 반응하기를, 자신을 지키기 위해 싸우려 해주기를 바랐던 것일까? 그러나 그는 두 사람의 관계에서 언제나 해왔던 그 똑같은 역할에 자동적으로 말이 쏙 들어가 버렸다.

"폴란드로 돌아갈까?"

그가 물었다.

그 질문에는 일종의 희망이 묻어 있었다. 그래, 좋다. 성공하지 못했고 모든 일이 망했으니, 영국에 와서 뭘 어떻게 해보려던 생각은 다 잊기로 하자. 한나는 프라이다가 뭔가 잘못했을 때 식탁 아래 고개를 처박곤 하던 것을 떠올렸다. 프라이다는 자신이 사람을 볼 수 없으면 사람도 자신을 볼 수 없다고 믿었

상실

다. 그제고시도 마찬가지였다. 충분히 오랫동안 외면하면, 문제가 아침 안개처럼 증발해서 저절로 사라질 것이라고 여겼다.

그녀는 피가 거꾸로 솟았다. 여기에 놀러온 것이 아니고, 자신이 누군가를 만났다 해서 폴란드에서 진 그들의 빚이 사라지는 게 아니지 않은가.

그녀는 문을 쾅 닫고 아파트를 나왔다. 그러나 잠시 후 그래 봤자 갈 곳이 없고, 출근하려면 잠을 자야 한다는 사실을 깨달았다. 그래서 혼자서 분노에 차 스스로를 비웃으면서도 집으로 돌아갔다. 어른의 삶이란…….

그제고시는 하필 쉬는 날이었다. 두 사람은 매트리스 위에 나란히 누워 천장을 쳐다보며 아무 말도 하지 않았다.

잠에서 깼을 때 한나에게는 이미 계획이 있었다. 아이들과 이 이상 떨어져 살 수는 없었다. 결혼생활은 끝났다 하더라도 가족이 흩어지게 내버려둘 수는 없었다. 아이들과 문자메시지로만 연락하면서 살 수는 없었다.

영국에 정착할 방법을 찾아야 했다. 한나는 영국으로 우선 야쿱을, 그 뒤에 마리안나를 데려오기로 작정했다. 그러면 아이들은 영어를 배우고 제대로 교육을 받을 것이다.

그제고시는 당연히 여기에 동의하지 않았다. 드디어 그가 자기 스스로 의견을 냈는데, 하필이면 그녀가 이토록 중요하게 여기는 문제라는 것이 유감이었다.

그러다 결국 그제고시는 한나에게 마음대로 하라고 말했다. 다만 자신은 빠지겠다고, 다른 숙소를 알아보겠다고 말하고는 자기 여행가방을 가지고 나가버렸다. 풀지도 않은 여행가방이 딱 가지고 나가기 좋게 있었다는 게 운명의 아이러니였다. 그녀는 여행 짐을 풀어버린 데다, 하필이면 그제고시가 짐 속에 있던 그녀의 다른 가방도 가지고 가버렸다.

그때서야 충격을 받았다.

그녀는 그가 이렇게 행동할 것이라고는 예상하지 못했다. 이런 방식보다는 그가 부르는 말로 그녀의 '동료'를 받아들이자고 제안하거나, 아니면 그녀가 누군가 다른 사람을 마음에 들어했다는 사실을 눈감아버릴 것이라고 여겼다.

그리고 그 충격 아래에서 또 다른 감정도 피어올랐다. 혼자 남았다는 깊고 원초적인 공포. 그녀는 이전에는 고독에 대해 생각해야만 할 이유가 없었다. 그제고시가 절대로 자신을 떠나지 않을 것이라고 확신했다. 자신은 늙으면 아이들이 물도 다 떠다줄 거라고 믿는 사람이라고 농담하기도 했다.

반년 전에 누군가 고독에 대해 어떻게 생각하냐고 물었다면, 한나는 그립다고 대답했을 것이다. 그때는 혼자 있는 시간을 꿈꾸었다. 그런 시간이 주어진다면 번역을 끝낸 뒤 아파트

상실

를 청소하고 평화롭게 산책을 하러 가고, 아이들이 아파트 열쇠를 가지고 나갔는지, 간식거리를 갖고 있는지, 바깥에서 안전하게 지내는지 걱정하지 않을 것이라고 생각했다.

그 현실은 무너져 버렸다. 한나는 지금에야 그것이 얼마나 가느다랗고 부서지기 쉬운 것인지 깨달았다. 강한 바람이 한번 분 것만으로 그 현실은 날아가 낱낱이 흩어져 버렸다. 파편조차 찾을 수 없었다.

그걸 깨닫는 순간, 그녀는 열이 오르고 숨이 막혔다.

그 공포가 지나가고 나자 뒤이어 안도감이 찾아왔다. 그러니까 상황은 이렇게 돼 버렸고, 세상은 무너지지 않았으며, 삶은 계속 이어진다. 그녀는 자신이 당장 행동을 해야 한다는 것과 뭔가가 더 망가지도록 내버려둬서는 안 된다는 것을 알았다.

그녀는 폴란드로 가는 비행기표를 예매했다.

+++

두 사람은 체념한 채 아파트로 돌아왔다. 알리치아는 몇 시간이나 운전을 해서 온몸이 뻣뻣했다. 한나는—어떤 상태인지 이젠 자기도 모른다. 모든 것이 너무 견디기 힘들었다.

한밤중이지만 부엌에 불이 켜져 있었다. 알리치아가 혼잣말로 욕을 했다. 알리치아의 인생에는 이런 일이 없었다. 사무실에서는 항상 나가기 전에 마지막으로 프린터와 컴퓨터를 전부 끄고, 수도꼭지에서 물이 떨어지지 않는지 알리치아는 꼭 확인하는 성격이었다. 그런데 갑자기 자기 집에 있으면서 부엌의 불을 끄지 않은 데다, 아, 그리고 또 한 가지—손녀에게 뭔가 아주, 아주 안 좋은 일이 일어나고 있다는 것을 알아채지도 못했다.

늙어가는 것이다. 그녀는 늙었다. 늙었다, 늙었다, 늙었다.—사실을 받아들이기 위해 머릿속으로 같은 말을 되풀이하지만 그렇게 해도 전혀 기분이 나아지지 않았다.

"내일 아침에 다시 한번 가자."

알리치아는 덮쳐오는 생각들을 누르기 위해 한나에게 이렇게 말했다.

"브로츠와프는 말고, 인근 동네들을 돌아보자."

"그래요."

한나는 고개를 끄덕이지만 그 나름대로 생각에 잠긴 것이 보였다. 한나도 충분히 신경쓰지 못했다고 자책하는 것일까?

"전 오늘 잠을 못 잘 것 같아요."

"그래도 좀 자려고 해봐야지. 어제부터 제대로 못……."

부엌에서 야쿱이 걸어나오는 걸 보는 순간, 알리치아는 하

상실

려던 말이 목구멍에서 굳어버렸다.

야쿱은 한나에게 달려가 매달리더니 껴안고 껑충껑충 뛰었다. 그러고는 선물에 대해 떠들며 법석을 떨었다.

"내가 엄마 깜짝 선물 준비했어요."

야쿱이 아주 다정하게 말하며 부엌을 가리켰다. 한나와 알리치아는 심장이 잠시 멈추는 듯했다. 부엌문 안에 마리안나가 서 있을 것이라 기대하는 듯 두 사람이 잽싸게 안쪽을 바라보았다.

그리고 실제로 누군가 부엌에서 걸어나왔다. 그러나 마리안나가 아니었다.

"안녕."

그제고시가 말했다.

"아빠한테 전화했더니 첫 비행기로 날아왔어요!"

야쿱이 흥분해서 소리친다.

"누나 찾는 걸 도와줄 거예요!"

마리안나가 사라졌다는 사실을 야쿱이 어떻게 아는지 아무도 물어볼 생각조차 하지 못했다. 여러 가지 이상한 몸짓이 이어지고, 하지 못한 말들이 폭풍을 몰고 오는 먹구름처럼 허공에 걸려 있었다. 오늘 밤은 잠을 잘 수 없을 것이다. 밤새도록 가족회의가 이어질 것이다.

+++

어쩌면 열다섯 살일 것이다. 옷을 어떻게 입는지, 화장을 하는지에 따라 열여덟 살처럼 보일 수도 있고 열두 살처럼 보일 수도 있다.

이름은 마리안나. 오늘은 아무도 그녀에게서 빼앗아갈 수 없는 날이다.

운동화 밑창이 나무 바닥에 스치는 삑삑 소리.

공기를 꽉 채운 공의 탄력.

남동생의 미소, 초콜릿 때문에 까만 치아.

이마에 돋은 여드름을 집에 와서 짜버릴 때의 쾌감.

아파트 앞의 따뜻한 잔디.

굳지 않은 시멘트에 푹 빠져드는 것.

야샤 외할머니와 함께하는 아침.

"네가 자랑스럽다."는 엄마의 말.

달리기 경주에서 일등으로 결승선을 넘었을 때의 순간.

달린 뒤에 마시는 차가운 콜라.

과일맛 멘토스 사탕.

그런 기분이다.

상실

어두워진 뒤에 돌아다닌 적은 한 번도 없었고, 어두워진 뒤에 도시를 떠나본 적도 한 번도 없었다. 가로수가 마치 체육시간의 학생들처럼 고르게 줄지어 서 있다. 등불 하나가 깜빡거린다. 길게, 짧게, 짧게, 길게. 마치 그녀에게 모스부호로 뭔가를 전달하려는 것 같다. 마리안나는 어깨를 으쓱한다. 모스부호는 모른다.

서두른다.

목구멍은 아직도 꽉 막혀 있다. 핸들을 놓고 안장에서 몸을 일으켜 소리친다. 아아아아아아아아아아아아! 목구멍에서는 고함소리, 양팔은 위로. 그래!

파삭, 나뭇가지에 닿는다. 황급히 핸들을 잡고 페달을 밟고, 밟고, 달린다. 십여 분간 전속력으로 달리다 멈추어 숨을 몰아쉰다.

+++

마침내 오랫동안 어둠 속에 있다가—지평선에 불빛이 보인다. 도시? 어둠에 익숙해진 눈을 깜빡인다.

아니, 주유소다. 그게 더 낫다. 지나온 길은 조금뿐이고, 새로운 하루가 깨어나 자신이 무슨 짓을 했는지 드러날 때까지 앞으로 가야 할 거리는 훨씬 더 많다. 서두른다.

시계는 2시 28분이다. 주차장은 트럭 몇 대 외에 거의 완전히 비어 있다. 페달을 밟자 숨결이 공기 중에 마치 따뜻한 회색 구름처럼 피어오른다.

자전거를 묶어 잠가놓고 걸어들어간다. 자동문이 쉭 소리를 내며 양옆으로 열린다. 몸을 조금 움츠리고 모자를 이마까지 눌러쓴다. 왼쪽과 오른쪽을 차례로 돌아보며 눈부신 형광등 빛 속에 사방을 주시하려 애쓴다. 색색가지 포장들, 할인판매, 핫도그.

입안은 바짝 말랐고, 배 속은 비어 있었다. 알리치아의 돈을 몇 즈워티 정도 가져왔지만 달리 방법이 없었다. 언젠가 스스로 돈을 벌게 되면 알리치아를 찾아가 42즈워티 51그로쉬를 손에 쥐여줄 것이다. 알리치아가 이게 뭐냐고 물으면 빌린 돈을 갚는 거라고 말할 것이다.

초콜릿바 하나, 에너지바 두 개. 담배는? 계산대 앞에. 그쪽으로 간다.

가판대에 꽂힌 신문들의 사진을 바라본다. 정치, 정치, 모르는 영화배우들. 점원이 계산대 위로 몸을 내밀고 마리안나를 쳐다보더니 다시 휴대폰을 들여다본다. 마리안나는 반들거리는 표지의 잡지들을 넘겨본다. 손이 살짝 떨린다. 빛과 온기를 빨아들인다. 그런 뒤에는 오로지 어둠만 남는다. 오로지 어스름뿐이다.

초콜릿바를 스캔할 때 까만색으로 칠한 점원의 손톱이 계산대를 두드린다. 점원이 무관심하게 마리안나를 바라보며 더 필요한 게 없는지 묻는다.

마리안나가 폐에 공기를 가득 모아 대답하려고 하는데, 단어가 목에 걸려 나오지 않는다. 무기력하게 고개만 젓는다. 그러자 또 포인트 적립카드와 크로와상, 행사 중인 핫도그에 대한 질문들이 이어진다.

마리안나는 주머니에서 꺼낸 구겨진 지폐를 계산대에 놓는다. 점원은 20즈워티 지폐 두 장과 동전 몇 개를 마치 생전처음 본다는 듯 바라본다. 침묵이 좀 지나치게 길게 이어진다. 마리안나는 허벅다리를 세게 움켜쥔다. 소변을 보고 싶다, 몹시.

점원은 마치 누군가 쓰레기 더미를 뒤지라고 시킨 듯한 표정으로 계산대 위로 몸을 내밀고 현금을 바라본다. 동전을 물건값과 거스름돈으로 나눈다. 마리안나는 구입한 물건을 재빨리 모아서 주머니에 쑤셔넣고는 감사하다고 말한 뒤 밖으로 나온다.

바로 그때 점원이 소리친다. 뭔가 "죄송한데요!" 아니면 "저기요!" 같은 말인데, 그 어조 때문에 마리안나의 뒷덜미에 소름이 돋는다. 너무 서둘러 걷는 바람에 초콜릿바가 놓인 진열대에 부딪힐 뻔한다. 문이 바로 앞에 있고 서늘한 바깥 공기가 느껴질 때 다시 한번 뒤를 돌아본다.

점원이 바로 뒤에 있다.

점원이 손을 내밀고 거스름돈을 두고 갔다고 말한다.

마리안나는 침을 삼키고 빠르게 눈을 깜빡인다. 돈을 받고 돌아선다.

텅 빈 주차장으로 나와 밤하늘 아래 계속 나아간다.

+++

그런 뒤에 자전거를 타고 앞으로 가고, 가고, 또 간다. 조그만 자전거 램프가 어둠을 가른다. 지도 위의 조그만 점이 움직이고, 방향을 바꾼다. 길가의 모텔, 조그만 마을, 벤치 위에 잠든 주정뱅이들을 지나치며 자기 자신도 졸리기 시작한다. 두꺼비가 되어 나뭇잎 아래 숨어서 잠들고 싶다. 피자가게를 지나는데, 다른 모든 곳들이 그렇듯이 잠겨 있다. 조그만 가게들을 지나간다.

상실

또다시 덤불, 서로 꼭 껴안은 나무들, 뭔가 속삭이고 자전거가 삐걱거린다. 램프의 노란 불빛, 자전거 타이어 아래 자갈, 계속 간다.

따뜻한 이불, 오래되고 불편한 소파베드가 그립다. 누가 먼저 일어날까, 야쿱일까 알리치아일까? 그리고 두 사람은 무엇을 할까?

'난 잘했어.'

혼자 생각한다. 이를 악물고 페달을 밟는다.

머리가 마치 바람 속의 해바라기 꽃처럼 목 위에서 끄덕인다. 갑자기 불빛, 귓가에 찢어지는 소리. 마리안나는 황급히 방향을 돌리고 옆길에 쓰러진다. 반대편에서 오던 차는 속도를 늦추지도 않고 그대로 달려 지나간다. 마리안나는 까진 무릎을 살핀다.

쉬어야 할 때가 되었다는 신호로 받아들이고, 대로에서 숲속 오솔길로 꺾어들어 나무 사이에 가려진 빈터에 도달한다. 발아래에서 솔방울과 작은 나뭇가지들이 부서지고 버섯과 이끼의 냄새가 난다. 관목숲에 자전거를 숨기고 여행용 수건을 꺼내 잔디 위에 깐다.

땅에서 한기가 올라오고 공기도 서늘하다. 후드티로 몸을 덮는다. 잠시 겁이 나지만 졸음이 이긴다. 그때부터 마리안나는 자면서도 무서워한다.

+ + +

꿈속에서 낑낑거리는 조그만 강아지를 본다. "프라이다, 프라이다." 하고 부르지만 강아지는 마리안나를 보지 못하고 빙빙 돌면서 울기만 한다.

+ + +

새들의 울음소리와 솔잎 사이로 비추는 햇빛이 마리안나를 깨운다. 기지개를 켠다. 잔디가 축축해서 깔고 잤던 수건이 젖었고 그걸 알자 마리안나도 울고 싶어진다. 무릎이 쑤시고 온몸에서 냄새가 나지만 그렇다고 포기할 수는 없다. 계속 가야 한다.

짐을 챙겨 자전거를 둔 곳으로 간다. 핸들에 달팽이가 기어간다. 조심스럽게 달팽이집을 잡아 떼어내자 달팽이가 무서워하며 껍질 안으로 숨는다. 낙엽 위에 달팽이를 놓아준다.

상실

+++

학교에 대해 생각한다. 여자애들과 그 애들이 무슨 말을 할지에 대해.

아이들이 아마도 비웃을 것이다. 아이들은 요즘 그 외에 다른 건 하지 않는다. 자신이 하는 일은 전부 바보 같고 웃기다. 걷는 법도 이상하고 재미없는 것에만 관심을 가진다.

안 돼, 이런 생각을 하면 기운이 나지 않는다. 교실은 수족관 같아서 어느 방향으로 몸을 돌리든 머리가 유리에 부딪혔다. 물이 너무 따뜻해져서 숨을 쉴 수 없었다. 탈출구가 없었다.

멀리서 보니 학교는 바다 한복판의 조그만 한 조각 공간이었다. 원을 그리며 헤엄쳐야만 한다고 들었기 때문에 마리안나는 제자리를 맴돌았다. 그러나 이제는 헤엄쳐 나와서 더 이상 돌아가지 않을 것이다.

지금은 모두가 후회할 것이다. 어쩌면 드디어 이해할지도 모른다. 그러나 이미 너무 늦었다. 다들 깨달았을 때 마리안나는 아주 멀리 있을 것이다.

얼마나 '아주 멀리'일까? 그것은 다리 힘에 달렸다.

+++

종아리와 허벅지의 근육통이 신경쓰인다. 투르 드 프랑스의 자전거 선수들이 하듯 핸들바 위로 몸을 기울인다. 이마가 따가운 건 아마 햇빛 아래에서 계속 달렸기 때문일 것이다.

또다시 숲으로 들어간다. 숨을 돌려야 한다. 새가 음을 길게 끌며 노래하는 소리가 들린다. 어떤 새인지는 모르겠지만 갑자기 알고 싶어진다. 자전거에서 내려와 오솔길로 끌고 간다.

숲은 하나의 박자 속에, 하나의 길게 끄는 동작으로 움직인다. 물결친다. 고개를 왼쪽으로 오른쪽으로 번갈아 끄덕인다. 부드럽고 축축한 이끼가 손가락을 감싸고 조금씩, 아주 조금씩 마리안나를 안으로 끌어들인다. 마리안나는 저항할 기운이 없다. 어쩌면 나무뿌리와 뒤쥐와 두더지들 사이에 있는 쪽이 마리안나에게 더 좋을지도 모른다.

천천히 노을이 진다. 숲속으로 깊이, 숲속으로 도망쳐야 한다. 오솔길이 고르지 않아서 자전거가 나뭇가지에 부딪히거나 땅에서 튀어나온 뿌리에 부딪혀 튀어오른다. 가지와 뿌리는 마리안나를 붙잡으려고 그렇게 기다리고 있었던 것 같다. 나뭇잎이 쌓인 공터는 더 이상 폭신하게 유혹하는 친근한 매트리스가 아니다. 이제는 거대한 고양이처럼 위협적으로 웅얼거

상실

린다.

바람이 더 강해지고 공기에서 솔잎과 젖은 나무와 나무껍질 냄새가 난다. 콧속에서 부패의 냄새, 썩어가는 나뭇잎 냄새가 진동한다. 어른 키만큼 큰 쐐기풀이 마리안나의 팔다리를 때리고 사방에서 나뭇가지가 할퀸다. 마치 신데렐라의 질투심 많은 언니들 같다. 사방이 점점 더 조용해지면서 새들도 노래를 그치고 발아래 마른 나뭇잎이 부스럭거리는 소리만 들린다.

나무들 너머의 섬광, 움직이지 않는 불빛. 한 걸음 걸을 때마다 누군가의 집에 가까워진다. 마리안나는 안도감을 느낀 나머지 자전거를 팽개치고 달려가고 싶다.

불빛은, 즉 사람이라는 뜻이다. 음식, 온기. 어쩌면 밤을 지낼 곳까지?

바닥이 바뀌었다. 이제는 자전거를 돌이 깔린 오솔길로 끌고 간다. 그것은 집이 아니라 나무로 지은 오두막이다.

오솔길 옆에 자전거를 뉘어놓는다. 조금씩, 아주 조금씩 불이 켜진 창가로 다가간다. 고개를 아주 살짝 내밀고 안을 엿본다.

목재로 마감한 내부. 바닥에는 별로 깨끗해 보이지 않는 빨간 카펫이 깔려 있다. 레인지 위에 주전자와 무쇠 냄비. 심장이 위장 근처 어딘가에서 뛰기 시작한다. 음식.

아무도 보이지 않는다. 불빛만이 여기 누군가 분명히 있다는 유일한 신호다.

문으로 다가가서 조심스럽게 두드린다.

아무 반응이 없다.

다시 한번 두드린다.

그러다 때린다. 주먹으로 마구 두드리자 나무문이 흔들린다. 그 진동이 냄비에도 전해지다가 다시 바닥으로 전달된다. 마리안나는 주먹에 온힘을 그러모아 문을 두드린다.

그러다 막상 현관 앞에 불이 켜지자 너무 놀라 뒤로 뛰어 물러난다. 열쇠 돌리는 소리, 자물쇠 풀리는 소리, 그리고 마침내 문이 열리면서 눈부시게 밝은 빛줄기가 마리안나를 휘감는다.

+++

이 여자한테는 아무것도 말하지 않고 때로는 어깨를 으쓱하거나 때로는 고개를 젓는다. 뜨거운 채소 수프를 마치 누가 접시째로 빼앗아갈까 봐 겁내는 듯 한 숟가락씩 입에 집어넣는다. 여분으로 충분히 먹고 여분으로 몸을 데우고 길 떠나기 전에 불빛도 충분히 보아두려 애쓴다.

금속 숟가락이 도자기 수프 그릇에 부딪혀 소리를 낸다. 마

상실

리안나는 수프와 함께 프라이팬만큼 커다란 빵을 뜯으며 여자를 바라보면서 계속 먹는다.

여자는 나이가 많고, 아마 알리치아보다도 나이가 많은 것 같다. 머리카락이 짧고 체격은 몇 겹의 옷에 파묻혀 잘 드러나지 않는다. 거리에서라면 마리안나는 여자에게 신경쓰지 않았을 것이 분명하다. 점원일 수도 있고 버스 운전기사일 수도 있고 자동차 운전자일 수도 있다. 어두운 색 옷, 여윈 얼굴, 발톱을 연상시키는 긴 손가락. 약간 새처럼, 갈가마귀나 까마귀처럼 보인다.

마리안나는 의자 등에 축축한 후드티를 걸어놓는다. 신발은 벗지 않는다. 막다른 구석에 몰린 작은 동물처럼 긴장한 채 언제라도 도망칠 태세로 앉아 있다.

오두막 안쪽 벽이 나무로 되어 있어서 약간 숲속 같은 냄새가 난다.—마른 버섯과 이끼 냄새. 부엌 아래에서 타는 불이 아늑한 온기를 뿜어낸다.

"봄이 올 때쯤엔 다 되겠지."

갑자기 여자가 말한다. 여자의 목소리는 담배나 술 한잔을 절대로 거절하지 않는 사람처럼 거칠다.

마리안나는 방금 들은 말을 깊이 생각하면서도 섣부른 결론을 내리고 싶지 않은 듯 고개를 왼쪽, 오른쪽으로 흔든다.

수프 접시를 핥고 있을 때 '까마귀'가 마리안나 앞에 차를 한잔 놓고 맞은편에 앉는다.

"쐐기풀, 박하, 캐모마일. 전부 텃밭에서 키운 거야."

여기서 텃밭은 본 적이 없다.

"아니, 여기가 아냐."

여자는 마치 마리안나의 생각을 들었다는 듯 너그럽게 미소 짓는다.

"여기선 아무것도 안 자라. 숲이 침략적이라 전부 가져가거든. 부엽토라서 땅이 비옥하니까 뭣 좀 심어보려고 했는데 자랄 수 있는 온갖 잡초, 온갖 외래종이 금방 퍼져서 땅을 일굴 수 없게 돼."

여자가 모음을 길게 끌며 말한다.

'까마귀'가 무슨 말을 하는지 전혀 알아듣지 못하지만, 마리안나는 모호하게 고개를 끄덕인다. 수프가 배 속에서 기분좋게 몸을 데워준다.

"여기는 금요일마다 일 끝나고 와서 소매를 걷어붙이고 영차, 하고 밭으로 가는 거지. 팔꿈치까지 흙에 담그는 거야. 올 때는 내가 심는 건 아무것도 자라지 않아서 화가 난 채로 왔다가 갈 때는 기진맥진해서 가지. 지금은 그냥 밭을 쳐다볼 뿐이야."

상실

이 오두막, 온기, 부른 배, '까마귀'의 단조로운 목소리. 마리안나는 천천히 잠에 빠져들기 시작한다.

"여러 가지 있지."

상대방이 약간 무의미하게 말한다.

또다시 두 사람 사이에 침묵이 깔린다. 가끔 '까마귀'가 차를 들이마시는 소리만 고요를 깬다. 바깥에서는 오두막 안으로 아무런 소리도 들려오지 않는다. 마치 숲이 어두운 지붕이 되어 오두막을 감싸고 있다가 새벽이 되어서야 물러나는 듯.

+++

두 사람은 차에 올라타고, 마리안나는 오솔길에 던져놓은 자전거를 그리운 듯 한 번 더 쳐다본다. '까마귀'는 날이 밝으면 돌아와서 자전거를 가져가면 된다고 말한다.

어째서인지 마리안나는 집에 돌아가는 길을 다시 찾을 수 없듯이 다시 돌아와도 이 오두막으로 가는 오솔길을 절대 다시 찾을 수 없을 것이라 확신한다.

자동차는 배달용 승합차처럼 생겼으며, 커다랗고 오래되고, 보닛은 녹슬었고, 좌석과 바닥은 닳았다. 차안에서도 오두막과 같은 습기와 젖은 흙 냄새가 난다. 마치 숲과 오두막과 차가 하나의 생명체인 것처럼.

뒷좌석은 널찍했으며, 얼룩투성이 넝마로 덮여 있다. 차안에 털뭉치와 먼지가 날아다니고 바닥에 플라스틱 병, 초콜릿 바 포장지, 구겨지고 가장자리가 불탄 종이조각과 거의 까맣게 된 휴지가 굴러다닌다. 마리안나는 시선을 돌려 천장을 쳐다본다. 회색 천장은 얼룩투성이이고, 조수석 위에 누군가 선명하게 손자국을 찍어놓았다.

반사적으로 문손잡이를 잡는다. 아직 출발하지도 않았는데 차문이 잠겨 있다. '까마귀'가 무관심하게 마리안나를 쳐다본다.

"잠겼어."

'까마귀'는 마리안나가 이해하지 못해서 설명해준다는 듯 말한다.

"어린아이들을 위한 보호장치래. 아이들이 차안으로 들어오려고 하는 모양이야."

마리안나는 입을 열어 아이들이 들어오지 못하게 하는 장치가 아니라 내리지 못하게 하는 장치 아니냐고 물으려 한다. 그러나 '까마귀'는 마리안나가 말할 틈을 주지 않는다.

"그래, 안으로 들어오려고 해. 모든 아이들이 내 차를 타고 싶어해. 자리가 모자라."

여자의 얼굴은 뇌졸중이라도 겪은 사람처럼 근육 하나도

흔들리지 않는다.

"매일 이 차에 아무것도 싣고 다니지 않아. 그래, 가끔은 아이들을 태우지."

'까마귀'가 인정한다.

"데려다줄까, 어때?"

회의적으로 덧붙인다. 마리안나는 몸을 움츠린다.

'경찰서는 안 돼, 경찰서는 안 돼.'

마리안나는 머릿속으로 반복한다.

차가 출발하고 길이 울퉁불퉁한 곳에서 튀어오른다. 숲은 마치 잠을 깨워서 화가 난 듯 음침해 보인다. 여기저기 눈이 반짝인다. 차 보닛 앞에서 뭔가 날아오르는데 아마 박쥐인 것 같다. 사방에 벌레들이 가득하다.

마리안나는 약간은 기억을 더듬어, 약간은 그냥 느낌으로 어디로 가야 하는지 가리킨다. 길은 구불구불하고 꺾이는 데가 많다. 차가 비포장도로로 접어든다. 잠시 후에는 마을에 들어선다. 마리안나는 헌옷가게와 그 뒤에 나타난 피자가게를 알아보고, 목구멍 속에서 뭔가 따끔거리고 물속에 잠긴 듯 숨쉬기 힘들어진다.

"다 왔어?"

'까마귀'가 묻는다. 마리안나는 그저 고개만 끄덕인다.

'까마귀'는 발톱 같은 손가락으로 운전대를 꽉 잡은 채 도로를 주시한다. 등이 약간 구부정하고 계기반 위로는 여자의 눈만 보인다. 길을 건너던 사람이 본다면 이것은 자동차 유령이라고 생각할지도 모른다.

"엄마가 분명히 좋아하시겠지. 네가 혼자서 이렇게 산책도 하고."

'까마귀'가 차분하게 덧붙인다. 차안은 추우면서 동시에 덥다. 마리안나는 떨면서 땀을 흘린다.

새 같은 눈이 장난기로 반짝인다.

"아니면 전혀 안 좋아하실지도 모르지. 넌 그냥 집에서 도망친 거니까."

여자가 말을 마칠 기회를 주지 않고 마리안나는 다시 문손잡이를 잡는다.

"잠겼어."

'까마귀'가 똑같은 어조로 다시 말한다.

"그럼 이제 어디에 내려주면 되는지 알려줘."

마리안나는 아랫입술을 깨물고 눈은 승합차 안을 전부 여기저기 훑어보고 무릎이 튀어오른다. 마침내 주먹을 쥐고 숨을 내쉬고 체념한 듯 '까마귀'의 얼굴을 바라본다.

상실

✦✦✦

낡은 승합차가 자갈이 깔린 아파트 입구로 들어섰을 때는 깊은 밤이다. 어둠 속에서도 마리안나는 바로 이 건물을 알아본다. 모두 이미 잠들어서 창문에는 불빛이 없고 유일한 생명 징후는 안에서 들려오는 개 짖는 소리뿐이다.

마리안나는 양손으로 허벅지를 찰싹 때리고 "다 왔어요."라고 하듯이 미소를 짓는다.

'까마귀'는 어두워서 건물이 잘 안 보이는 듯 운전대 위로 몸을 내밀고 눈을 가늘게 뜬다.

"난 여기서 좀 기다릴게. 네가 나올 때까진 안 간다."

'까마귀'가 말한다.

그리고 차문의 보호장치를 푼다. 마리안나는 고개를 끄덕이고 배낭을 집어들고 내린다. 볼에 닿는 찬공기는 더운 날 차가운 물을 마시는 것처럼 거의 상쾌하게 느껴진다.

울타리 쪽으로 조금씩 걸어간다. 하얀 자갈이 깔린 길을 따라 집으로 가서 현관 계단을 오른다. 망설이며 뒤를 돌아본다. 차는 비어 있는 것 같지만 안에서 '까마귀'의 금빛 눈동자가 자신의 움직임을 모두 지켜보는 것을 마리안나는 안다. 손을 들어 "이젠 됐어요. 들어왔어요."라고 하듯 흔든다.

그러나 여자는 자동차 극장에 차를 몰고 들어와 영화 상영을 기다리듯 그 자리에 계속 서 있다. 마리안나는 현관 안쪽으로 더 들어가 출입문에 몸을 바짝 붙이고 섰다가 조그만 담 아래로 몸을 움츠린다. '까마귀'가 운전하는 방식에서 짐작할 수 있는 것처럼 그렇게 눈이 나쁘다면, 잠시 후에는 차에 시동 거는 소리를 들을 수 있을 것이다.

물론 시동 거는 소리는 들리지 않는다.

마리안나는 먼지투성이 시멘트 계단 위에 누워 있다. 주저앉으면서 전에 다쳤던 무릎을 다시 찧었다. 짜증나는 일들, 작지만 아주 화가 나는 일들의 목록이 길어진다. 자전거도 잃고 품위도 잃었으니 다음은 과연 뭘까?

불빛. 여자가 가도 된다는 걸 알려면 불빛을 보아야 한다. 그러나 마리안나가 불을 켜려면 안으로 숨어 들어가야 한다.

조금씩, 아주 천천히 마리안나는 문손잡이를 향해 손을 뻗는다. 또다시 현실에 주문을 건다. 폴란드에서 밤에 자기 전에 문단속을 하지 않는 사람이 있다면 바로 그들 같은 사람들일 것이다. 마리안나는 누구에게, 어느 여신에게 기도하는지도 모르면서 기도한다.

'제발, 제발, 저 안으로 꼭, 꼭 들어가야 해요. 그래야 저 마녀가 간다고요. 안 그러면 저도 제가 어떻게 될지 몰라요. 제

상실

발, 제발······.'

그리고 아마 누군가 그 말없는 기도를 들었는지 마리안나가 문손잡이를 잡기도 전에 문이 저절로 열린다. 바닥에선 열 개의 발이 마리안나를 맞이한다. 마리안나는 고개를 들어 위를 본다.

✦✦✦

현관에 가운을 입은 여자가 서 있고, 손에는 개 목줄을 두 개 쥐고 있다. 여자는 용맹한 전사처럼 보일 수도 있었지만 개들 중 한 마리가 낑낑거리며 기뻐서 마룻바닥에 오줌을 싸기 시작한다.

✦✦✦

과자 부스러기가 무릎에 떨어지고, 무릎에서 바닥으로 떨어진다.

마리안나는 전부 시선 속에 담아두려 애쓰지만 어려운 일이다. 부스러기가 날아가는 방향, 법석을 떠는 개들, 아마 여기 사는 것 같은 사람들이 들어오고 나가는 모습을 관찰한다. 이 모든 일이 과연 실제로 일어나는지 오는 도중에 잠들어 전부 꿈을 꾸고 있는 것인지 확신할 수 없다.

하지만 꿈속에서 감각을 느낄 수 있던가? 그런데 마리안나는 자신이 판결의 대상이 되고 있다는 사실을 조금 지나치게 잘 안다. 셋이 앉아 있다. 마리안나, 개 키우는 여자, 그리고 '까마귀'다. 당연히 안 갔다. 불이 켜지자 문을 두드렸다. 지금 '까마귀'는 만족스럽게 과자를 입안에 집어넣으며 인정사정없이 부스러기를 흘린다. 여기 알리치아가 없어서 다행이다.

알리치아, 엄마.

마리안나는 한 손을 식탁 아래로 내린다. 축축한 코, 그리고 무릎을 핥는 느낌. 프라이다의 혀는 따뜻하고 매끄럽다.

개 키우는 여자가 깊이 한숨을 쉬며 앉자 여자의 무릎이 삐 걱거린다. 여자는 펼친 손바닥으로 자기 허벅다리를 때리는데, 마치 "더 이상 손쓸 방법이 없습니다. 환자분이 사망하셨습니다."라고 말하는 것 같다.

그런 말을 하는 대신 여자는 똑같이 고통스러운 최후통첩을 내놓는다.

"너도 알잖니? 전화해야 돼."

마리안나는 대답하지 않는다. 개의 귀 뒤를 쓰다듬는다. 달리 방법이 없는데 떠들어봤자 무슨 소용이겠는가.

상실

✦✦✦

부모님은 마치 내내 울타리 뒤에 숨어서 안에 들어와도 좋다는 신호만 기다리고 있었던 듯 엄청나게 빨리 나타난다.

여전히 별다른 말은 없고 좀 울기도 하고 고맙다고 말하기도 한다. 그러나 가장 중요한 일은 말로 할 수 없는 부분에서 일어난다.

말로 모든 것을 규정할 수 있고 느끼는 것을 전부 표현할 수 있다면 좋겠지만 그렇지 않고, 단어는 불충분하고 끊어지며 눈 사이에 떨어지거나 전달하는 도중에 멈춰버린다. 가끔은 아무 말도 하지 않는 쪽이 더 쉽고 말이 이 순간을 망칠 수 있으니, 이번이야말로 그렇게 아무 말도 하지 않는 것이 최선이다.

어떤 차가 다가오고, 참새인지 박새가 날아오르고, 세상 어딘가에서 분명히 나쁜 일도 일어나지겠지만 지금 이 순간 여기는 모든 것이 완벽하다. 조용하고 따뜻하다.

✦✦✦

세상이 끝난 다음에도 하루는 다른 모든 날들처럼 시작된다.

그들을 깨운 것은 동틀녘의 첫 햇살이었다. 어쩌면 그게 아니라 쓰레기차의 금속성 소음이었을까? 아이들은 학교에 가지 않았고, 어른들은 아무도 일하러 갈 직장이 없었다. 최소한 여기, 이 도시나 이 나라에는 없다.

다들 잠은 깼지만 아무도 일어나 차를 끓이거나 샌드위치를 만들지 않았고, 심지어 아무도 휴대폰을 집어들어 밤사이에 누군가 메시지를 보내지 않았는지 인스타그램을 넘기며 확인하지도 않았다.

세상의 끝을 맞이하여 모든 것이 의미를 잃었다. 다들 잠에서 깼지만 아무도 생명 징후를 나타내지 않고 천장이나 벽을 쳐다보며 무슨 일이 일어났는지 바로 깨닫거나, 거기에 어떻게 반응해야 할지 확실히 알지 못한다.

세상이 끝난 뒤의 날들은 다른 모든 날들과는 다르다. 다들 사람과 동물로 가득한 아파트에서, 자신들만의 노아의 방주에서 잠이 깼다. 심지어 개도 아침의 무활동을 존중하여 산책을 요구하지도 않고 침대로 공을 가져오지도 않고 자기 침대에서 그저 엿보고 있을 뿐이다. 이제까지 접근할 수 없었던 세상을, 아파트 안을 바라보며 이전에 마당에서 살았던 삶, 짓밟힌 잔디, 모래와 먼지가 진짜인지 아니면 지금 여기 있는 것, 부드러운 쿠션과 창밖에서 들여다보는, 쫓아서 달려갈 수 없는 참새가 진짜인지 생각하는 듯한 표정을 짓고 있다.

상실

처음 움직인 사람은 마리안나였다. 소파를 펼쳐 만든 침대에 일어나 앉아 전날 저녁에 잠들었던 거실을 둘러보았다. 카펫 위에는 남동생이 자기 방에서 이불과 베개를 가져다 바닥에 펴놓고 자고 있다. 긴의자는 부모님이 차지했고, 알리치아는 다른 소파에 앉은 자세로 잠들었다. 침대가 마리안나의 몸 아래에서 삐걱거렸다. 모두 일어나 앉았다.—바닥에서, 긴의자에서, 소파에서, 마치 갑자기 마법이라도 풀린 듯.

각자 자기 손을, 가슴선을, 햇빛 속에 빙글빙글 도는 먼지 조각을 바라보았다.

"저는 배고파요. 엄마 아빠는요?"

마침내 마리안나가 말하고 그 목소리가 얼음 같은 침묵의 껍질을 깼다.

내일, 내일. 내일이 되면 앞으로 어떻게 할지 결정해야 할 것이다. 내일은 대화를 하고 짐을 풀고 청소를 하고 처리를 하고 고민을 하고 모여 앉고 소리치고 이해해야만 할 것이다. 내일.

지금은 오늘이다. 세상이 끝난 다음 날, 일어나서 아침식사를 만들어야 한다.

+++

클릭.

한나 사도프스카 : 아니, 또 울지는 않을 거야, 미안한데 야쿱, 이 휴대폰 가져가. 모두 감사해요, 정말로, 마리안나를 찾아다니고 찾아내는 데 도움을 주신 분들 모두 다.

알리치아 사도프스카 : 나도 한나처럼 무슨 말을 해야 될지 모르겠다. 이리 와 봐, 한나. 야쿱, 내가 그 휴대폰 빼앗아 버린다. 농담 아냐.

야쿱 사도프스키 : 그러니까 또 내가 부탁한 콘솔은 다들 잊어버렸네. (침묵) 하지만 누나가 돌아와서 다행이야. 그렇지만……. 응, 그 콘솔은 정말로 갖고 싶었어. 엄마? 엄마?!

마리안나 사도프스카 : 나? 내가 무슨 말을 해야 돼?

프라이다만 있으면 그 이상은 아무것도 필요없다고 나 자신에게 설명하고 있어.

상실

집에 돌아왔을 때부터 프라이다는 다른 사람하고는 산책하러 나가려 하지 않아. 복도에 앉아서 슬프게 바라보고 꼬리를 흔들지만 일어나지 않아. 소시지로 꼬여내려고 해보거나 위협하거나 목줄을 당겨볼 수도 있지만—전혀 소용없어. 나하고 가자고 하면 금방 따라와. 하지만 집에서 너무 멀리 가려고는 하지 않아. 십오 분 정도 걸어서, 거리—아파트 단지—동네 마트—주차장까지 가면 안전하다는 느낌이 거기서 끝나나봐. 단지 바깥에는 바로 어두운 숲이 기다리는 것처럼.

'도전! 마당은 용암입니다.'

아파트 건물 사이 골목에서 바람이 우리를 비웃어. 몸을 웅크리고 최대한 빨리 걷지만 함께 있으면 괜찮아.

프라이다는 절대 차를 타지 않아. 그건 말할 필요도 없어. 예방주사를 맞히려면 아빠가 동네에 있는 동물병원까지 안고 가야 돼. 이런, 건물 2층에 있어……. 하지만 프라이다는 안겨 가는 것도 싫어해서 튀어나가고 몸부림을 쳐. 반면에 집에 올 때는 혼자서 잘 와, 팔짝팔짝 뛰면서, 아빠를 집으로 끌어당기면서. 아빠는 롤러스케이트를 사서 신고 몸줄을 묶어서 프라이다가 아빠를 끌고 가게 하겠대. 하지만 시간이 지나면 익숙해지고 안심하겠지. 수의사 선생님도 그랬어.

이젠 절대로 남한테 넘기지 않을 거라고 프라이다한테 설명하는 게 힘들어. 하지만 애쓰고 있어. 잘 안 되면 그냥 배를 쓰다듬어줘. 프라이다는 앞발을 내 이마에 대고 그제야 만족하는 것 같아.

더 어려운 건 내가 이제는 어떻게 되기를 원하는지 정확히 집어서 말로 설명하는 거야. 그런데 모두 다 계속 나한테 그걸 물어봐. 내가 갑자기 모든 대답을 다 아는 것처럼. 그리고 "기분은 어때?", "너, 괜찮니?" 계속. 다들 진정해. 내가 갑자기 난치병 환자라도 된 거야, 뭐야?

아마 내가 여전히 말을 너무 안 하는 거겠지. 알아, 그건 나도 인정해. 그래, 내가 말을 별로 안 하지. 일단 말을 안 하기 시작하면 그걸 깨고 나오기가 힘들어. 침묵은 중독적이야.

아니면 내가 찾는 단어가 애초에 없는 건지도 몰라. 지금부터 만들어야 하는 건지도 몰라. 단어는 중요해. 미리 생각해서 만들어 놓으면 나중에 필요할 때 쓸 수 있어.

내가 적당한 말을 찾아낼 수 있었으면 이 모든 일이 안 일어났을지도 모르잖아. 아니면 내가 적당한 순간에 내 의견을 말할 수 있었거나.

그래, 거기서부터 시작된 거잖아. 안 그래?

내가 목소리를 잃어버린 것에서.

상실

상실한 것과 되찾은 것

1. 작품에 관하여

『상실』은 가족 드라마다. 아버지가 가족 몰래 빚을 지고 가정이 경제적인 위기에 흔들리면서 부모는 외국으로 돈을 벌러 떠나고, 열네 살의 마리안나와 열한 살의 동생 야쿱은 할머니댁에 맡겨진다. 이야기는 주인공 마리안나에게서 시작하고 마리안나를 중심으로 펼쳐지지만, 이 작품 자체는 청소년 소설이라고 하기에는 무거운 주제를 다루고 있다.

가족은 안정적인 기반을 잃고, 당연히 이어진다고 여겼던 일상을 잃고, 마리안나는 가족처럼, 어찌보면 가족보다 더 사랑하던 개 '프라이다'를 잃는다. 이런 여러 가지 상실을 겪으면서 가족들은 서로의 여러 측면, 가족이라는 관계의 여러 측면을 새롭게 발견한다.

작가는 민감한 시기의 십대 소녀가 겪는 가정의 위기를 섬세하게 묘사한다. 특히 보호소에서 데려온 개 '프라이다'에 대한 마리안나의 사랑은 극진하고 가슴 아프다. 마리안나는 부모를 오랫동안 설득한 끝에 프라이다를 집에 데려올 수 있었다. '프라이다(Frajda)'라는 이름 자체가 폴란드어로 '예상 외의 기쁨, 커다란 즐거움'이라는 뜻이다.

어찌보면 프라이다도 마리안나도, 주변 상황을 인지하고 이해할 능력도 있고 주변의 사람들과 관계를 맺을 능력도 있지만 상황에 대한 통제력은 전혀 없다는 측면에서 공통점을 갖는다. 그래서 마리안나가 더욱 프라이다를 그리워하는지도 모른다.

이렇게 다정다감한 마리안나의 대척점에 서 있는 듯이 보이는 인물이 할머니 알리치아 사도프스카다. 알리치아는 일반적으로 생각하는 '할머니'의 이미지에 전혀 맞지 않는 인물이다. 작중에서 마리안나도 이런 생각을 하고, 알리치아의 독립적이고 냉정한 삶의 방식을 낯설어하며 독일에 사는 외할머니와 비교한다.

알리치아는 61세의 나이에도 공증사무소에서 직장생활을 한다. 짧은 결혼생활을 경험하기는 했지만 가정에 대한 애착은 없다. 손녀 마리안나와 손자 야쿱을 사랑하기는 하지만 아이를 어떻게 대해야 하는지 잘 모른다. 직장에 다니고 스스로 생계를 꾸린다. 알리치아가 전형적인 모성이나 자식에 대한 애착을 보이는 것은 아들이 돈 문제로 사고를 치면 뒷수습을 해줄 때 정도다.

그조차도 알리치아는 이제 지쳐가고 있다. 스스로 자신을 돌보며 혼자 살아가는 삶에 익숙한 노년 여성, 가족을 삶의 중심에 두지 않은 채 건강하고 독립적으로 살아가는 노년 여성의 모습을 소설에서 발견하기란 쉽지 않다. 물론 작품 안에서 알리치아에게도 위기는 찾아온다. 그리고 알리치아는 위기 속에서도 혼자 고민하며 가족에게 좀처럼 의지하지 못한다.

그러나 마리안나가 사라지자 알리치아는 자신의 고민이나 문제는 모두 일단 미루어 두고 며느리 한나와 함께 마리안나를 찾으러 나간다. 이때 알리치아 소유의 자동차를 알리치아가 몰고 나간다. 마리안나를 찾는 작업을 주도하는 사람은 어머니 한나가 아니라 할머니 알리치아다. 이런 모든 장면들이 인물들의 특성상 매우 개연성 있으면서도 인상적이었다.

'전형적인 할머니'가 아닌 노년 여성, 독립적이고 강인하면서도 동시에 삶의 여러 가지 현실적인 고민들을 안고 있는 노년 여성, 무조건 긍정적이지도 납작하게 부정적이지도 않은 입체적이고 생생한 노년 여성 인물을 소설 속에서 발견하는 것은 정말 오랜만이었다. 마리안나와 프라이다, 그리고 알리치아에 매료되어 이 작품을 번역하기로 결정했다고 해도 과언은 아니다.

여기에 비하면 마리안나의 엄마 한나 사도프스카는 독자들에게 조금 더 친숙한 일반적인 어머니의 모습을 보인다. 자식들의 생활, 특히 학교생활을 꼼꼼하게 챙기고, 외국에 돈을 벌러 나가서 낯선 땅에서 가난하고 힘겨운 생활을 하면서도 자식들부터 걱정한다.

아직 삼십대 중반의 젊은 나이인데, 한나는 가정을 버리고 다른 사람과 완전히 다른 삶을 시작할 수 있는 기회가 생겼을 때도 결국은 자신의 행복보다 아이들을 먼저 생각한다.

알리치아, 한나, 마리안나의 이야기를 따라가다 보면 삶이란, 특히 가족의 삶이란 작고 일상적인 모든 순간들의 합이라는 생각이 든다. 『상실』은 그렇게 쌓인 순간들이 무너지고 그 이면에 숨어 있던 진실이 드러나는 이야기이다. 그런데 그 진실이 드러난 뒤에도 삶은 이어진다. 가족은 쉽게 무너지지 않는다.

그러니 『상실』은 제목과는 달리 정말로 모든 것을 '상실'하기만 하는 이야기는 아닐지도 모른다. 언제라도 사라질 수 있었던, 거짓말에 가려진 안정을 '상실'하고 진짜 가족의 모습을 얻게 되는 이야기라고 할 수도 있을 것이다.

옮긴이의 말

2. 작가에 관하여

나탈리아 쇼스타크(Natalia Szostak)는 문화예술 분야를 주로 취재하는 언론인이다. 같은 언론 분야 종사자인 남편과, 개 미샤와 함께 바르샤바에 거주한다. 『상실』을 쓰기 전에는 폴란드 최대 일간지 「가제타 비보르차(Gazeta wyborcza)」에서 문화부 기자로 십 년간 근무했다. 2022년도 노벨문학상 수상자 아니 에르노(Annie Ernaux) 작가를 포함하여 세계적으로 명망 있는 작가와 문화계 인사들을 다수 인터뷰했다.

나는 2022년에 쇼스타크 기자를 처음 만났다. 그때 난데없이 부커상 인터내셔널 최종 후보가 되어 폴란드를 방문할 기회를 얻었다. 바르샤바에 있는 주폴란드 한국문화원에서 『저주 토끼』에 대한 대담을 하게 되었는데, 그때 진행자가 쇼스타크 기자였다.

나로서는 대학원 시절 이후 십사 년 만에 폴란드에 가서 폴란드어로 대담을 진행하게 되어 무척 긴장되는 자리였다. 실제로 실수도 많이 했지만 쇼스타크 기자가 능숙하고도 여유 있게 농담도 던져가며 진행해서 즐겁게 따라갈 수 있었다.

2025년도 바르샤바도서전에서 한국이 주빈국이 되었을 때, 쇼스타크 기자와 다시 한번 같이 무대에 올라 폴란드어판 『지구 생물체는 항복하라』에 대해 대담을 했다. SNS에서도 서로 팔로우하고 안부를 확인하고 있다. 나는 주로 미샤 사진을 열심히 본다. (매우 귀엽다). 2023년에 이 책이 출간되었다는 소식도 SNS에서 보고 당장 해외 직구로 주문했다.

물론 단순히 친분 때문에 이 책의 번역을 결정한 것은 아니다. 처음에 폴란드에서 책이 도착했을 때 아무런 사전 정보 없이 책장을 펼쳤다. 기자가 쓴 소설이기 때문에 막연히 딱딱한 내용의 르포 소설이나 범죄 소설을 생각했다.

그런데 십대 소녀 주인공의 관점과 생각들에 대한 생생하고도 세밀한 묘사, 가족의 삶에서 중요한 순간들을 모으고 이어서 상실된 거짓과 남은 진실을 밝히는 방식이 무척 매력적이었다. 어머니와 딸의 관계만큼이나 시어머니와 며느리의 관계, 친할머니와 손녀의 관계에 초점을 맞추는 여성 가족사라는 점도 독특하게 느껴졌다.

알리치아가 아들 그제고시에게 '정상 가정'을 제공해주지 못했기 때문에 죄책감을 가지고 어른이 된 아들의 돈 문제를 끊임없이 수습해주는 모습이나, 마리안나가 야쿱에 비해 차별받고 있다고 느끼는 순간 등은, 폴란드 이야기지만 수많은 한국의 맏딸들이 공감할 수 있는 요소라 생각한다.

『상실』은 2023년 3월 8일 국제 여성의 날에 출간되었다. 쇼스타크의 첫 작품이자 지금까지는 유일한 작품이다. 쇼스타

옮긴이의 말

크는 『상실』을 출간한 뒤에 「가제타 비보르차」에서 퇴사하고 잠시 전업작가를 꿈꾸었다.

그러다 지금은 TVN24라는 방송국에서 문화부 기자로 활약하고 있다. 동료 유스티나 수헤츠카(Justyna Suchecka)와 함께 「그럼 이젠 뭘 하지?(I co teraz?)」라는 팟캐스트도 진행한다. 2025년에는 Grand Press 언론상 '특별 취재 및 신진 언론' 부문에 수헤츠카 기자와 함께 후보로 올랐다. 나로서는 독자 입장에서 쇼스타크 작가가 후속작을 내지 않는 것이 조금 아쉽다. 그러나 쇼스타크 작가는 아무래도 기자가 천직인 모양이다.

2023년에 이 책을 번역하기 위해 원작자 동의를 구했을 때부터 쇼스타크 작가는 한국어판을 무척 기대하고 있었다. 드디어 한국 독자님들 앞에 『상실』을 선보이게 되어 매우 기쁘다. 가족이란 다른 듯하면서도 또 어디나 비슷한 데가 있다. 한국 독자님들도 이 책에서 그런 만국공통의 보편적인 가족의 모습을 발견할 수 있으면 좋겠다고 생각한다.

2026년 1월
정 보 라

상실

첫판 1쇄 펴낸날 2026년 2월 10일

지은이 나탈리아 쇼스타크 **옮긴이** 정보라
펴낸이 박창희
편집 박은아 강민지 **디자인** 배한재
마케팅 박진호 **경영지원** 전윤정

펴낸곳 스프링
출판등록 2025년 12월 10일 제2025-000189호
주소 경기도 파주시 심학산로 10, 우편번호 10881
전화 031) 955-9020 **팩스** 031) 955-9022
이메일 spring@springbook.co.kr **인스타그램** @springbook_pub

ⓒ 스프링, 2026
ISBN 979-11-996530-0-9 44840